Knaur.

Knaur.

Über die Autorin:
Martine Kamphuis, 1963 geboren, hat sich nach ihrem Medizinstudium auf den Fachbereich Psychiatrie spezialisiert und therapiert heute Menschen mit Verhaltensauffälligkeiten. Nach zahlreichen wissenschaftlichen Veröffentlichungen erschien in den Niederlanden 2006 ihr vielbeachteter Debütroman, dem weitere erfolgreiche Psychothriller folgten.

Martine
Kamphuis

Schön, dass du tot bist

PSYCHOTHRILLER

Aus dem Niederländischen
von Franca Fritz und
Heinrich Koop

Knaur Taschenbuch Verlag

Die niederländische Originalausgabe erschien unter dem Titel
»Ex« bei Uitgeverij De Arbeiderspers, Amsterdam, Antwerpen.

Besuchen Sie uns im Internet:
www.knaur.de

FSC
www.fsc.org
MIX
Papier aus verantwortungsvollen Quellen
FSC® C083411

Vollständige Taschenbuchausgabe August 2011
Knaur Taschenbuch

Ein Unternehmen der Droemerschen Verlagsanstalt
Th. Knaur Nachf. GmbH & Co. KG, München

Redaktion: Angela Troni
Umschlaggestaltung: ZERO Werbeagentur, München
Umschlagabbildung: Gettyimages / © Fotostudio de Oude School
Satz: Adobe InDesign im Verlag
Druck und Bindung: CPI – Clausen & Bosse, Leck
Printed in Germany
ISBN 978-3-426-50028-6

2 4 5 3 1

Für Ireen
Unser Band wird nicht zerreißen

Prolog

Er lag auf dem Rücken, nur der Kopf und die Schultern ragten unter der Bettdecke hervor. Der Bezug musste einst blaugrau gewesen sein, aber offensichtlich war beim Waschen etwas schiefgegangen, denn jetzt wirkte er nur noch grau. Die Bettwäsche sah aus, als wäre sie lange nicht gewechselt worden – auf Höhe seiner Brust saß ein großer bräunlicher Fleck.
Der Ausdruck auf seinem Gesicht wirkte leicht verblüfft. Wer es nicht besser wusste, hätte gedacht, er wäre von einem außergewöhnlichen Traum überrascht worden.

Warum schaute er so?

War ihm möglicherweise bewusst geworden, was mit ihm passierte? Im Grunde ein recht verlockender Gedanke, allerdings nicht sehr wahrscheinlich. Wenn ihm klar gewesen wäre, was da vor sich ging, hätte er bestimmt nicht so ruhig dagelegen. Dann hätte man ihn neben dem Telefon gefunden oder vielleicht in der Toilette. Außerdem: Wenn er es gewusst hätte, dann hätte er nicht verblüfft, sondern zornig ausgesehen.
Ich betrachtete ihn so, wie ich ihn damals betrachtet hatte, als ich noch neben ihm schlief. Seine Haare waren an der rechten Schläfe flach gedrückt, offenbar hatte er vorher auf der Seite gelegen. Auf seinem Kinn zeichneten sich dunkle Stoppeln ab, und an seiner Unterlippe klebte

irgendetwas Weißes – wahrscheinlich getrockneter Speichel.

Mein Blick glitt zu den Fältchen in seinen Augenwinkeln, und im nächsten Moment sah ich ihn wieder vor mir, mit einem Lächeln im Gesicht. Wie lange war es her, dass ich ihn so erlebt hatte? Verrückt, dass ich erst jetzt erkannte, wie selbstgefällig dieses Lachen eigentlich war – als ob seine Freude absolut gar nichts mit seinem Gegenüber zu tun hätte.

Hatte er vielleicht doch etwas gemerkt, wenn auch erst, als es bereits zu spät und er nicht mehr in der Lage war, etwas zu unternehmen? Hatte er vielleicht just in dem Moment erkannt, was los war, als seine Muskeln schon zu schwach waren, um ihm noch zu gehorchen, und er nur noch ohnmächtig im Bett liegen bleiben konnte, wohl wissend, dass das Spiel aus und vorbei war? Hatte seine Verblüffung darüber, dass jemand den Beschluss gefasst hatte, die Welt sei ohne ihn besser dran, in diesem Moment die Oberhand über seinen Zorn gewonnen? Oder war ihm in jenem letzten gelähmten Augenblick bewusst geworden, dass er all die Jahre zuvor viel zu weit gegangen war, unfassbar zu weit?

1

An jenem Morgen hatten wir bis elf geschlafen. Eigentlich hatte nur Olivier geschlafen, ich selbst war schon um acht Uhr aufgewacht, aber ich blieb einfach im Bett. Er lag auf dem Rücken und atmete durch den halb geöffneten Mund, man konnte es gerade noch nicht als Schnarchen bezeichnen. Seine dunkelbraunen Locken waren auf der rechten Seite leicht flach gedrückt, offenbar hatte er vorher mit dem Gesicht zu mir gelegen.

Ich musterte ihn eingehend, die dunklen Stoppeln auf seinem Kinn, den feuchten Fleck auf seiner Unterlippe und die Lachfältchen in den Augenwinkeln, die etwas heller waren als der Rest seines Gesichts. Ich küsste seine unglaublich weichen Lider, küsste die Falten auf seiner Stirn, die rauhe Rundung seines Kinns. Mit den Fingern folgte ich den Konturen seines Kiefers, den dunklen, buschigen Augenbrauen, dem markanten Nasenrücken. Er brummte im Schlaf und machte mit dem Kopf eine Bewegung, als wolle er meine Hand abschütteln. Mit einem Lächeln zog ich mich gehorsam zurück und legte mich wieder neben ihn, das Gesicht ihm zugewandt.

Es war Samstag. Als Olivier schließlich erwachte, hatte ich bereits Kaffee gekocht und die Zeitung aus dem Briefkasten geholt. Mein Timing war perfekt: Er stand gerade bei offener Tür vor der Toilette, als ich mit dem Tablett nach oben kam. Olivier kehrte ins Bett zurück, nahm die Zeitung und ein Croissant aus dem Brotkorb, den ich ihm entgegenhielt. Ich gab ihm einen Kuss auf die Wange und

kuschelte mich neben ihm in die Kissen, aß mein Croissant und las in dem Magazin, das ich mir vorher schon herausgenommen hatte – den Rest der Samstagsausgabe las Olivier gern als Erster. Er schätzte es sehr, wenn er die Zeitung jungfräulich unberührt und ordentlich gefaltet gereicht bekam.
Nun hielt er sie mit gestreckten Armen so weit wie möglich von seinem Gesicht weg. Eigentlich hätte er eine Lesebrille gebraucht, aber er war viel zu eitel, um sich das einzugestehen. Während er angestrengt die Börsenkurse studierte, las ich ein rührendes Doppelinterview mit einem Mann und einer Frau, die Jahre nach dem Ende ihrer Beziehung wieder zueinandergefunden hatten.

Olivier und ich hatten seit dem Aufwachen noch kein Wort miteinander gewechselt. Außenstehenden wäre das möglicherweise merkwürdig erschienen, ich dagegen genoss es. Zu Beginn unserer Beziehung war das anders gewesen, damals hatte ich Probleme mit Oliviers Schweigsamkeit gehabt. Sein Verhalten bereitete mir Unbehagen, und ich empfand es als mangelnde Aufmerksamkeit mir gegenüber oder – wenn ich mich aus dem einen oder anderen Grund besonders verwundbar fühlte – sogar als Ablehnung. Bis Olivier mir beibrachte, dass gar nicht viele Worte nötig waren, wenn es zwischen zwei Menschen stimmte. Ganz allmählich gelang es mir, sein Schweigen auf andere Weise zu empfinden, und es wurde zu einem Beweis für die Tiefe unserer Verbundenheit, die Selbstverständlichkeit unseres Beisammenseins. Das war typisch für Olivier und zugleich das Besondere am Zusammenleben mit ihm: Er lehrte mich, die Dinge anders zu betrachten, sie anders zu interpretieren, wodurch etwas, das mich zuvor unglücklich gemacht hatte, mich nun mit einem intensiven Glücksgefühl erfüllen konnte. Olivier biss in sein zweites Croissant und achtete dabei keine Sekunde auf die fettigen Krümel, die auf die Laken fielen. Über solche Nebensächlichkeiten machte er sich einfach keine Gedanken. Warum sollte man eine halbe Stunde lang krampfhaft versuchen, etwas zu vermeiden, was sich in noch nicht einmal fünf Minuten beseitigen lässt?, hatte er gesagt, als wir zum ersten Mal gemeinsam im Bett gefrühstückt hatten. Ich glaube, damals habe ich auch begriffen, dass er die Gabe besaß, die Wirklichkeit anders erscheinen zu lassen.

2

Unmittelbar nach seiner Rückkehr vom Fitnessclub steckte Olivier den Kopf ins Wohnzimmer, wo ich damit beschäftigt war, einen antiken Tisch – ein Erbstück seiner Tante – mit Bienenwachs zu behandeln.

»Jet, ich möchte mit dir reden«, sagte er.

»Natürlich, Schatz«, erwiderte ich und richtete mich mühsam auf.

Ich hatte eine ganze Weile in der Hocke verbracht, und mein rechter Fuß war eingeschlafen. Mit einer Hand wischte ich mir den Schweiß von der Stirn. Der ernste Ausdruck auf Oliviers Gesicht rief ein angenehmes Kribbeln in meinem Bauch hervor. Vielleicht will er über Kinder reden, dachte ich. Möglicherweise war endlich der

Moment gekommen, und er war bereit, diesen Schritt zu tun. Aufmunternd sah ich ihn an.

»Es schmerzt mich, dir das sagen zu müssen, Jet. Aber zwischen uns beiden ist es aus.«

Das war laut und deutlich. Es war so klar wie Glas. Trotzdem drang es nicht zu mir durch. Hoffnungsvoll hob ich den Kopf, ein ermutigendes Lächeln auf den Lippen.

»Ach, Jetje ...«, sagte Olivier und schüttelte den Kopf. »Ich weiß, das ist jetzt schwer für dich, aber so eine große Überraschung kann es nun auch wieder nicht sein. Sag selbst, die Luft ist doch schon lange raus. Zwischen uns stimmt die Chemie einfach nicht mehr.«

Plötzlich wurde ich mir des Putzlappens bewusst, den ich in der Hand hielt. Ich hatte ihn vor langer Zeit aus einem von Oliviers verschlissenen Holzfällerhemden zurechtgeschnitten. Der grün-rot karierte Stoff war dünn geworden und fühlte sich sehr weich an. Ich hielt mir den Lappen unter die Nase und atmete ein, doch statt Oliviers Schweiß roch ich Bienenwachs. Ich sagte nichts, ich dachte nichts. Reglos stand ich Olivier gegenüber. Göttlich sah er aus, die Haare verwuschelt, mit unergründlichen dunklen Augen, ein Handtuch locker um den Hals gelegt.

»Jet, Jet«, murmelte er.

Er machte einen Schritt auf mich zu, umfasste mein Gesicht mit beiden Händen, wischte mit den Daumen die Tränen fort, die mir offenbar aus den Augen kullerten.

»Jetje ...«, flüsterte er.

Ich starrte auf seinen halb geöffneten Mund, auf die feuchte Zunge, deren Spitze zwischen den Lippen sichtbar war. Einen kurzen Moment lang dachte ich, dass er mich gleich küssen, dass er mir sagen würde, er habe sich geirrt, und dass mit uns alles in Ordnung sei.

Strohhalme.

Er küsste mich tatsächlich – auf die Stirn. In dem Augenblick erkannte ich, dass es zwischen uns absolut, definitiv und unwiderruflich vorbei war. Denn der einzige Mensch, den er in meiner Gegenwart jemals auf diese Weise geküsst hatte, war seine Mutter, diese dominante, gebieterische Person, die er trotz allem liebte, obwohl diese tiefe Zuneigung in der Regel von maßlosem Ärger überschattet wurde, wenn sie bei uns war. *Sie* küsste er auf diese Weise, mit derselben geistesabwesenden, lustlosen Zärtlichkeit, mit der er nun seine Lippen auf meine Stirn drückte.

Olivier richtete sich wieder auf, sein Mund war jetzt meilenweit von meinem entfernt.

»Hast du es denn wirklich nicht gemerkt?«, fragte er und musterte mich durchdringend, mit einem betrübten und gleichzeitig leicht anklagenden Blick.

Ohne etwas zu erwidern, atmete ich tief ein und aus. Ich konnte nichts sagen. Es war, als fehlten mir die Worte, als hätte ich keinen Mund, keine Zunge. Nur meine Augen lebten und sogen seinen Anblick mit einer hoffnungslosen Gier in sich auf, als könnte ich ihn dadurch doch noch festhalten.

»Ach, Jet, das nehme ich mir selbst übel. Ich hätte es wissen, hätte es spüren müssen. Schließlich kenne ich dich

durch und durch. Du hast das gesehen, was du sehen wolltest, so ist es doch, oder? Du hast dich nach einer kleinen Familie gesehnt, nach Kindern. Darum wolltest du glauben, dass das, was wir beide miteinander hatten, dafür eine gute Basis bilden würde …«
Er seufzte.
»Glaub mir, wenn du es mit etwas Abstand betrachtest, wirst auch du erkennen, dass zwischen uns beiden etwas fehlt. Du findest bestimmt im Handumdrehen einen anderen, mit dem du es viel besser haben wirst. Dann werden sich bestimmt auch bald Kinder einstellen.«
Noch immer sah ich ihn an. Reglos stand ich vor ihm und sehnte mich nach der rauhen Wärme seiner Hände auf meinen Wangen. Ich wollte ihm sagen, dass ich diesen anderen Mann, von dem er sprach, nicht wollte und die Kinder dieses Mannes schon gar nicht.
Seine Kinder wollte ich, unsere Kinder: einen dunkelhaarigen Jungen und ein blondes Mädchen. Ich konnte sie förmlich malen, so oft hatte ich von ihnen geträumt.
»Hör zu, ich schlage folgenden Kompromiss vor«, sagte Olivier mit der selbstsicheren Stimme eines Menschen, der genau weiß, was zu tun ist. »Ich werde eine Woche verreisen, damit du ein wenig zu dir kommen und deine Sachen in Ruhe regeln kannst. Wenn irgend möglich, könntest du ja auch schon mal überlegen, wo du demnächst wohnen willst. Ich denke, dass es für uns beide angenehmer wäre, wenn wir nicht länger gemeinsam in diesem Haus hocken müssten. Kommende Woche Sonntag bin ich zurück.«

»Warum?«
Meine Stimme klang seltsam und dünn, als würde ihr ein wichtiger Bestandteil fehlen.
»Liebe Jet«, sagte Olivier. Er beugte sich zu mir. »Mach es für uns beide nicht schwerer, als es ohnehin schon ist. Du weißt, warum. Du musst es selbst doch auch gespürt haben, oder? Wir zwei passen einfach nicht zusammen.«

»Gibt es eine andere?«
Erneut diese seltsame, brüchige Stimme.
Mein Mund war trocken, die Zunge klebte am Gaumen. Meine Lippen fühlten sich unbehaglich und straff an, als passten sie plötzlich nicht mehr über meine Zähne.
»Jet«, sagte Olivier.
»Olivier«, setzte ich an und ging einen Schritt auf ihn zu, »sag mir, was ich tun muss, damit zwischen uns wieder alles gut wird. Sag mir wenigstens, dass es noch eine Chance gibt ...«
Er schwieg.
»Gibt es noch eine Chance?«
Eigentlich war es eine Frage, aber während ich sprach, versagte mir die Stimme, denn ich kannte die Antwort bereits. Olivier war kein Mensch, der impulsiv handelte oder Dinge sagte, die er nicht so meinte. Trotzdem hatte ich das Gefühl, solange wir noch miteinander redeten, war die Trennung zwischen uns noch keine Tatsache. Solange wir nur in diesem Zimmer einander gegenüberstanden, war noch nichts Endgültiges geschehen. Deshalb wollte ich noch etwas sagen, etwas fragen, ganz egal, was – ich war zu allem bereit, nur um zu verhindern, dass er fortging.

Olivier schüttelte den Kopf.
»Was glaubst du denn selbst?«, fragte er leise.

Das sagte er natürlich, um mir zu helfen. Ich würde mich stärker fühlen, wenn ich die Antwort auf diese Frage selbst herausfand. Dennoch klangen seine Worte wie eine Abweisung – als hätte er keine Lust mehr, meine Fragen zu beantworten, und würde mich deshalb meinem Schicksal überlassen. Olivier sah mich noch einmal kurz an, sein eigener Schmerz war in seinem Blick deutlich abzulesen. Dann drehte er sich um, zog die Wohnzimmertür hinter sich zu und verschwand nach oben. Ich hörte, wie er Schranktüren öffnete, wie er polternd einen Koffer auf den Boden stellte. Es dauerte höchstens zehn Minuten, bis seine Schritte wieder auf der Treppe zu vernehmen waren.
Ich wollte zu ihm gehen, ihn anflehen, noch einen Moment bei mir zu bleiben, aber es schien, als hätte ich vergessen, wie ich meine Beine bewegen musste. Jedenfalls war ich nicht annähernd schnell genug, denn noch bevor ich auch nur einen Schritt gemacht hatte, fiel die Haustür ins Schloss. Eine ganze Weile stand ich nur reglos da, neben dem antiken Tisch von Oliviers Tante. Er war fast fertig, nur die geschwungenen Füße mussten noch poliert werden.

3

Wenn ich an die erste Zeit nach jenem Samstag denke, erscheint es mir, als wäre ich nicht dabei gewesen. Das Ganze war so unwirklich – fast, als würde ich mir einen schlechten Film ansehen, bei dem die schwache schauspielerische Leistung von der ohnehin nicht besonders beeindruckenden Handlung ablenkt.

In den ersten Stunden nach Oliviers Ankündigung war ich wie gelähmt. Ich konnte nicht denken, nichts tun, nichts essen oder trinken. Da ich in seinem Haus vollkommen verrückt wurde, rief ich eine Freundin an, aber sie war nicht da oder nahm den Hörer nicht ab. Als ich es bei einer anderen versuchte, sprang der Anrufbeantworter an. Und als ich die Nummer der Freundin heraussuchte, die mir als nächste einfiel, wurde mir schlagartig bewusst, dass ich sie seit über einem Jahr nicht gesehen hatte. Da es mir merkwürdig erschien, ihr auf einmal mein Herz auszuschütten, machte ich mich schließlich allein auf den Weg – obwohl ich weder ein noch aus wusste.

In irgendeinem Café an der Witte de Withstraat, das ich noch aus der Zeit vor Olivier kannte, ließ ich mich auf einem Barhocker nieder und bestellte ein Glas Rotwein. Was ich in dieser Bar suchte, wusste ich selbst nicht. Was ich jedoch dort fand, war ziemlich vorhersehbar. Vielleicht war es mir ja auch genau darum gegangen, selbst wenn ich mich nicht traute, es mir einzugestehen.

Obwohl ich zu jedem Glas Wein reichlich Wasser trank, war ich nach zwei Stunden richtig beschwipst. Eine weitere Stunde später lag ich mit einem fremden Mann in genau demselben Bett, in dem ich am Morgen neben Olivier aufgewacht war. Er hieß Leo, und er ähnelte Olivier: groß, breitschultrig, mit dunklen Locken. Wenn ich die Augen schloss und ihm mit den Händen durch die Haare fuhr,

konnte ich mir vorgaukeln, dass es sich um meinen Liebsten handelte.
Ich legte wie eine Wilde los. Ein Feuerwerk – das musste ich zeigen. Die Chemie. Ich warf sämtliche Hemmungen über Bord, streichelte, kniff und kratzte Leo, der entsprechend reagierte. Nachdem er gekommen war, machte er sich mit rührendem Eifer an den Versuch, auch mich zu befriedigen – ein unter den gegebenen Umständen zum Scheitern verurteiltes Unterfangen. Am Ende täuschte ich einen Orgasmus vor.

Als ich am darauffolgenden Morgen gegen sieben aufwachte, schlief Leo noch. Er sah eigentlich ganz gut aus. Der Anzug, den er offenbar irgendwann zwischendurch ordentlich über einen Stuhl gehängt hatte, war eindeutig von überdurchschnittlicher Qualität. So gesehen war dieser Mann kein trauriger Verlierer. Zumindest die Demütigung, neben einem hässlichen Niemand wach zu werden, blieb mir erspart.
Rasch stand ich auf und streifte meinen Bademantel über. Oliviers Morgenmantel legte ich ans Fußende des Bettes, in der Hoffnung, dass Leo den Wink verstehen und nicht nackt durchs Haus laufen würde. Entgegen meiner Gewohnheit schloss ich die Tür ab und kleidete mich nach dem Duschen in der vermeintlichen Sicherheit des Badezimmers an, um anschließend wie eine Einbrecherin die Treppe hinunterzuschleichen.

In der Küche kochte ich Kaffee. Musste ich Leo mehr anbieten als eine Tasse Kaffee? Sollte ich den Tisch decken und gemeinsam mit ihm frühstücken? Die Etikette des One-Night-Stands war mir unbekannt, und obwohl ich nicht grob oder unhöflich erscheinen wollte, mochte ich ihn ganz gewiss auch nicht ermutigen, länger als unbedingt nötig zu bleiben.

Wahrscheinlich war Leo ein echter Gentleman. Oder die mir unbekannte Etikette verlangte, dass er schnell verschwand. Während ich noch zweifelnd neben der Kaffeemaschine stand, kam er vollständig bekleidet nach unten.

»Guten Morgen«, sagte er freundlich. »Gut geschlafen?«

»Prima«, stammelte ich, »und du?«

»Ausgezeichnet, was mich nach gestern Abend allerdings nicht sehr verwundert«, erwiderte er.

Es hatte den Anschein, als erwartete er eine Antwort. Doch ich schwieg, denn ich hatte keine Ahnung, was ich sagen sollte.

Nach einer unbehaglichen Minute des Schweigens räusperte er sich.

»Hör mal ... wenn es dich nicht stört, würde ich jetzt gern nach Hause gehen. Es ist mir lieber, dort zu duschen und ...«

»Natürlich«, stieß ich beinahe zu hastig hervor, dankbar, dass ich so einfach davonkommen würde.

Leo schien zu zögern, ob er noch etwas sagen sollte.

»Wenn du Lust hast, fände ich es schön, dich irgendwann noch mal wiederzusehen«, sagte er.

»Ich ... ich habe ... ich wohne hier mit ...«, stammelte ich.

Leo hielt eine Hand hoch, als wolle er mich zum Schweigen bringen.
»Kein Problem … Hier.«
Er holte sein Portemonnaie aus der Hosentasche, und einen kurzen Moment lang schoss mir der Gedanke durch den Kopf, dass er mich für meine Dienste bezahlen wollte. Aber er fingerte eine kleine weiße Karte heraus, die ich errötend entgegennahm. *Musters,* las ich – offenbar sein Nachname. Er war Wirtschaftsprüfer, daneben stand die Telefonnummer irgendeiner Kanzlei mit elegant klingendem Namen und darunter eine Mobilnummer.
»Für den Fall, dass du es dir doch noch überlegst.«
»Danke«, sagte ich.
»Ich danke dir«, erwiderte Leo.
Ein Zwinkern, dann war er weg. Ich setzte mich an den Küchentisch, legte den Kopf auf die Arme und begann zu weinen.

4

Den Rest des Sonntags habe ich vergessen. Ich habe keine Ahnung, was ich danach noch getan habe. Ich erinnere mich nur vage daran, dass ich irgendwann die Bettwäsche abgezogen habe, um die Spuren zu beseitigen, die Leo und ich darauf hinterlassen hatten – was ich allerdings kurze Zeit später bereute, weil so nicht nur Leo, sondern auch Olivier aus dem graublauen Bettbezug gewaschen wurde. Noch etwas später überlegte ich, dass ich das Bett einfach so hätte lassen sollen, weil es nämlich genau richtig gewesen wäre, wenn Olivier nach seiner Rückkehr Spuren eines fremden Mannes bemerkt hätte. Einen Moment dachte ich sogar darüber nach, erneut in das Café zu gehen und diesmal jemanden mitzunehmen, der eine andere Haarfarbe besaß als Olivier, damit er blonde oder rote Haare auf seinem Kissen vorfinden würde, aber mir fehlte die Lust dazu. Ich konnte für nichts mehr Energie aufbringen.

Der Montag war auch nicht viel besser. Ein Jammer, dass ich nicht arbeiten musste – die Ablenkung wäre mir sehr willkommen gewesen. Stattdessen spukte ich wie ein Geist durch das Haus, rastlos und unglücklich. Am Vormittag zwang ich mich, nach einer neuen Wohnung zu suchen. Es erschien mir als das Beste, zunächst nur ein Zimmer zu mieten und anschließend weiterzusehen. Über Google landete ich schnell auf den richtigen Seiten im Internet, und da ich mir eine ordentliche Miete erlauben konnte, boten sich gleich mehrere Möglichkeiten an.

Nach ein paar Telefonaten, bei denen ich drei Termine zur Wohnungsbesichtigung vereinbarte, versuchte ich, meine Sachen zusammenzusuchen. Doch es gelang mir nicht. Meinem Gefühl nach gab es kein Dein und Mein, alles gehörte uns gemeinsam. So hatte ich es zumindest immer empfunden. Die Möbel und Dinge, die wir im Laufe der Jahre angeschafft hatten, gehörten so eindeutig zum Haus, dass ich mich nicht überwinden konnte, sie mitzunehmen. Aber nachdem ich nachts stundenlang im frisch bezogenen Bett wach gelegen hatte, wurde ich so wütend auf Olivier, dass ich es doch konnte. Um vier Uhr stand ich auf und begann systematisch, Zimmer für Zimmer, alles zusammenzuräumen, was wir gemeinsam gekauft hatten. Ich holte Fotos von den Wänden, nahm Keramikschalen und Souvenirs vom Sideboard und zog Bücher aus den Regalen. Die Sachen legte ich mitten im Wohnzimmer auf einen Stapel, mit der Absicht, sie zu einem späteren Zeitpunkt aufzuteilen. Drei Stunden war ich damit beschäftigt, und der Morgen graute bereits, als ich endlich wieder im Bett lag. Danach schlief ich unruhig, geplagt von beängstigenden und traurigen Träumen.

Am Dienstag wachte ich erst gegen zwei Uhr nachmittags auf, obwohl ich bereits um drei bei der Arbeit sein musste, denn da begann die Übergabe. Eilig sprang ich unter die Dusche, zog mich an und fuhr mit dem Fahrrad zum Krankenhaus. Erst als mir eine Kollegin ein Stück ihrer Geburtstagstorte reichte, wurde mir klar, dass ich seit dem vorherigen Morgen nichts mehr gegessen hatte. Glücklicherweise gab es während dieser schrecklichen Spätschicht auf der Intensivstation keine Toten, sonst würde ich mich noch bis heute fragen, ob ich daran womöglich Schuld trug. Im Grunde war es unverantwortlich, dass ich auf der Station herumlief, denn ich war mit dem Kopf komplett woanders. Das war mir zwar bewusst, aber ich konnte mich nicht dazu überwinden, mich krankzumelden, da ich dann nur wieder in unser Haus zurückgemusst hätte.

Das Durchhalten in der Arbeit brachte mir nur ein paar Stunden Aufschub ein, und gegen Mitternacht kehrte ich in die kalte, stille Einsamkeit zurück. Leere Flächen gähnten vorwurfsvoll an den Wohnzimmerwänden. Die Bücherregale hatten die ramponierte Ausstrahlung eines Kindermundes, dessen Milchzähne gerade ausfielen. Und mitten im Wohnzimmer lag der traurige Haufen von Gegenständen, die ich noch ordnen musste. Ich schenkte mir einen Drink ein und ging damit ins Bett, wo ich mich stundenlang hin und her wälzte.

Da ich zwei Nächte hintereinander kaum geschlafen hatte, rief ich am nächsten Morgen dann doch im Krankenhaus an, um zu sagen, dass ich mich nicht wohl fühlte. Glücklicherweise war meine Chefin nicht da, und ich konnte meine angebliche Erkältung über die Abteilungssekretärin ausrichten lassen. Sie stellte weniger Fragen, als Astrid es getan hätte, so dass ich außer dieser einen Lüge keine weiteren Unwahrheiten zu erzählen brauchte.
Anschließend musste ich mir selbst fast Gewalt antun, um etwas Zwieback hinunterzubekommen. Während ich am Küchentisch saß, fiel mein Blick auf die Schränke, die ich im Sommer zuvor vollständig abgeschmirgelt und abgebeizt hatte. Dabei hatte ich mich wie eine Archäologin gefühlt, denn es stellte sich heraus, dass die Küchenschränke einst hellblau lackiert gewesen waren und davor orange und beige. Die letzte Farbschicht, auf die ich stieß, war ein seltsam ockergelber Lack, bei dem ich mir nicht ganz sicher sein konnte, ob es sich dabei um den ursprünglichen Farbauftrag handelte oder lediglich um die Grundierung.
Während ich die cremeweißen Schränke betrachtete, wurde mir klar, dass es sinnlos war, alles teilen zu wollen, was Olivier und ich hier aufgebaut hatten. Meine Anwesenheit war im gesamten Haus zu spüren, ich hatte diversen großen und kleinen Dingen meinen Stempel aufgedrückt.

Mit der Liebe eines Eigentümers hatte ich renoviert, restauriert, erneuert und verändert, in der festen Überzeugung, dass ich hier alt werden würde. Olivier würde sich noch jahrelang an dem erfreuen können, was ich alles geschaffen hatte.
Eine ohnmächtige Wut erfasste mich, ich nahm meinen Frühstücksteller und schleuderte ihn durch die Küche. Er prallte gegen einen der Küchenschränke, und einen kurzen Moment lang hoffte ich, dass der glänzende Lack dadurch beschädigt werden würde. Aber nichts passierte – nicht einmal der Teller zerbrach. Stattdessen fiel er auf das leere Abtropfgitter, wo er noch eine ganze Minute fröhlich um die eigene Achse kreiste, ehe er neben meinem Kaffeebecher zur Ruhe kam.
Noch am selben Tag versetzte ich alles wieder in den ursprünglichen Zustand. Ich konnte das Haus nicht demontiert zurücklassen, und ich wollte es auch nicht. Selbst wenn ich mit Sicherheit gewusst hätte, dass ich nie mehr zurückkehren würde, wollte ich das Heim, das ich so sorgfältig für uns beide eingerichtet hatte, im intakten Zustand bewahren – ein Monument der Liebe, die ich dort erlebt hatte. Während der letzten Tage lief ich mit einem gehetzten und entwurzelten Gefühl umher, als ob ich kurz vor dem Schließen noch in ein ausgestorbenes Museum geschlüpft wäre und in viel zu kurzer Zeit vergeblich versuchte, die Dinge, die ich sah, in mich aufzunehmen.

5

Obwohl ich kaum einen klaren Gedanken fassen konnte, gelang es mir, ein Zimmer in der Mathenesserlaan anzumieten. Da ich Hilfe beim Umzug benötigte, erzählte ich meinem Bruder von der Trennung zwischen Olivier und mir, beschwor ihn jedoch, unseren Eltern nichts davon zu sagen. Wenn ich mich erst einmal provisorisch in dem Zimmer, das als mein neues Zuhause dienen musste, eingerichtet hatte, würde ich so oft mit meiner Mutter telefonieren, dass sie überhaupt nicht mehr dazu käme, mich anzurufen, und somit gar nicht merken würde, dass ich nicht mehr in Kralingen wohnte.
Ich wollte nicht mit ihr darüber reden. Ich wollte mit niemandem darüber reden. Ich konnte es einfach nicht.

Am fünften Tag der Woche, die Olivier mir zugestanden hatte, zog ich um. Die Sachen, die ich mitnahm, passten mühelos in Hajos Auto. Es war nicht viel, nur meine Kleidung, ein paar Bücher und ein paar Dinge aus der Zeit, bevor ich bei Olivier eingezogen war.
Es gab lediglich einen Gegenstand, bei dem ich zweifelte – ein Foto, das während unseres ersten gemeinsamen Urlaubs entstanden war, am Ende eines langen, mühsamen Aufstiegs in den Pyrenäen. Erschöpft und verschwitzt standen wir beide nebeneinander, Oliviers Arm locker um meine Schultern, mit einem stolzen, glücklichen Ausdruck auf den Gesichtern. Als ich das Foto zum ersten Mal sah, fiel mir auf, dass wir einander ähnelten. Trotz aller offensichtlichen äußerlichen Unterschiede strahlten wir genau das Gleiche aus. Für mich bestätigte dieses Foto, was ich bereits seit unserem ersten gemein-

samen Abend fühlte: Olivier und ich waren füreinander bestimmt.
Am Tag meines Umzugs stand ich eine ganze Weile mit dem Foto in der Hand neben dem Tisch von Oliviers Tante.
Ich hätte es sehr gern mitgenommen.
Letztendlich entschied ich mich dagegen, allerdings aus egoistischen Gründen: Ich hoffte, Olivier würde erkennen, dass er sich geirrt hatte, wenn er es in die Hand nahm. Nachdem ich das Foto wieder an seinen angestammten Platz zurückgestellt hatte, war ich bereit. In der Küche versuchte ich, den Hausschlüssel von meinem Schlüsselbund abzutrennen, um ihn zu einem Brief zu legen, den ich Olivier geschrieben hatte, aber es gelang mir nicht, den Metallring zu öffnen. Hajo saß bereits im Wagen und hupte ungeduldig. In einem plötzlichen Impuls beschloss ich, den Schlüssel vorerst zu behalten. Eigentlich war das auch besser so, denn dann konnte ich das Haus wenigstens vernünftig abschließen.

Über dem Brief, den ich zurückließ, hatte ich endlos gebrütet. Bei der sechsten oder siebten Version fand ich schließlich den richtigen Ton – aus den Zeilen sprach eine Entschlossenheit, die ich gern auch gespürt hätte.
Ich teilte Olivier meine neue Adresse mit.
Ich dankte ihm für die guten Jahre, die wir gemeinsam erlebt hatten.
Ich informierte ihn, dass meine Post weitergeleitet werden würde, so dass er möglichst wenig Arbeit damit hatte.

Ich brachte meine Zuversicht zum Ausdruck, dass wir weiterhin Freunde bleiben könnten, und lud ihn ein, mich bei Gelegenheit anzurufen, falls er Lust auf ein Treffen hatte.
Ruf mich an …

Er rief nicht an.
In der ersten Woche dachte ich, dass er mir Zeit geben wollte, um mich an meine neue Umgebung zu gewöhnen.
In der zweiten Woche dachte ich, dass er sich vielleicht deshalb nicht meldete, weil er beruflich viel um die Ohren hatte. Schließlich wusste ich, dass er bei einer Tagung einen Vortrag halten musste.
In der dritten Woche hatte ich Nachtdienst, was ihm zweifellos klar war. Er wusste, dass ich dann lieber keine Verabredungen traf, weil ich sie sowieso nicht richtig genießen konnte, wenn ich um elf meinen Dienst antreten musste. Ich fand es lieb von ihm, dass er daran dachte. Er konnte natürlich nicht wissen, dass ich für ihn herzlich gern eine Ausnahme gemacht hätte.
In der vierten Woche hatte ich frei, wie üblich nach einer Woche Nachtdienst. Doch auch in diesen Tagen hörte ich nichts von ihm, vielleicht weil er Rücksicht auf die Tatsache nahm, dass ich meinen normalen Rhythmus wiederfinden musste. Er wusste, dass mir das manchmal Mühe bereitete.

Mittwochmorgen, nach einer unruhigen Nacht, in der ich erst stundenlang wach gelegen und anschließend unruhig von einer beklemmenden grauen Leere geträumt hatte, hielt ich es nicht länger in meinem Zimmer aus. Ohne Frühstück ging ich aus dem Haus und lief planlos die Straße entlang. Ich spazierte über die Aelbrechtskade, an der kreischende Möwen einen herumstehenden Müllsack plünderten, kam an den schmierigen Sexshops am Nieuwe Binnenweg vorbei und passierte eine lange Reihe verlassener Schaukeln auf dem Heemraadsplein. Wieder auf der Mathenesserlaan, sah ich, wie ein junges Paar mit einem rosigen Baby gerade an einer Kinderkrippe klingelte. Der Mann hatte einen Arm um die Frau gelegt und lächelte sie an. Sie erwiderte sein Lächeln und streichelte gleichzeitig das blonde Köpfchen des Säuglings, der in einem Tragetuch vor ihrem Bauch hing.

Olivier würde nicht anrufen – das wusste ich plötzlich. Er vermisste mich nicht, er verspürte keinerlei Bedürfnis, mich zu sehen. Es kostete mich größte Mühe, meine Tränen zurückzuhalten, bis ich an dem glücklichen Elternpaar vorbei war.

6

Zwanzig Meter weiter hörte ich, wie jemand meinen Namen rief. Ich drehte mich um und sah einen Mann auf der anderen Straßenseite winken. Es dauerte einen Moment, ehe ich Oliviers Kollegen Stefan Goudswaard erkannte – ein freundlicher, aber ziemlich langweiliger Mann. Neben ihm standen seine Kinder, ein Junge und ein Mädchen im Alter von etwa fünf Jahren, ein Zwillingspaar. Bei den diversen Empfängen und beruflichen Feiern, bei denen wir einander begegnet waren, hatte er mir viel von ihnen erzählt, weil er wusste, dass ich einen Zwillingsbruder hatte.

»Jet!«, rief er erneut und winkte mir ein weiteres Mal begeistert zu.

Ich winkte zurück und wollte weitergehen, aber er sagte etwas zu seinen Kindern und überquerte dann die Straße.

»Wie geht's dir? Ich wollte dich schon die ganze Zeit anrufen, nachdem ich gehört hatte, dass … aber ich hatte deine Nummer nicht. Geht's einigermaßen? Schon wieder ein bisschen besser?«

Aus treuherzigen blauen Augen sah er mich besorgt an. Er war in jeder Hinsicht das glatte Gegenteil von Olivier. Schmal, kaum größer als ich, schütteres blondes Haar, von dem eine lange Strähne unbeholfen über eine kahle Stelle gekämmt war.

Er und Olivier hatten sich von Anfang an nicht gut verstanden. Ich erinnere mich noch genau, was Olivier über Stefan erzählt hatte, kurz nachdem er an der Poliklinik angefangen hatte.

»Und, wie war es? Wie ist dein Kollege?«, fragte ich, als wir am Abend seines ersten Arbeitstags zusammen am Tisch saßen.

»Nett, er ist so was von *nett*«, erwiderte Olivier mit salbungsvoller Stimme.

Dann verdrehte er die Augen, bis zwischen seinen schwarzen Wimpern nur noch das Weiße zu sehen war – was so idiotisch wirkte, dass ich mich vor Lachen fast verschluckte.

»Ich weiß jetzt schon, dass ich mich über diesen freundlichen, hilfsbereiten Typen schwarz ärgern werde. Das ist ein Softie, wie er im Buche steht, so ein Birkenstocktyp, du weißt schon, einer von diesen Losern, denen mein Berufsstand seinen schlechten Ruf zu verdanken hat.«

»Jet?«
Der freundliche Loser legte mir eine Hand auf den Arm.
»Alles in Ordnung? Du siehst elend aus, ich …«
»'tschuldigung, Stefan, es ist nichts …«
Fieberhaft suchte ich nach einer plausiblen Erklärung für mein tränenüberströmtes Gesicht.
Ich musste unbedingt verhindern, dass Olivier erfuhr, dass ich heulend durch die Straßen lief – koste es, was es wolle.
»Ich … ich komme gerade von der Arbeit, und es war eine harte Nacht. Zwei Todesfälle, darunter eine Frau, die ich schon länger gepflegt hatte. Das hat mich ziemlich mitgenommen.«
»Wie schrecklich.«
Ich gab mir alle Mühe, durch meine Tränen hindurch tapfer zu lächeln. Hoffentlich wirkte es etwas weniger aufgesetzt, als es sich anfühlte.
»Ach, das gehört nun mal dazu. Ansonsten geht es mir gut. Glücklicherweise hab ich ein schönes Zimmer gefunden.«
Ich deutete mit dem Arm in Richtung des ungastlichen Hauses, das ich mit vier weiteren anonymen Mietern bewohnte.
»Hier an der Mathenesserlaan? Hast du gewusst, dass ich auch hier wohne? Komm doch einfach mal vorbei. Ruf mich an, ich steh im Telefonbuch.«

Er sah mich wohlwollend an. Ich nickte, obwohl ich nicht vorhatte, mich bei ihm zu melden.
»Rühr dich, okay? Dann können wir uns ja mal treffen«, sagte er. »Tut mir leid, aber ich muss los. Die Kinder müssen zur Schule, und wir sind schon spät dran.«
»Ja, natürlich. Bis dann.«
Über die Dächer der geparkten Autos hinweg winkte ich dem Jungen und dem Mädchen zu, die artig am Straßenrand standen und auf ihren Vater warteten.
»Schlaf gut«, fügte Stefan noch hinzu, ehe er die Straße überquerte.
Zuerst begriff ich nicht, was er meinte – bis ich mich erinnerte, dass ich ja angeblich gerade vom Nachtdienst kam.
Von der gegenüberliegenden Straßenseite winkte er mir erneut zu.
Überschwenglich wedelte ich mit beiden Händen zurück, als ob ich damit irgendetwas beweisen konnte.

7

Gegen vier Uhr musste ich eingeschlafen sein, während ich vor dem Fenster saß und eine Zeitung las.
Nach einer Woche Nachtdienst war meine biologische Uhr jedes Mal durcheinander, und im Augenblick schien es noch viel schlimmer zu sein als sonst, weil ich schon seit Wochen kaum noch schlief.
Ich träumte, dass Olivier auf einer endlosen Sandfläche vor mir herging. Ich versuchte, schneller zu laufen, um ihn einzuholen, aber meine Füße versanken im losen Sand. Der Abstand zwischen uns wurde immer größer

anstatt kleiner, und als ich zu rufen versuchte, kam kein Laut aus meiner Kehle.
Das Telefon klingelte.
Ich schrak verwirrt hoch. Mein Blick fiel auf meine heimatlosen Sachen, auf Umzugskisten, die kreuz und quer im Zimmer standen, auf die noch ungewohnte Aussicht mit den knorrigen Kastanienbäumen an der Mathenesserlaan. Es dauerte einen Moment, bis mir klar wurde, dass mich das Klingeln meines Mobiltelefons geweckt hatte.
Mein Herz machte einen Sprung.
Ich schnappte mir das Telefon vom Nachtschränkchen und nahm ab, ohne auf das Display zu blicken. »Jet Luteyn.« Meine Stimme klang zerbrechlich.
In den vergangenen Wochen hatte ich immer darauf geachtet, dass ich mich resolut und munter am Telefon meldete. Aus diesem Grund hatten meine Freundinnen, die mich ausschließlich auf dem Handy anriefen, noch immer keine Ahnung, was los war. Keine von ihnen wusste, dass ich nicht mehr mit Olivier zusammenwohnte. Doch jetzt gelang es mir nicht, anders zu klingen, als ich mich fühlte.
»Hi, Jet, hier ist Hajo. Wie geht es meinem Schwesterherz?«

Nach kurzer Verwirrung wogen die Erleichterung darüber, dass Olivier meine traurige Stimme nicht gehört hatte, und die Enttäuschung angesichts der Tatsache, dass er es wieder nicht war, einander auf und wichen einer endlosen Leere.
»Gut … ich hab geschlafen, ich hatte Nachtdienst.«

»Ach, ja?«
Ungeachtet der Tatsache, dass ich seit einigen Jahren Krankenschwester war, schien es Hajo jedes Mal aufs Neue zu überraschen, dass ich nicht von neun bis fünf arbeitete.
»Alles in Ordnung?«
»Ja, mir geht's prima.«
Plötzlich breitete sich Stille aus, was bei einem Gespräch mit Hajo nichts Gutes ahnen ließ.
Er räusperte sich.
»Hör mal, Jetje, Pa und Ma scheinen noch nicht gewusst zu haben, dass ihr euch getrennt habt.«
»Hast du es ihnen etwa erzählt? Ich hatte dich doch gebeten …«
»'tschuldigung, jetzt, wo du es sagst. Aber ich war gestern Abend bei ihnen, und du weißt ja, wie das so ist …«
Das wusste ich in der Tat nur zu gut, und gerade das frustrierte mich. Ich hätte mir selbst einen Tritt in den Hintern verpassen können, dass ich Hajo gebeten hatte, mir beim Umzug zu helfen. Warum hatte ich nicht nach einer anderen Lösung gesucht? Hajo konnte sich nichts merken, selbst wenn man ihm etwas hundertmal sagte, vergaß er es in Windeseile.
In der Hinsicht war er genau wie Olivier. Wenn man Olivier morgens bat, mittags etwas Bestimmtes zu besorgen oder jemanden anzurufen, konnte man Gift darauf nehmen, dass es nicht passierte. Er hatte mich gebraucht, um an solche Dinge zu denken. Wie machte er das jetzt nur?

8

Natürlich konnte ich in der darauffolgenden Nacht wieder nicht schlafen. Als gegen vier das erste Licht durch die dünnen Vorhänge ins Zimmer drang, lag ich noch immer wach, gefangen in einem maßlosen, kaum zu ertragenden Gefühl des Kummers.

Um fünf hielt ich es nicht länger im Bett aus. Ich stand auf, ging zum Fenster und zog den Vorhang etwas zur Seite. Im zaghaften Morgenlicht war keine Wolke am Himmel zu sehen, und es versprach, ein schöner Tag zu werden. Eine Drossel, die sich in einer der Kastanien versteckt hatte, tirilierte ausgelassen. Die Luft war voller Versprechen, das Zwitschern der Vögel klang hoffnungsvoll durch die ansonsten noch ruhige Straße.

Normalerweise hätte ich diesen Moment zutiefst genossen.

Ich ließ den Vorhang wieder zurückfallen und öffnete einen der Umzugskartons, um meinen Jogginganzug zu suchen. Am Boden des zweiten Kartons fand ich ihn schließlich – eine hellblaue Hose mit einem weißen Streifen an der Seite. In der linken Tasche der dazugehörenden Jacke entdeckte ich, wie erhofft, mein hellblaues Schweißband.

Obwohl ich in den Jahren vor Olivier regelmäßig gejoggt hatte, gelang es mir danach nicht mehr, Zeit dafür freizuschaufeln. Davon profitierte ich nun, denn das bedeutete, dass er diese Kleidung nicht kannte. Mein weißes Schlaf-T-Shirt behielt ich an, zog den Trainingsanzug darüber, band meine Haare zum Pferdeschwanz zusammen und streifte das Schweißband über die Stirn. Im Spiegel studierte ich das Resultat.

Meine Haare ließ ich meistens auf Schulterlänge kürzen, weil Olivier mir irgendwann mal gesagt hatte, dass es mir seiner Meinung nach gut stehe. In den Wochen nach unserer Trennung hatte ich keine Energie gehabt, einen Termin beim Friseur zu vereinbaren. Meine Haare waren inzwischen länger geworden, was nun – in Kombination mit der Tatsache, dass ich während unserer Beziehung nie einen Pferdeschwanz getragen hatte, weil Olivier das kindisch fand – dazu führte, dass ich anders aussah als sonst. Außerdem hatte ich abgenommen, und meine Wangen wirkten weniger voll. Das alles kam mir sehr gelegen, denn es verringerte die Chance, dass mich jemand in dieser Herrgottsfrühe erkannte.

Um die anderen Bewohner nicht zu wecken, verließ ich leise das Haus und ging zur U-Bahn. Anfangs fühlte ich mich in meinem Trainingsanzug auf dem Bahngleis ziemlich deplaziert, bis mir klar wurde, dass die Umstehenden wahrscheinlich dachten, ich wäre auf dem Weg zum Kralingse Bos, um dort zu laufen.

Die U-Bahn war noch ziemlich leer, und ich hatte genügend Platz. Eine Weile blätterte ich in einer Zeitung, die jemand auf einer Sitzbank liegengelassen hatte, und las einen Artikel über Orkane, die offenbar in den vergangenen Wochen über dem Golf von Mexiko gewütet hatten. Das Ganze sagte mir überhaupt nichts, denn seit der Trennung von Olivier hatte ich mich nicht eine Minute mit irgendwelchen Nachrichten beschäftigt. Obwohl der Artikel mich auch jetzt nicht interessierte, hielt ich mir die Zeitung weiterhin vor die Nase, als Schutzschild vor den Blicken anderer. Erst als ich das Blatt weglegte, weil wir am

Gerdesiaweg angekommen waren, merkte ich, dass es vom Vortag war. Schnee von gestern, genau wie ich.
Auf dem Weg zum Park ließ ich es ruhig angehen. Bevor ich Olivier kennengelernt hatte, konnte ich problemlos eine Stunde am Stück joggen, ohne außer Atem zu geraten, jetzt dagegen würde ich bestimmt nicht lange durchhalten. Das lag sicher nicht nur daran, dass ich seit Jahren keinen Sport trieb – in den vergangenen Wochen war das, was noch von meiner Kondition geblieben war, zweifellos endgültig den Bach hinuntergegangen. Wenn ich später noch Energie übrig haben wollte, musste ich meine Kräfte schonen.
Am Park angekommen, blickte ich mich um und stellte zufrieden fest, dass er bis auf ein paar Enten völlig ausgestorben war. Ich beschloss, langsam weiterzulaufen, bis ich nah genug war. Auf der gegenüberliegenden Straßenseite gab es eine Bank, an der ich ein paar Dehnübungen machen konnte – ein perfektes Alibi, um eine Zeitlang an einer Stelle zu bleiben. Falls überraschend irgendwelche Bekannten vorbeikommen sollten, konnte ich einfach weiterlaufen. Bis zum nächsten Gebüsch würde ich bestimmt durchhalten.

Da war es.

Beim Anblick des Hauses spürte ich, wie ich zusammensackte – wie eine Marionette, bei der man sämtliche Fäden durchtrennt hat. Es kostete mich große Mühe, einen Fuß wie geplant auf die Rückenlehne der Bank zu legen. Langsam dehnte ich meine Beinmuskulatur, während ich

gleichzeitig so unauffällig wie möglich in Richtung des Hauses schielte.
Alle Vorhänge waren zugezogen, Olivier schlief bestimmt noch. Ich sah ihn förmlich vor mir, die Augen geschlossen, sein dunkles Haar auf dem Kissen.
Olivier hatte immer Schwierigkeiten gehabt, morgens auf Trab zu kommen. Nach dem Klingeln des Weckers blieb er häufig noch eine ganze Weile liegen, die Bettdecke über die Nase gezogen, ein stiller Protest gegen den anbrechenden Tag. Meistens musste ich ihn drei-, viermal rufen, ehe er sich endlich in Bewegung setzte. Er brauchte mich. Ohne mich war er verloren, das war völlig klar.
Mit einem Kloß im Hals wurde mir bewusst, dass ich schon eine ganze Weile mit dem Bein auf der Bank dagestanden hatte. Wenn mich jemand beobachtete, wie ich in Richtung des dunklen Hauses starrte, würde das sicher auffallen. Dabei wollte ich das unbedingt verhindern: Ich musste ein unsichtbarer, ganz normaler Jogger sein, so wie ich in diesem Park schon unzählige hatte herumlaufen sehen. Denn obwohl ich noch immer nicht genau wusste, was ich hier eigentlich wollte, war mir bereits vollkommen klar, dass ich wiederkommen wollte – was nur dann ging, wenn ich nicht weiter auffiel.
Auf meiner Armbanduhr sah ich, dass es erst halb sieben war, viel zu früh, um davon ausgehen zu können, dass Olivier schon wach war. Ich beschloss, eine Runde durch den Park zu drehen, dann konnte ich anschließend an die gleiche Stelle zurückkehren, weitere Dehnübungen machen und zwischendurch nachsehen, ob im Haus irgendwelche Lebenszeichen zu erkennen waren.

Während ich weiterlief, dachte ich an die Küche, in der Olivier bald frühstücken würde. Als wir noch zusammen gewesen waren, hatte ich immer den Tisch gedeckt – ganz egal, ob ich Frühdienst hatte oder Spätschicht. Selbst wenn ich Nachtdienst hatte, deckte ich für ihn den Tisch. Ich hatte die Kaffeemaschine an eine Zeitschaltuhr gekoppelt, damit stets frischer Kaffee für ihn bereitstand. Wenn sein Wecker klingelte, konnte er die Maschine in der Küche brodeln hören, ein ständiger Zeuge meiner Anwesenheit in seinem Leben.
Wie er nun frühstückte?
Ob er vergaß, abends die Zeitschaltuhr einzuschalten?
Dachte er an mich, wenn er morgens in die Küche kam und einen ungemütlichen, leeren Tisch vorfand?

Obwohl ich noch keine zweihundert Meter zurückgelegt hatte, war ich schon völlig außer Atem. Glücklicherweise war ich gerade bei einer Baumgruppe angelangt, hinter der ich mich verstecken konnte. Neben einem knorrigen Stamm blieb ich stehen, die Hände in die Seiten gestützt. In der Ferne führte jemand seinen Hund Gassi, doch er ging in die andere Richtung.
Ich umklammerte den Baum und ließ mich langsam den Stamm hinuntergleiten, bis ich auf dem Boden saß. Ich legte die Arme übereinander, die Ellbogen auf die Knie und ließ den Kopf auf die gekreuzten Handgelenke sinken, um kurz zu verschnaufen, damit ich später wieder genügend Kraft hatte, um zur Bank zurückzulaufen.

9

Natürlich schlief ich ein. Gut eineinhalb Stunden später erwachte ich mit durchgefrorenem Hintern und einem Krampf im Nacken. Als ich mich vorsichtig aufrichtete, wurde mir so schwindlig, dass ich Angst hatte umzukippen. Mit einer Hand hielt ich mich am Baum fest, legte dann die Wange gegen die rauhe Borke und wartete, bis ich mich wieder besser fühlte.

Es dauerte lange, bis das Schwindelgefühl abebbte. Vorsichtig ließ ich den Baumstamm los und ging eine Weile auf und ab, um sicherzustellen, dass ich den Rückweg zum Haus schaffen würde. Erst als das problemlos funktionierte, traute ich mich, zu meinem Posten zurückzujoggen. Exakt um zwanzig vor acht legte ich mein Bein wieder über die Rückenlehne der Bank.

Die Vorhänge waren jetzt aufgezogen – sowohl im Schlafzimmer als auch im Untergeschoss. Mit etwas Glück würde ich einen kurzen Blick auf ihn werfen können, wenn er zur Arbeit fuhr. Eigentlich ist mein Timing dank des ungeplanten Nickerchens perfekt, dachte ich mit einem bitteren Lächeln.

Die Haustür ging auf.

Da war er.

Einen kurzen Moment dachte ich, dass mir wieder übel werden würde. Ein Schwindelgefühl breitete sich in meinem Bauch aus, und meine Knie wurden weich. Rasch nahm ich das Bein von der Bank und beugte mich vor, damit das Blut in meinen Kopf strömen konnte. Das half, und das unangenehme Gefühl ließ nach. Zur Sicherheit blieb ich noch einen Moment reglos stehen, in der Hoffnung, dass meine Haltung an irgendeine weniger bekannte Dehnübung erinnerte. Mit dem Pferdeschwanz halb vor dem Gesicht beobachtete ich heimlich Olivier.

Er trug die Wildlederjacke, die ich ihm zu seinem letzten Geburtstag geschenkt hatte.
Er sah phantastisch aus.
Olivier öffnete die Fahrertür seines Saab, legte den Koffer – ebenfalls ein Geburtstagsgeschenk von mir – auf den Beifahrersitz und ließ sich anschließend hinter das Steuer sinken. Ehe er die Tür zuzog, lehnte er sich noch einmal kurz aus dem Wagen, das Gesicht zum Haus gewandt. Dann drückte er Zeige- und Mittelfinger der rechten Hand gegen seine Lippen und hob sie mit strahlender Miene hoch. Ich folgte seinem Blick, und plötzlich wurde um mich herum alles schwarz. Irgendwo in der Ferne hörte ich, wie die Tür des Saab zuschlug und kurz darauf der Motor angelassen wurde. Nachdem das Geräusch des davonfahrenden Wagens verschwunden war, nahm ich gar nichts mehr wahr.

10

»Hallo …«
Die Stimme schien von ganz weit weg zu kommen, aber das stimmte nicht, denn jemand hatte mich an der Schulter gepackt und rüttelte daran.
»Hallo, Sie da.«
Die Stimme klang ruhig. Offenbar handelte es sich um je-

manden, der sich von unvorhergesehenen Ereignissen nicht so leicht erschrecken ließ und der es gewohnt war, auf plötzliche Vorfälle reagieren zu müssen. Bestimmt eine Krankenschwester, dachte ich irgendwo tief in einer noch klaren Ecke meines ansonsten umnebelten Verstandes.

Es kostete mich Mühe, die Augen zu öffnen. Als es mir endlich gelang, blickte ich in einen wunderbaren hellblauen Himmel. Irgendwo weit oben kreisten zwei Möwen umeinander, und ihre Flügel reflektierten das Licht der Sonne. Noch weiter oben zog ein silberner Punkt einen weißen Streifen durch das Blau.

»Ah, da sind Sie ja wieder ... Sie waren plötzlich zusammengesackt. Vielleicht hatten Sie sich zu sehr verausgabt.«

Ich sah zur Seite.

Neben mir hockte eine zierliche Frau in einem dunkelblauen Frotteebademantel, der mir vage bekannt vorkam. Sie hatte lange, dunkle Locken, die ein bisschen verwuschelt wirkten, als wäre sie gerade erst aus dem Bett gestiegen. Ihre Augen schimmerten unglaublich hell, sie besaßen die gleiche Farbe wie der Himmel.

»Versuchen Sie doch mal, sich aufrecht hinzusetzen«, sagte die Frau aufmunternd, wie eine Mutter, die ihr ängstliches Kind die Leiter der Rutschbahn hinaufsouffliert.

Während ich mich mühsam aufrichtete, hielt sie mich weiterhin an der Schulter fest.

»So ist es besser«, sagte sie.

Ich nickte, drehte mich halb zur Bank um und zog mich daran hoch, bis ich auf beiden Beinen stand.

»Ich glaube, es geht schon wieder«, sagte ich, »vielen Da...«

Plötzlich drehte sich wieder alles um mich herum.
»Hoppla, immer mit der Ruhe!«, sagte die Frau.
Sie legte mir den Arm um die Taille und führte mich auf die andere Seite der Bank, damit ich mich hinsetzen konnte.
»Ich glaube, es wäre gut, wenn Sie sich erst noch einen Moment ausruhen«, sagte sie. »Haben Sie es noch weit?«
»Nein, nicht wirklich«, erwiderte ich. »Ich verstehe nicht ...«
»Warum Ihnen schwindlig geworden ist? Lassen Sie mich raten: Sie sind bestimmt aus dem Haus gegangen, ohne vorher etwas gegessen zu haben, richtig?«
Ich lächelte unsicher. »Woher wissen Sie das?«
Sie nickte wissend. »Ich kenne das. Sicher beschäftigen Sie sich sehr mit Ihrem Gewicht, stimmt's?«
Sie warf einen vielsagenden Blick auf meine Handgelenke. Mir fiel auf, dass sie tatsächlich sehr dünn wirkten. Offenbar hatte ich während der vergangenen Wochen ziemlich abgenommen.
»Ich hab schon öfter erlebt, dass die Leute dabei übers Ziel hinausgeschossen sind«, sagte sie.
»Nein, das ist nicht der Grund«, setzte ich an, da ich begriff, dass sie mich für magersüchtig hielt. »Das ist ganz und gar nicht der Grund. Ich ... ich habe nur ...«
Ich spürte, wie sich eine verräterische Röte auf meinen Wangen ausbreitete.
»Na ja«, sagte sie im Tonfall eines Menschen, der seine Vermutung bestätigt sieht, »das geht mich ja auch gar nichts an. Viel wichtiger ist jetzt, dass Sie sich bald besser fühlen. Kommen Sie doch kurz mit ins Haus, und essen

Sie ein Stückchen Biskuit, oder trinken Sie wenigstens eine Tasse Tee. Das hilft ganz bestimmt.«
»Nein danke«, erwiderte ich, »es geht schon wieder.«
Aber es ging überhaupt nicht. Als ich aufzustehen versuchte, wurde mir sofort wieder schwarz vor Augen.
»Kommen Sie«, sagte die junge Frau entschlossen.
Erneut legte sie mir den Arm um die Taille und lotste mich zum Haus.

11

Es schien, als würde ich nach Hause kommen – aber dann auch wieder nicht. Ein heftiger Anfall von Heimweh überfiel mich, denn alles war so vertraut. Zum Beispiel Oliviers graue Filzpantoffeln, die neben der Haustür standen, wo er sie am Morgen gegen seine Schuhe getauscht hatte. Er besaß sie seit Jahren, die Absätze waren schräg abgelaufen, und an der Stelle, gegen die seine großen Zehen immer stießen, wirkte der Stoff so dünn, dass man fast hindurchsehen konnte. An der Garderobe hing seine Winterjacke mit hochgeschlagenem Pelzkragen, so, wie er sie immer trug.
Die Frau lotste mich durch den Flur in die Küche.
»Hier, nehmen Sie Platz«, sagte sie und deutete mit dem Kopf auf Oliviers Stuhl.
Sie räumte seinen Frühstücksteller und seinen dunkelblauen Kaffeebecher weg. Die Zeitung, die wie immer zerknittert neben dem Teller lag, nahm sie ebenfalls vom Tisch und legte sie auf die Anrichte. Alles, was er berührt hatte, schaffte sie aus dem Weg.

Tat sie das absichtlich?
Hatte sie herausgefunden, wer ich war, und versuchte nun, mich zu quälen, indem sie alle Dinge, die er an diesem Morgen benutzt hatte, aus meiner Nähe räumte? Wollte sie mir damit zusätzlich unter die Nase reiben, dass sie gewonnen hatte?
Sie spülte den Teller ab und wischte anschließend den Tisch mit einem ziemlich schmuddeligen hellblauen Küchentuch – etwa demselben, das bereits vor meinem Auszug im Einsatz war? Während sie damit herumhantierte, wurde mir plötzlich bewusst, dass es ihr nicht gelungen war, mir alles wegzunehmen, was Olivier gehörte. Seine Wärme steckte noch immer in dem Stuhlkissen, auf dem ich saß. Ich war durchgefroren, völlig durchgefroren, aber das Kissen fühlte sich warm an. Die Wärme musste von ihm kommen – es musste einfach so sein.
Ein Teil des Glücksgefühls, das ich auf einmal verspürte, musste sich unwillkürlich auf meinem Gesicht widergespiegelt haben. Jedenfalls lächelte die Frau mich an.
»Fühlen Sie sich wieder besser?«
Ich nickte.
»Ach, warum siezen wir uns eigentlich?«, fügte sie hinzu. Sie streckte mir eine schmale weiße Hand entgegen. »Ich heiße Angela. Angela Bouvy.«

Angela Bouvy.

Fieberhaft versuchte ich, mich zu erinnern, ob Olivier den Namen jemals erwähnt hatte. War sie eine Kollegin, jemand von der Arbeit? Oder kannte er sie vielleicht aus

dem Fitnessclub? Während ich nach einem Anhaltspunkt suchte, um sie einordnen zu können, ergriff ich ihre Hand.
»Ich heiße Je…« Gerade noch rechtzeitig gab ich mir einen neuen Namen. »Ich heiße Jessica … de Jong«, sagte ich.
Es klang sehr hölzern, und die Alliteration wirkte erfunden. Ich konnte nur hoffen, dass sie es nicht bemerkte. Rasch redete ich weiter.
»Danke, dass du dich um mich gekümmert hast. Ich versteh nicht, was da draußen mit mir los war.«
Der Ausdruck in ihren Augen suggerierte, dass sie dazu eine ganz eigene Meinung hatte, diese jedoch weise für sich behalten würde.
»Möchtest du einen Kaffee oder eine Tasse Tee? Vielleicht ein Stück Biskuit dazu?«
»Gern eine Tasse Tee«, sagte ich, »und ein Stück Biskuit klingt auch gut. Du hattest recht, ich bin tatsächlich ohne Frühstück aufgebrochen.«
Angela nahm ein Teeglas – eins aus dem Service, das ich mit den Prämienpunkten vom Supermarkt zusammengespart hatte – und goss ein. Sie hatte den Tee in der gewohnten Teekanne aufgesetzt, lediglich der Geruch kam mir etwas anders vor. Entgegen meiner Gewohnheit gab ich zwei gehäufte Löffel Zucker in mein Glas, um ihr zu beweisen, dass ich nicht an einer Essstörung litt. Während ich umrührte, ließ ich den Blick durch die Küche schweifen.
»Was für ein wundervolles Haus«, sagte ich.
Meine Stimme klang seltsam, anders als sonst, und ich räusperte mich.
»Wohnst du schon lange hier?«

12

»Ja, es ist schön, nicht wahr? Ich wohne hier erst seit ein paar Wochen, aber ich war in den letzten ein, zwei Jahren regelmäßig zu Besuch hier, daher kenne ich es ziemlich gut«, erwiderte Angela.

Ich verschluckte mich an dem zuckersüßen Tee.

Inzwischen hatte sie einen Teller mit zwei Biskuitstücken vor mir auf den Tisch gestellt und setzte sich nun ebenfalls, allerdings an die Längsseite des Tischs vor der Anrichte. Auf meinen Stuhl. Auch wenn sie möglicherweise bemerkt hatte, dass ich mich verschluckt hatte, ging sie mit keinem Wort darauf ein.

»Diese Häuser aus der Vorkriegszeit haben eine besondere Atmosphäre, nicht wahr?«, fragte sie.

Glücklicherweise schien sie keine Antwort zu erwarten, sondern redete sofort weiter. »Das Schöne an diesem Haus ist die Tatsache, dass noch so viele ursprüngliche Details erhalten sind …«

Sie deutete mit einer ausladenden Geste auf die Küchenschränke, die ich eigenhändig lackiert hatte. Während ich die cremeweiß glänzenden Türen betrachtete, die Angela mir gerade mit einer Art Besitzerstolz präsentierte, wich das Gefühl des bodenlosen Kummers und der ohnmächtigen Wut, das mich seit Wochen in seinem Griff gehalten hatte, einem anderen, einem kraftvollen Gefühl. Mein Kopf wurde klar, und ich schlug eine Richtung ein, bestimmte meine Strategie. Ohne nachzudenken, setzte ich mich aufrecht hin.

»Ja, sehr schön, die Küchenschränke sind wirklich toll. Die sind bestimmt so alt wie das Fundament!«, flötete ich mit einem Bewunderung heuchelnden Ausdruck auf dem

Gesicht. »Ist das im ganzen Haus so? Sind noch mehr alte Details im Originalzustand erhalten?«

»Ja«, bestätigte Angela.

Sie schaute sich stolz um, als ob das alles selbstverständlich ihr gehörte. Ihr Verhalten ließ in mir heiße Wut aufsteigen – im Gegensatz zu der lähmenden Wut der vergangenen Wochen. Diese Wut hier schenkte mir die Energie, mich entschlossen und stark zu fühlen.

»Wow, das ist ja toll«, sagte ich und ließ den Blick interessiert über die Küche schweifen.

Angela wirkte erfreut. »Wenn du Lust hast, kann ich dich gern mal rumführen. Das wäre dann auch gleich eine gute Gelegenheit, um festzustellen, ob du wieder bei Kräften bist!«

»Klasse«, sagte ich.

Zufrieden mit meinem Sieg über meine nichtsahnende Rivalin, nahm ich einen Bissen von dem Biskuit. Der Honig, den sie daraufgestrichen hatte, war gezuckert, und obwohl mir das eigentlich immer besonders gut geschmeckt hatte, wäre es mir nicht im Traum eingefallen, so etwas einem Gast vorzusetzen.

13

Sie ging vor mir her in Richtung Wohnzimmer. Als wir den Raum betraten, fiel mir sofort auf, dass alles noch genau so stand, wie ich es einige Wochen zuvor zurückgelassen hatte. Angela tat zwar so, als gehöre das Haus ihr, aber wie ich feststellte, hatte sie diesem Zimmer ihren Stempel noch nicht aufdrücken können.

Vor dem offenen Kamin blieb sie stehen und legte eine Hand auf den schwarzen Marmor des Kaminsimses. »Den finde ich einfach wundervoll«, sagte sie.
Ich nickte, denn ich war vollkommen ihrer Meinung.
»Ich freue mich schon auf den Winter, wenn wir den Kamin anzünden können. Das wird bestimmt total gemütlich.«
Sie bedachte mich mit einem träumerischen Blick.
»Wenn dann das Feuer knistert, werde ich an all die Menschen denken, die hier früher vor diesem Kamin gesessen haben«, fuhr sie fort.
Ich setzte eine unbeteiligte Miene auf, den Blick auf die schmale Hand gerichtet, die noch immer auf dem kalten Marmor lag.
»Was für ein schöner Gedanke«, erwiderte ich im exakt gleichen süßlichen Ton.
Ich wusste, der Kamin war erst später eingebaut worden – von den Eigentümern, die hier vor Olivier gewohnt hatten. Die Leute hatten Geschmack. Der Kaminsims war riesig, und wahrscheinlich hätte ich mich selbst niemals getraut, ihn installieren zu lassen, zumal der ursprüngliche Kamin laut Olivier viel bescheidener gewesen war. Aber die vorigen Bewohner hatten ein gutes Gespür dafür bewiesen – oder sie hatten sich einfach auf ihr Glück verlassen. Jedenfalls passte das Ding perfekt hierher.

»Komm«, sagte Angela, »die Terrassentür musst du dir einfach aus der Nähe ansehen. Sowohl der Holzrahmen als auch die Bleiverglasung sind wirklich phantastisch.«
Sie drehte sich um und ging in das hintere Zimmer. Plötzlich blieb ich wie angewurzelt stehen, da mir siedend heiß

einfiel, dass dort auf dem antiken Tisch noch das Foto stehen musste, das Olivier und mich in den Pyrenäen zeigte.

Sie wusste, wer ich war.
Sie spielte ein Spiel mit mir.
Sie hatte mich natürlich sofort erkannt, als sie mich im Park aus der Nähe gesehen hatte, aber sie hatte sich nichts anmerken lassen. Vielleicht hatte sie auch erst einmal sehen wollen, wie ich reagierte, als sie mich in das Haus mitnahm. Da ich so getan hatte, als wäre ich hier noch nie zuvor gewesen, hatte sie beschlossen, das Spiel mitzuspielen. Wollte sie testen, wie weit ich gehen würde? Oder meinte sie es vielleicht sogar gut mit mir und wollte mir eine unangenehme Konfrontation ersparen?
Nein, das konnte nicht der Grund sein: Wenn sie mich hätte schonen wollen, dann hätte sie mich nicht im Haus herumgeführt, sondern möglichst schnell wieder vor die Tür gesetzt.
Sie spielte mit mir – das musste es sein.

»Kommst du, Jessica?«
Angela stand vor der Terrassentür. Die Sonne schien durch das Buntglas in den Raum und zauberte ihr merkwürdige graugrüne Flecken aufs Gesicht.
»Bin schon da«, erwiderte ich so neutral wie möglich und setzte mich in Bewegung.
Inzwischen blickte sie bereits wieder aus dem Fenster und erzählte irgendetwas über die Größe des Gartens. Mit klopfendem Herzen warf ich einen Blick auf den antiken Tisch.

Das Foto war verschwunden.
Eine Woge der Erleichterung durchströmte mich. Olivier hatte das Foto natürlich entfernt, bevor Angela bei ihm eingezogen war.
Im nächsten Moment kochte ich vor Wut. Dieses Foto gehörte dorthin, auf diesen Tisch. Schließlich hatte es jahrelang dort gestanden. Mit einem Stich im Herzen hatte ich es extra für Olivier zurückgelassen. Wie konnte er so rücksichtslos sein, es wegzunehmen, kaum dass ich aus der Tür war?
Wo befand sich das Foto überhaupt? Der Gedanke daran stimmte mich furchtbar traurig. Zweifellos hatte Olivier es irgendwohin gesteckt. Achtlos weggeräumt, auf den Boden einer Schublade, ganz hinten in den Schrank. Unsere glücklichen, erwartungsvollen Gesichter blickten nun gegen eine Schrankrückwand oder auf die Socken und Unterhosen, die auf ihnen lagen.

»Alles in Ordnung?«
Angela.
Ich stand noch immer neben dem Tisch, die Augen auf die Stelle gerichtet, wo ich das Foto erwartet hatte. Mit einer Hand stützte ich mich an der Wand ab, während ich die andere an die Stirn führte.
»Komisch«, sagte ich, »irgendwie fühle ich mich doch noch ein wenig schwindlig.«
Das entsprach nicht nur der Wahrheit – es war auch für meine Rolle der perfekte Text.
»Wie gut, dass wir hier drinnen noch ein Weilchen herumgehen können. Stell dir mal vor, du würdest draußen

wieder zusammenklappen!«, sagte sie mit besorgtem Blick.
»Eine Führung mit Therapieeffekt durch dein Haus«, sagte ich mit angestrengtem Lächeln.
Angela wirkte völlig unbefangen. »Genau«, sagte sie und drehte sich wieder zur Terrassentür um.
Sie zeigte auf verschiedene Pflanzen und Sträucher und erklärte mir dann, die Bepflanzung des Gartens passe ihrer Meinung nach hervorragend zum Stil des Hauses. Darin stimmte ich mit ihr überein – genau aus diesem Grund hatte ich diese Pflanzen ein paar Jahre zuvor bei einem großen Gartencenter in Capelle ausgesucht.
»Was meinst du: Hätte es auch therapeutische Wirkung, wenn wir noch nach oben gingen?«, fragte Angela, nachdem sie nichts mehr über den Garten zu berichten wusste.
»Gute Idee«, erwiderte ich.
In dem Moment dachte ich das wirklich. Ich dachte, es würde mir guttun, zu sehen, dass meine Anwesenheit im Haus hier und dort noch zu spüren war. Genau das war auch der Fall. Und noch vieles mehr: Überall fanden sich Hinweise, dass das Haus ohne meine Anwesenheit schlechter dran war.

14

Während wir nach oben gingen, bemerkte ich, dass auf drei oder vier Stufen Sachen herumlagen: ein Gürtel, ein fleckiges Buch, ein Feuerzeug, mehrere Briefe. Olivier schätzte es, wenn das Wohnzimmer aufgeräumt war, und er hatte die Angewohnheit, alles, was dort herumflog, auf die Treppe zu legen. Meistens hatte ich die Sachen dann für ihn weggeräumt, denn er selbst schien sie gar nicht mehr wahrzunehmen, sobald er sie einmal auf die Treppenstufen gelegt hatte.

Zu meiner Zeit hatte sich nicht ein einziges Mal so viel Kram auf der Treppe angesammelt, konstatierte ich nicht ohne Stolz.

»Das ist das Schlafzimmer«, sagte Angela, die inzwischen den oberen Flur erreicht hatte.

Erst als ich neben ihr stand, öffnete sie die Tür.

Das Bett war nicht gemacht. Auf Oliviers Kissen zeichnete sich eine deutliche Delle ab, der Abdruck seines Kopfes. Das andere Kissen lag dicht daneben. Am liebsten hätte ich es sofort weggenommen und ein Stück abgerückt. Noch lieber hätte ich aufgeschrien, laut losgebrüllt, mich auf das Bett geworfen, den Kopf auf das Kissen gelegt, das nun Angela benutzte, und dann Oliviers Kissen an mich gepresst.

Meine Rivalin hatte inzwischen das Zimmer durchquert.

»Wie findest du den Balkon?«

Sie öffnete die Tür und trat hinaus. Cremefarbene Vorhänge, die ich einst genäht hatte – in meinem ersten Sommer in diesem Haus –, bauschten sich im Wind. Die Furcht, Angela könnte meiner Stimme anhören, dass mit mir etwas nicht stimmte, hielt mich davon ab, ihre Frage zu beantworten. Schweigend folgte ich ihr auf den Balkon, der genau auf den Park hinausging, in dem ich am Morgen zusammengeklappt war.

Ich blickte hinüber zu den Bäumen und dachte an den

Moment zurück, als ich hier zum letzten Mal gestanden hatte. Das war an jenem Samstag gewesen: Ich hatte die Betten ausgeschüttelt, während Olivier unten auf der Auffahrt in seinen Saab gestiegen war. Als er die Tür krachend zugeschlagen hatte, war ein Schwarm Krähen aus dem Park aufgestiegen. Eine ganze Weile hatten die Vögel unheilvoll über den Bäumen gekreist, daran erinnerte ich mich noch genau. Jetzt sah ich das Bild wieder vor mir, auch wenn weit und breit keine Krähe zu erkennen war.

Olivier war damals auf dem Weg zum Fitnessclub gewesen, um den Körper zu trainieren, mit dem er diese junge Frau schon jahrelang liebte.

So unauffällig wie möglich schielte ich zur Seite. Angela hielt mit der rechten Hand ihre dunklen Locken zusammen, während sie sich mit der linken auf das gusseiserne Balkongeländer stützte. Wenn ich ihr jetzt einen Stoß versetzte, würde sie das Gleichgewicht verlieren und über die zierliche Brüstung straucheln. In Gedanken sah ich sie auf den Klinkersteinen der Auffahrt liegen, den Hals in einem seltsamen Winkel verrenkt, die langen, dunklen Haare in einer Blutlache.

Nur mit Mühe konnte ich mich zurückhalten.

»Schön, nicht wahr?«, sagte Angela, nichts Böses ahnend. »Ich finde den Balkon wirklich toll und genieße ihn jeden Tag!«

Ich musterte sie so freundlich wie möglich. »Das kann ich mir vorstellen«, murmelte ich wahrheitsgemäß.

Seit meinem ersten Sommer in diesem Haus hatte der Balkon auch zu meinen Lieblingsorten gehört. Damals war es sehr warm, Olivier und ich hatten bei offener Tür geschlafen. Mit jedem Windhauch hatten sich die Vorhänge nach innen gebauscht, und dazwischen hatte man den Nachthimmel erkennen können. Nun wehte eine der Stoffbahnen nach draußen und drückte sich gegen meine Beine, als hätte sie mich vermisst.

15

Als Angela mich schließlich zur Haustür begleitete, war es bereits halb elf. Sie hatte mir dringend empfohlen, ganz ruhig nach Hause zu gehen, und bot mir sogar an, mich mit dem Rad zu fahren, weil sie fürchtete, dass ich allein nicht weit kommen würde. Auf ihr Drängen hin aß ich noch eine Banane, worauf sie mir schließlich glaubte, dass ich es schaffen würde. Ihre Sorge war so aufrichtig, dass ich mich fast ein wenig schämte.

Sie ging davon aus, dass ich irgendwo in diesem Viertel wohnte, und natürlich ließ ich sie in dem Glauben.

Nachdem ich mich von ihr verabschiedet hatte, war ich auffällig guter Laune. Anfangs verstand ich das nicht. Wie konnte ich mich besser fühlen, jetzt, da ich herausgefunden hatte, dass Olivier mich praktisch nahtlos gegen eine andere Frau ausgetauscht hatte? Zumal sich auch noch herausgestellt hatte, dass er schon eine ganze Weile hinter meinem Rücken eine Beziehung mit ihr führte. Erst während der Fahrt ins Stadtzentrum wurde mir allmählich bewusst, warum ich mich so gut fühlte. Die Tatsache, dass Angela nun da war, machte deutlich, dass Olivier mich nicht einfach so verlassen hatte. Es war keineswegs so, dass er meiner überdrüssig geworden war – er hatte sich schlicht und einfach in jemand anderen verliebt. Wenn das, was Angela über ihre gemeinsame Vergangenheit erzählt hatte, tatsächlich stimmte, dann hatte er zwei Jahre gebraucht, ehe er es wagte, sich letztendlich für die andere Frau zu entscheiden. Davor hatte er sich offenbar nicht dazu durchringen können, sosehr er auch in sie verliebt gewesen sein mochte.

Das war eine vollkommen andere Wirklichkeit als die, in der es zwischen ihm und mir einfach aus gewesen war.

Angelas Anwesenheit in Oliviers Leben war natürlich nicht schön. Die Tatsache, dass es in unserer Beziehung bereits zwei Jahre lang eine für mich unsichtbare Dritte gegeben hatte, war schlichtweg schrecklich. Dennoch bot mir diese neue Realität eine bessere Perspektive als die Wirklichkeit, in der Oliviers Liebe zu mir einfach verebbt war. Denn eine neue Liebe, die aus einem Seitensprung entstanden war, konnte im Laufe der Zeit erlöschen. Wenn die Spannung, welche die heimlichen Treffen mit sich brachten, nicht mehr da war, konnte es durchaus hart auf hart kommen. In irgendeiner Frauenzeitschrift hatte ich mal gelesen, dass gerade diese Sorte von Beziehung – wenn man sich letztendlich doch füreinander entschieden hat – überdurchschnittlich häufig scheiterte. Obwohl ich Olivier natürlich nicht einfach so zurücknehmen würde, konnte ich mir andererseits vorstellen, dass sein Fehltritt einen positiven Effekt auf unsere zukünftige Beziehung haben würde. Bis jetzt war er immer der Stärkere gewesen: Er wusste alles, konnte alles, traute sich alles. Durch sein Fremdgehen hatte er sich endlich einmal als fehlbar erwiesen. Vielleicht würde das ja letztendlich zu einem besseren Gleichgewicht zwischen uns führen.

Der Gedanke, dass sich zwischen Olivier und mir alles wieder einrenken könnte, verlieh mir Flügel.
Zu Hause angekommen, packte ich alle Kartons, die seit meinem Umzug kreuz und quer im Zimmer herumgestanden hatten, nacheinander aus. Ich sortierte meine Kleidung und steckte alles, wovon ich fand, dass es mir nicht stand, in Müllsäcke. Danach machte ich gründlich sauber und schob die Möbel so lange hin und her, bis das Zimmer vollkommen verändert und nicht wiederzuerkennen war.
Vorläufig konnte es so bleiben.
In den kommenden Wochen würde ich neue Dinge kaufen – eine hübsche Tagesdecke, Kissen, eine Stehlampe. Das Zimmer musste ein warmer, stimmungsvoller Raum werden, ein Ort, an dem ich Olivier stilvoll empfangen konnte, sobald die Zeit reif dafür war. In der Zwischenzeit würde ich mich intensiv mir selbst widmen: neue Kleidung kaufen, ein Besuch beim Friseur – mal sehen, was er aus meinen längeren Haaren machen konnte –, ein Gang zur Kosmetikerin oder sogar zum Zahnarzt, um mir die Zähne bleichen zu lassen.
Und natürlich mehr Bewegung.
Joggen, um genau zu sein.

16

In der darauffolgenden Nacht schlief ich wie ein sorgloses Kind. Erst gegen neun wachte ich am nächsten Morgen auf und fühlte mich fitter denn je. Im leicht blinden Spiegel des Bads, das ich mit den anderen Bewohnern auf meiner Etage teilte, stellte ich zufrieden fest, dass ich mich nicht nur besser fühlte – ich strahlte es auch aus. Rosige Wangen, funkelnde Augen, ein deutlicher Kontrast zu dem mutlosen Gesicht, das mich in den vergangenen Wochen morgens begrüßt hatte.

Es war Donnerstag, und ich musste erst nach dem Wochenende wieder zur Arbeit. Dennoch telefonierte ich kurz vor zehn mit meiner Chefin. Sie würde jetzt wahrscheinlich an ihrem Schreibtisch sitzen, hoffentlich konnte ich sofort zur Sache kommen.

»Hi, Astrid, hier ist Jet. Entschuldige die Störung, aber ich habe eine kurze Frage zum Dienstplan«, setzte ich an, nachdem sie unmittelbar nach dem ersten Klingeln den Hörer abgenommen hatte.

»Schieß los«, sagte sie freundlich.

»Ich würde gern einen Kurs machen, und der findet mittwochmorgens statt. Wäre es vielleicht möglich, das bei der Dienstverteilung zu berücksichtigen?«

»Wann fängt der Kurs denn an?«

»Nächste Woche ... Ich weiß, ich komme ein bisschen spät damit, aber ich bin erst kürzlich darauf gestoßen.«

»Macht nichts, ich sehe mal nach«, sagte sie.

Im Hintergrund hörte ich Papier rascheln – offenbar holte sie den Dienstplan hervor.

»Was für ein Kurs ist das eigentlich?«

»Äh, Pilates ... hier im Bürgerzentrum. Eine Freundin

von mir hat sich dafür angemeldet, und ich dachte, es wäre schön, wenn ich sie begleiten könnte.«

Mir war nicht wohl dabei, Astrid zu belügen, aber ich hatte das Gefühl, dass mir keine andere Wahl blieb. Die Wahrheit war zu kompliziert, zu persönlich.

Jedenfalls redete ich mir das ein. Im Nachhinein betrachtet glaube ich, dass ich in jenem Moment vielleicht meinen ersten großen Fehler begangen habe und dass man sich grundsätzlich auf dem Irrweg befindet, wenn man seine Pläne nicht mehr mit den Menschen teilen kann, die einem freundlich gegenüberstehen.

»Klingt gut«, sagte Astrid. »Wie schön, dass du etwas Neues anfangen willst. Lass mich mal nachsehen … Nächsten Mittwoch hast du Spätdienst, das wäre dann also kein Problem, oder?«

»Nein, das wäre prima. Soweit ich weiß, ist der Kurs gegen halb zwölf vorbei.«

»Den Mittwoch danach hast du Frühdienst, aber ich werde versuchen, ihn zu tauschen. Der Dienstplan für die darauffolgenden Wochen steht noch nicht definitiv fest, da kann ich noch problemlos hin und her schieben. Irgendwie bekommen wir das schon hin. Besorg dir ruhig schon mal einen Gymnastikanzug!«

»Danke«, sagte ich und hatte plötzlich einen Kloß im Hals.

Es rührte mich, zu spüren, wie sehr sie es mir gönnte, dass ich mein Leben wieder in die Hand nahm. Genau das tat ich ja schließlich auch, redete ich mir ein, allerdings auf eine etwas andere Art und Weise, als sie glaubte.

17

Ich zog eine Jeans und ein T-Shirt mit langen Ärmeln an und band mir die Haare wieder zum Pferdeschwanz zusammen. Außerdem schminkte ich mich dieses Mal dezent. Im Spiegel auf der Innenseite meiner Schranktür sah ich, dass ich unauffällig, aber gepflegt wirkte. Zufrieden ging ich aus dem Haus, schloss mein Fahrrad auf und machte mich auf den Weg. Das Wetter war schön, und ich genoss den Anblick der Blätter an den alten Bäumen am Noordsingel, die das Sonnenlicht filterten, ebenso wie das bunte Treiben auf den Straßen in Crooswijk und die leichte Brise, die mir die Haare ins Gesicht wehte. Beim Blumenstand am Oude Dijk kaufte ich einen großen Bund violette Tulpen, denn im Haus gab es eine Glasvase, in der sie wundervoll zur Geltung kommen würden. Danach fuhr ich mit dem Rad am Haus vorbei, um sicherzugehen, dass der Wagen weg war. Anschließend stellte ich das Fahrrad um die Ecke ab und holte eine Baseballkappe aus meinem Rucksack. Mit tief ins Gesicht gezogener Kappe, den Blick auf den Boden gerichtet, ging ich schnell zur Haustür. Dort angekommen, suchte ich gewohnheitsmäßig im Seitenfach meines Rucksacks nach meinem Schlüsselbund. Es tat weh, mich dabei zu ertappen. Ich atmete tief durch und klingelte. Während ich darauf wartete, dass Angela die Tür öffnete, nahm ich die Kappe rasch wieder ab und steckte sie in den Rucksack.

Die Tür schwang auf.

Mit einem Stich im Herzen stellte ich fest, dass sie viel hübscher war, als ich sie in Erinnerung hatte. Sie hatte die Haare hochgesteckt, was die anmutigen Konturen ihres schlanken Halses betonte. Ihre blauen Augen waren von

wundervollen, dunklen Wimpern umgeben, und die roten Lippen glänzten einladend vor perlweißen Zähnen.
»Jessica!«, rief sie erfreut.
Ihre Begeisterung brachte mich kurz aus dem Konzept, und sie klang so aufrecht, dass ich mich schämte. Rasch unterdrückte ich dieses Gefühl – ich schuldete dieser Frau rein gar nichts.
»Hallo, Angela, ich wollte dir kurz ein paar Blumen vorbeibringen, um mich dafür zu bedanken, dass du mich gestern von der Straße aufgelesen hast.«
Beinahe begierig riss sie die Haustür weit auf. Plötzlich wusste ich, warum sie mir hübscher erschien – sie war bekleidet und geschminkt. Sie trug einen eleganten Hosenanzug aus einem weich fallenden himmelblauen Stoff, der ihr phantastisch stand. Die Wirkung wurde allein durch die rosa Plüschpantoffeln an den Füßen ein wenig geschmälert.
»Wie lieb von dir!«, sagte sie und winkte mich herein. »Das wäre doch wirklich nicht nötig gewesen! Komm, ich mache uns einen Kaffee!«
»Na, da sag ich nicht nein!«, erwiderte ich.

Genau wie am Tag zuvor führte Angela mich in die Küche. Dort ging sie zur Kaffeemaschine und füllte mit einer Hand Wasser hinein, während sie in der anderen die Tulpen hielt. Als sie die Kaffeedose aus dem Schrank genommen hatte und diese ungeschickt zu öffnen versuchte, stand ich auf und nahm ihr die Blumen aus der Hand.
»Soll ich sie vielleicht schon mal ins Wasser stellen?«, fragte ich.

»Gern«, erwiderte sie erleichtert.
»Wo sind die Vasen?«
»Ich ... äh, schau mal in dem Schrank da nach ... glaube ich. Oder da drüben vielleicht?«
Während ich pro forma zunächst den falschen Schrank öffnete, machte ich mir in Gedanken Notizen:
Angela war alles andere als geschickt. Sie kam schon durcheinander, wenn sie gleichzeitig Kaffee aufsetzen und Blumen in eine Vase stellen sollte.
Sie wusste nicht, wo die Vasen standen, was bedeutete, dass Olivier ihr keine Blumen mitbrachte. Im Grunde bedeutete das auch, dass sie bisher noch nicht gemeinsam Gäste empfangen hatten.
Angela freute sich offensichtlich über meinen Besuch – war sie in ihrem neuen Leben etwa einsam? Was machte sie eigentlich den ganzen Tag, wenn Olivier zur Arbeit fuhr? Ich hatte sie nun an zwei aufeinanderfolgenden Tagen zu Hause angetroffen, also ging sie wahrscheinlich keiner Arbeit nach. Andererseits machte sie nicht unbedingt den Eindruck, als wäre sie eine begeisterte Hausfrau.
Ich fand die Glasvase, an die ich bereits beim Blumenkauf gedacht hatte, und stellte die Tulpen hinein. Wie erwartet, kamen sie auf dem Holztisch in der Küche wundervoll zur Geltung.

18

Kurze Zeit später schenkte Angela den Kaffee ein.
»Ich hoffe, dass er schmeckt«, sagte sie, »ich weiß nie, wie viel Löffel Kaffee ich in die Maschine geben muss. Meistens wird er entweder zu stark oder zu dünn.«
Ich führte die Tasse an die Lippen und nahm einen Schluck. Bereits die tintenschwarze Farbe verriet mir, dass der Kaffee viel zu stark war.
»Prima«, log ich.
»Ja?«, sagte sie hoffnungsvoll, wie ein Kind, dem endlich einmal etwas gut gelungen ist.
Ich nickte reflexartig, ein ermutigendes Lächeln auf dem Gesicht. Das war es also, was sie hervorrief, stellte ich fest: Bestätigung, Beschützerinstinkt.
War dies auch die Eigenschaft, die Olivier zu ihr hingezogen hatte? Er liebte es, sich um andere Menschen zu kümmern, das wusste ich ganz genau. Ein Charakterzug, den man ihm im Alltag vielleicht nicht direkt anmerkte, aber es musste einfach so sein. Sonst hätte er sich in seinem Beruf niemals wohl fühlen können. Außerdem war er gern der Stärkere.
»Da habe ich ja echt Glück gehabt, dich zu Hause anzutreffen«, sagte ich. »Ich hatte schon befürchtet, ich müsste die Blumen bei den Nachbarn abgeben.«
Ein weiterer Satz voller Lügen, dennoch kam er mir erstaunlich leicht über die Lippen. Das war einerseits befremdlich, andererseits aber auch wieder nicht: In meinem Beruf musste ich häufig so tun als ob, beispielsweise Interesse zeigen für hoffnungslose Nörgler. Oder meine eigenen Gefühle bei zu Herzen gehenden Vorfällen unter-

drücken, um mich auf die Patienten und ihre Angehörigen konzentrieren zu können.
»Na ja«, erwiderte Angela verlegen, »die Nachbarn wirst du wahrscheinlich seltener antreffen als mich. Es scheint, als würden in dieser Straße alle arbeiten. Tagsüber ist es hier wie ausgestorben.«
»Wie ungemütlich! Arbeitest du denn nicht?«
»Nein, ich bin … ich habe …«
Sie verstummte.
Was war sie? Was hatte sie?
Ich wartete einen Moment, doch sie schwieg.
»Du machst den ganzen Haushalt«, half ich schließlich weiter. »Daran ist doch nichts auszusetzen? Es kommt mir nur ein bisschen einsam vor, wenn in der ganzen Straße tagsüber keiner da ist. Und dein Freund … muss er jeden Tag zur Arbeit?«
»Ja, er hat eine Vollzeitstelle. Manchmal wirkt es auf mich, als hätte er sogar mehr als nur diesen einen Job. Außerdem hat er ständig wechselnde Dienstzeiten.«
»Was macht er denn?«, fragte ich interessiert.
»Er ist Psychiater«, sagte Angela, mit einer Mischung aus Stolz und Verwunderung in der Stimme.
»Du lieber Himmel«, erwiderte ich entsetzt. »Hast du denn keine Angst, dass er in dich hineinsehen kann?«
Angela dachte kurz nach.
Erneut machte ich mir in Gedanken Notizen: Sie hatte ihre Antwort nicht parat. Offenbar hatte sie diese Frage noch nie beantworten müssen – was höchstwahrscheinlich bedeutete, dass sie sich mit Olivier noch nicht sehr oft in der Öffentlichkeit gezeigt hatte. Andernfalls wäre ihr

die Frage in dieser oder ähnlicher Form längst gestellt worden. Ich musste es schließlich wissen.

»Er weiß tatsächlich oft ziemlich genau, was mich beschäftigt«, sagte sie schließlich, mit einem Blick, den ich nicht vollständig deuten konnte. »Aber das macht mir keine Angst. Im Gegenteil: Es vermittelt mir sogar eine gewisse Sicherheit.«

Das war nicht die Antwort, die ich immer auf diese Frage gegeben hatte. Dennoch hat für mich im Grunde genau das Gleiche gegolten, dachte ich, während ich ihr zunickte.

19

Wir redeten noch eine halbe Stunde lang über dies und jenes. Dann schob ich meinen Stuhl nach hinten und stand auf.

»Angela, ich fand es total gemütlich, aber ich muss jetzt leider gehen. Ich muss noch einkaufen, ehe ich zur Arbeit fahre.«

»Oh … ja«, sagte sie, und ihre Stimme klang enttäuscht.

»Was machst du eigentlich beruflich?«, fragte sie, während wir gemeinsam zur Haustür gingen.

»Ich arbeite in einem Krankenhaus«, erwiderte ich, »im Labor.«

Wenn du lügst, bleib so nah wie möglich an der Wahrheit.

Das hatte Olivier gesagt, an unserem allerersten gemeinsamen Morgen. Er wollte bei mir bleiben und konnte gar nicht genug von mir bekommen, in diesen glorreichen ersten Tagen. Noch vom Bett aus rief er in der Klinik an, um sich krankzumelden. Er erzählte der Abteilungssekretärin, dass er im Bett liege und es einfach nicht schaffe, herauszukommen. Während des Telefonats lächelte er in meine Richtung, mit einem unwiderstehlichen Funkeln in den Augen.

»Hör mal«, sagte ich, als wir an der Haustür standen, »wenn du hier sowieso allein zu Hause herumsitzt … hättest du vielleicht Spaß daran, wenn ich nächste Woche wieder vorbeikomme? Mittwochmorgens hab ich nämlich frei, und meistens jogge ich hier im Park. Danach könnte ich kurz bei dir reinschauen, oder wir gehen gemeinsam laufen, falls dir das lieber wäre?«

»Prima!«, erwiderte Angela erfreut. »Allerdings müsste ich es mit dem Joggen langsam angehen lassen, weil ich überhaupt keine Kondition habe. Wäre das schlimm?«

»Natürlich nicht. Ich habe auch gerade erst wieder angefangen, wie du ja gemerkt hast.«

Sie legte eine Hand auf meinen Arm. »Aber vorher unbedingt etwas essen, okay? Die paar Kalorien hast du beim Joggen im Nu wieder verbrannt!«

Ihr Handgelenk war auffallend dünn, wie mir auffiel. Dünner als meins.

Plötzlich erkannte ich, dass sie selbst an einer Essstörung litt. Der süße Aufstrich, der im Küchenschrank vor sich hin gammelte, der rasche Rückschluss, dass mir schwindlig geworden war, weil ich nichts gegessen hatte, die dünnen Handgelenke – es passte alles zusammen.

»Ich verspreche es. Vielleicht haue ich mir ja vor dem Jog-

gen sogar noch ein Spiegelei in die Pfanne«, improvisierte ich und verzog dabei angewidert das Gesicht.
»Allein bei dem Gedanken wird mir übel«, erwiderte sie lachend.
Einen Moment lang blieb ich verlegen neben ihr stehen, als hätte ich Bedenken, ob es vernünftig gewesen war, sie einen Blick in eine Welt werfen zu lassen, die ich normalerweise vor anderen versteckte.
»Um wie viel Uhr soll ich dich abholen?«, fragte ich schließlich. »Gegen zehn?«
»Okay. Sollen wir danach noch einen Kaffee trinken?«
»Perfekt«, sagte ich.

Es war wirklich perfekt. Olivier konnte mittwochs nur in absoluten Ausnahmefällen freinehmen, weil Stefan an diesem Tag wegen seiner Kinder nicht da war. Demnach war die Wahrscheinlichkeit, dass ich ihm über den Weg lief, minimal. Auf diese Weise konnte ich ohne großes Risiko eine Beziehung zu Angela aufbauen und gleichzeitig die Entwicklungen zwischen ihr und Olivier im Auge behalten. Wenn das Unvermeidliche passierte und es schiefzulaufen begann, wäre ich eine der Ersten, die davon erführe. Es müsste schon mit dem Teufel zugehen, wenn ich dieses Wissen nicht zu meinem Vorteil nutzen konnte. Ganz kurz blitzte auch der Gedanke auf, was ich zusätzlich unternehmen könnte, falls die Beziehung der beiden nicht von selbst scheiterte – auch wenn ich mir alle Mühe gab, diesen Gedanken zu verscheuchen.

20

Während ich mit dem Rad nach Hause fuhr, dachte ich an meine erste Begegnung mit Olivier vor fast sechseinhalb Jahren. Man hatte ihn als Psychiater bei der Behandlung einer jungen Frau mit Anorexie hinzugezogen, die aufgrund extremer Unterernährung bei uns auf der Intensivstation lag. Sie hatte sich so oft übergeben, dass sie zu wenig Kalium im Blut hatte, weshalb Herzrhythmusstörungen drohten. Folglich hatte ihr Hausarzt sie in die Notaufnahme geschickt, wo man sie wegen ihrer extremen Laborwerte direkt auf die Intensivstation verlegte. Dort angekommen, hatten die Ärzte ihr eine Sonde angelegt, um sie künstlich zu ernähren. Eigentlich wollte sie das nicht, aber sie war zu schwach, um sich überzeugend dagegen zu wehren.
Olivier betreute sie täglich als Therapeut und kam anschließend ins Schwesternzimmer, um Notizen in ihrer Krankenakte zu machen. Ich sorgte dafür, dass ich immer zufällig in der Nähe war, brachte ihm Kaffee und hielt ein Schwätzchen mit ihm. Eines Tages sagte ich ihm, wie sehr ich ihn für seine Geduld im Umgang mit dieser Patientin bewunderte.
»Danke«, erwiderte er. »Allerdings muss ich hinzufügen, dass diese Menschen nicht gerade zu meinen bevorzugten Patienten gehören. Ehrlich gesagt bin ich froh, wenn das Mädchen kräftig genug ist, um in eine Spezialklinik für Menschen mit Essstörungen verlegt zu werden.«

Und jetzt hatte er eine Beziehung mit einer Frau, die ihre Essgewohnheiten nicht im Griff hatte. Ob er es vielleicht gar nicht wusste? Möglicherweise nicht. Möglicherweise

hielt sie es vor ihm geheim. Der Hang zum Verschweigen war ziemlich groß – wie ich von Olivier wusste, der mir bei unserer ersten Verabredung seine Ansichten über Essstörungen erläutert hatte.
Falls Angela ihre Krankheit wirklich vor ihm verbarg, bestand vielleicht eine Möglichkeit, dafür zu sorgen, dass er davon erfuhr. Das würde der Beziehung sicher einen nicht unerheblichen Knacks versetzen.
Ich war so tief in Gedanken versunken, während ich an der Ampel stand, dass ich erschrocken zusammenzuckte, als Stefan mich ansprach.
»He, Frau Nachbarin, so trifft man sich wieder!«
»Hi«, sagte ich erstaunt.
Seit unserer Begegnung war ich darauf gefasst gewesen, ihm über den Weg zu laufen, aber an einem Donnerstag, mitten am helllichten Tag, damit hatte ich nicht gerechnet.
»Hast du frei?«
»Ja, ich war mit den Kindern gerade beim Arzt, zur Kontrolle, wo man anhand ellenlanger Fragebögen überprüft, ob auch alles normal verläuft.«
»Und, wurden sie für gesund befunden?«, fragte ich interessiert.
»Voll und ganz«, erwiderte er.
Er neigte den Kopf ein wenig. »Du siehst übrigens auch deutlich besser aus.«
Ich dankte ihm für das Kompliment und wollte schon weiterfahren, als er sich verlegen räusperte.
»Hör mal, hättest du vielleicht Lust, mit mir irgendwo eine Kleinigkeit essen zu gehen? Ich muss erst um zwei wieder in der Poliklinik sein. Ich habe extra großzügig

kalkuliert, weil Routineuntersuchungen oft furchtbar lange dauern, und jetzt habe ich jede Menge Zeit. Was hältst du davon?«

Ich hatte keine anderen Pläne, außerdem hatte ich Stefan schon immer gemocht. Wenn wir zusammen zu Mittag aßen, konnte ich ihn fragen, wie es Olivier und seiner Arbeit ging. Wer weiß – vielleicht hatte man ihm ja etwas angemerkt ... irgendetwas, das darauf hindeutete, dass er mich vermisste und über seine Entscheidung möglicherweise nicht ganz so glücklich war wie erhofft.

»Prima«, sagte ich deshalb.

Zu meiner Überraschung errötete Stefan.

21

Stefan war Witwer, seine Frau war vor dreieinhalb Jahren bei einem Autounfall ums Leben gekommen.

»Wie läuft's denn so mit dir und den Kindern?«, fragte ich, während wir zum Café Wester Paviljoen gingen.

»Ach, uns dreien geht es ziemlich gut. Die Kinder kennen es im Grunde ja gar nicht anders, sie waren doch erst eineinhalb, als Mirjam starb. Sie können sich überhaupt nicht mehr an ihre Mutter erinnern. Die beiden gehen jetzt seit einem Jahr zur Schule, und ihre Lehrer sind recht zufrieden – ich darf also nicht klagen.«

Es klang ein wenig angeberisch, fast als wollte er behaupten, dass er als Alleinerziehender die Situation besser im Griff hatte als so manches Elternpaar.

»Klasse, wie du das alles managst«, sagte ich.

»Ich gebe mir zumindest alle Mühe. Das Verrückte daran ist nur, dass manche Dinge inzwischen besser funktionieren als damals, als ihre Mutter noch da war«, erwiderte er. »Beispielsweise widme ich mich den Kindern jetzt viel intensiver als früher, und ich achte viel bewusster darauf, dass ich für sie da bin. Dafür bekomme ich aber auch wahnsinnig viel zurück. Womit ich jetzt natürlich nicht sagen will, dass es gut ist, dass Mirjam nicht mehr da ist.« Er sah mich kurz von der Seite an, als wolle er sich vergewissern, ob ich seine Äußerung auch richtig verstand.

»Nein, natürlich nicht«, sagte ich rasch.

In der Zwischenzeit waren wir am Café angekommen. Es herrschte reger Betrieb, aber Stefan gelang es, einen frei werdenden Tisch am Fenster zu ergattern.

»Wie geht's dir, Jet? Kommst du einigermaßen zurecht?«, fragte er, nachdem die Kellnerin die Bestellung aufgenommen hatte.

Interessiert musterte er mich, und ich spürte, wie meine Verärgerung abebbte. Vielleicht hatte ich ja vorschnell geurteilt, möglicherweise waren seine Ausführungen hauptsächlich dazu bestimmt gewesen, mir Mut zu machen und mir auf subtile Weise zu verstehen zu geben, dass die größten Rückschläge manchmal völlig unerwartet auch etwas Gutes hervorbringen konnten. Außerdem stellte ich zu meiner Überraschung fest, dass mir seine Frage im Grunde durchaus willkommen war. Ich hatte jedenfalls nicht das Bedürfnis, ausweichend zu antworten.

»Es geht«, setzte ich an.

Stefans freundlicher Blick ruhte noch immer auf mir.

»Anfangs war es echt schwer. Ich war ziemlich überrumpelt von der Tatsache, dass Olivier nicht mehr mit mir zusammen sein wollte.«

»Du hast es überhaupt nicht kommen sehen?«

Unwillkürlich musste ich lachen. Genau wie ich es von Olivier gewohnt war, stellte auch Stefan eine Frage, die nicht viel mehr als ein Echo dessen darstellte, was ich selbst gerade gesagt hatte.

»He, ich liege nicht bei dir auf der Couch. Also lass den Quatsch!«, sagte ich, scheinbar empört.

»Wieso? Was meinst du?«, fragte er erschrocken.

»Du stellst Fragen auf die gleiche Art und Weise, wie du es in deinem Sprechzimmer tun würdest. Fragen, die nichts von dir selbst enthalten, wenn du verstehst, was ich meine. Du wandelst meine eigenen Worte ab und setzt ein Fragezeichen dahinter. Auf diese Weise ermutigst du mich, mit meiner Geschichte fortzufahren, hältst dich aber selbst bedeckt.«

»Oh«, sagte Stefan, »das war mir gar nicht bewusst.« Er wirkte beschämt.

Ich blickte auf den Tisch. »Olivier hat das auch dauernd gemacht. Das war eine seiner wenigen nervigen Angewohnheiten.«

»Also«, sagte Stefan, »darauf würde ich jetzt gerne mit einer Antwort reagieren, die durchaus ›etwas von mir enthält‹, falls du damit einverstanden bist.«

Er klang auf einmal verärgert. Überrascht hob ich den Kopf.

»Schieß los.«

»Dein Olivier wimmelt meines Erachtens vor nervigen Angewohnheiten. Es überrascht mich auch überhaupt

nicht, dass es mit euch beiden schiefgelaufen ist, denn ich habe nicht eine Sekunde damit gerechnet, dass das lange gutgehen würde. Das Einzige, was mich verwundert hat, war die Tatsache, dass Olivier die Beziehung beendet hat. Ich hatte eigentlich erwartet, dass du irgendwann zu dem Schluss kommen würdest, dass du viel zu gut für ihn bist.«
In dem Moment brachte die Kellnerin unseren Kaffee. Stefan gab Milch und Zucker in seine Tasse und rührte anschließend verbissen und mit gesenktem Blick darin herum, als fürchtete er, zu viel gesagt zu haben. Das Ganze hatte etwas Rührendes.
»Das war aber eine schöne Gardinenpredigt«, sagte ich munter, »eine, die mich echt neugierig macht. Erzähl mal: Was ist mit Olivier alles nicht in Ordnung? Und warum hätte *ich* deiner Meinung nach die Beziehung beenden müssen?«
Stefan wirkte auf einmal verlegen.
»Willst du das wirklich wissen? Na gut, du bist vorgewarnt – wenn ich erst mal loslege, kommen wir zu nichts anderem mehr.«
»Ist es so schlimm?«, fragte ich leichthin.
»Ja«, sagte er unvermittelt ernst. »Es ist tatsächlich schlimm. Olivier ist arrogant, egoistisch. Er denkt, dass sich die Welt nur um ihn dreht und dass er großartig ist. Er erwartet, dass alle anderen sich nach ihm richten, irgendwelche Hilfsarbeiten ausführen, den Laufburschen für ihn spielen. Außerdem beschäftigt er sich auf eine erschreckend infantile und eitle Art und Weise mit seinem Körper, seinem Äußeren. Er ist bis über beide Ohren in sich selbst verliebt.«

Seine Worte klangen so entrüstet und pedantisch, dass ich fast darüber lachen musste. Um es zu überspielen, trank ich rasch einen Schluck Kaffee. Ich musste unwillkürlich an eine unbarmherzige Bemerkung denken, die Olivier während des letzten Neujahrsempfangs über Stefan gemacht hatte. Sein Kollege war ohnehin nicht berühmt für seinen Geschmack in Kleiderfragen, aber zu dem Empfang in der Poliklinik erschien er noch schäbiger als sonst. Er trug einen zerknitterten hellbraunen Cordanzug, der sehr altmodisch wirkte, und zu allem Übel prangte auf einer der hinteren Hosentaschen ein riesiger Fleck. Olivier hatte Stefans Aufzug als »Penner-Look« bezeichnet.

Es überraschte mich überhaupt nicht, dass Stefan keine großen Stücke auf meinen Ex hielt. Er war natürlich eifersüchtig: auf Oliviers Erscheinungsbild, sein Charisma, vielleicht auch auf sein Können.

Eigentlich war es schade, dass Olivier ihn nun nicht wettern hören konnte – ich hätte seine Reaktion auf diesen Vortrag gern miterlebt.

Ich stellte meine Tasse ab. »Arrogant, egoistisch … du klingst fast wie meine Mutter. Die denkt genau das Gleiche«, sagte ich.

»Deine Mutter hat ihn auch nicht gemocht?«

»Nein, überhaupt nicht.«

»Na, das kann ich mir gut vorstellen. Ich möchte gar nicht daran denken, dass meine Tochter später einmal mit so einem Lackaffen nach Hause kommen könnte«, erwiderte Stefan.

Er sagte das so verbissen, dass ich erneut lachen musste,

und dieses Mal hielt ich mich nicht zurück. Stefan wirkte kurz erschrocken, musste dann glücklicherweise aber selbst schmunzeln.
»Tut mir leid«, sagte er, »ich bin bei diesem Thema offenbar sehr empfindlich.«
»Offenbar«, erwiderte ich.
Einen Moment lang herrschte Stille.
»Ich kann mir durchaus vorstellen, dass Olivier ziemlich eigensinnig erscheint, wenn man ihn nicht gut kennt«, sagte ich schließlich, »aber zu Hause war er wirklich vollkommen anders. Sehr vertraut, sehr innig. Ich hatte sehr viel an ihm, und ich habe viel von ihm gelernt.«
Der leichte Ton von vorhin war verschwunden, und auf einmal wurde ich von meinem Kummer überwältigt.
»Ich finde es wirklich schrecklich für dich«, sagte Stefan, »obwohl ich persönlich der Meinung bin, dass du ohne ihn besser dran bist.«
Die belegten Brötchen wurden serviert – eine willkommene Ablenkung.
»Du weißt, wie das ist, nicht wahr? Jemanden, den man liebt, zu verlieren«, sagte ich, nachdem wir beide einen Bissen genommen hatten.
Überrascht fragte Stefan. »Wie meinst du das?«
»Na ja, Mirjam … Du hast sie doch verloren?«
»O ja«, sagte Stefan, »Mirjam.« Er zögerte einen Moment, ehe er fortfuhr. »Das ist nicht das Gleiche.«
»Aber du hast sie geliebt, genau wie ich Olivier geliebt habe? Und du hast sie auch von einem Moment auf den anderen verloren.«
Stefan warf mir einen schwer einzuschätzenden Blick zu.

»Ich hatte sie schon lange vorher verloren«, sagte er schließlich. »Sie wollte die Scheidung. Als sie verunglückte, war sie gerade auf dem Weg zum Anwalt.«

22

»Du lieber Himmel«, sagte ich erschrocken. »Ich hatte immer gedacht, dass ihr beide …« Meine Stimme versagte.

»Du dachtest, wir wären ein nettes, umgängliches Paar mit zwei prachtvollen Kindern? Das perfekte Bilderbuchehepaar?« Stefan lächelte bitter. »Willkommen im Club. Das haben viele andere auch gedacht. Ach, was soll's! Wir wissen nicht einmal annähernd, was sich bei anderen wirklich abspielt. Das Bild, das du von meiner Beziehung mit Mirjam hast, stimmt hinten und vorne nicht, und mit meiner Einschätzung, wie es zwischen dir und Olivier abgelaufen ist, lag ich auch total daneben. Nur eines weiß ich sicher: Die Beziehung zwischen zwei Menschen ist häufig viel komplizierter, als man auf den ersten Blick vermutet.«

Stefan blickte aus dem Fenster auf die Kreuzung, wo gerade eine Straßenbahn rumpelnd vorbeifuhr.

»Weißt du«, setzte er an, schenkte mir einen flüchtigen Blick und sah wieder nach draußen, »wenn ich ehrlich bin, habe ich sie in dem Moment, als sie starb, gar nicht mehr geliebt.«

»Wollte Mirjam sich deshalb scheiden lassen?«, fragte ich leise.

Stefan lachte zynisch. »Nein, meine Gefühle haben für sie

überhaupt keine Rolle gespielt. Sie hat aus dem wichtigsten Beweggrund gehandelt, den Menschen haben, um sich ihres Partners zu entledigen: Es war jemand anderes im Spiel.«

Unwillkürlich krümmte ich mich zusammen.

Wusste Stefan vielleicht, dass Olivier eine andere hatte? Wussten möglicherweise alle davon? War es schon lange bekannt, dass er mich betrog?

Ich spürte, wie ich feuerrot anlief – was Stefan glücklicherweise nicht bemerkte, weil er noch immer mit zusammengepresstem Kiefer aus dem Fenster starrte. Offensichtlich war er mit seinen eigenen Gedanken beschäftigt. Die Anspielung war gar nicht auf mich gemünzt gewesen, seine Bemerkung über diesen besagten »anderen« bezog sich nicht auf die Dreiecksbeziehung, deren Part ich ohne mein Wissen gewesen war.

Die Anspannung in seiner Miene hielt mich davon ab, etwas zu sagen oder weitere Fragen zu stellen. Mangels einer Alternative blickte auch ich aus dem Fenster. Eine junge Frau spazierte vorbei, in der Hand die Leinen von drei riesengroßen schwarzen Hunden. Sie lehnte leicht nach hinten, als würde sie sonst umgerissen. Vor ihr ging ein Mädchen mit Hüfthose, selbstsicher schwenkte es den Hintern, ungeachtet der Tatsache, dass sein Bauch auf unansehnliche Weise über den Hosenbund quoll.

»Sollen wir versuchen, das Gespräch etwas weniger ernst zu halten?«

Stefan saß mit verwundbarem Blick reglos da.

»Gute Idee«, sagte ich dankbar.

Während wir unser Sandwich aßen, redeten wir über angenehm belanglose Dinge, und das rauhe, leicht angeschlagene Gefühl verblasste allmählich. Nachdem wir gezahlt hatten, gingen wir schweigend die Mathenesserlaan entlang – er auf dem Weg zu seinem Wagen, ich auf dem Weg nach Hause. Vor meiner Haustür verabschiedeten wir uns voneinander.

Erst in dem Moment, als er gehen wollte, überraschte ich sowohl ihn als auch mich mit der Frage, die mir von Anfang an durch den Kopf gespukt war.

»Wie geht es eigentlich Olivier?«

Stefan zögerte einen Moment, ehe er reagierte, und wischte erst noch einen imaginären Fussel vom Ärmel.

»Gut, soweit ich weiß … ich kann ihm jedenfalls nichts anmerken, keinen richtigen Unterschied feststellen.« Er zögerte kurz. »Habt ihr denn keinen Kontakt mehr zueinander?«

»Nein«, sagte ich, »nein, er …«

Ich starrte auf den Boden und wusste nicht, was ich sagen sollte. Zwischen dem Kies auf dem Weg zu meiner Haustür wucherte das Unkraut.

»Will er dich nicht mehr sehen?«, fragte Stefan.

»Nein, das ist es nicht. Es hat sich einfach noch nicht ergeben.«

Ich merkte, dass er mich mit starrem Blick fixierte.

»Also ich fand es auf jeden Fall sehr schön, dich wiederzusehen, Jet. Vielleicht können wir ja irgendwann noch mal zusammen zu Mittag essen?«

»Gern«, sagte ich und meinte es auch so.

Verlegen stand Stefan vor mir, als würde er auf irgendetwas warten. Einen kurzen Moment lang schoss mir der Gedanke durch den Kopf, dass er mich küssen wollte – was natürlich absurd war.

Als ich wieder in meinem aufgeräumten, neu eingerichteten Zimmer stand, hatte ich ihn bald vergessen.
Ich dachte an Olivier.
Was hatte es zu bedeuten, dass man ihm bei der Arbeit von den Veränderungen in seinem Leben nicht viel anmerkte? Darüber musste ich den ganzen Nachmittag nachdenken – so, wie man manchmal wider besseres Wissen am Schorf einer schmerzhaften Wunde herumfummelt.
Zunächst dachte ich noch, dass sein Verhalten etwas Positives sei: Wenn man gerade mit einer neuen Flamme zusammengezogen war, hätte die Umgebung eigentlich etwas davon mitbekommen müssen, weil man dann glücklich, ausgelassen und voller Energie war. Wenn sich dagegen nichts geändert hatte, war Oliviers Liebe zu Angela wohl nicht gerade sensationell und berauschend. Doch schon ziemlich bald wurde mir klar, dass er bereits eine ganze Weile mit ihr verkehrte und dass es daher nicht besonders verwunderte, wenn er nicht bis über beide Ohren verliebt herumlief.
Mit schmerzhafter Klarheit drang es schließlich zu mir durch: Die Tatsache, dass ihm nicht sehr viel anzumerken war, sagte etwas über seine Gefühle mir gegenüber aus. Die Schlussfolgerung war so traurig wie eindeutig: Olivier vermisste mich nicht.

Es kostete mich größte Mühe, nicht wieder in meinem Kummer und der ohnmächtigen Wut zu versinken, die mich während der vergangenen Wochen im Griff gehabt hatten. Mit aller Macht krallte ich mich an meinen Plan, an mein Projekt, so, wie ein Ertrinkender sich an einem Stück Treibholz festklammert, ohne darüber nachzudenken, ob es groß genug ist, ihn über Wasser zu halten.

23

Glücklicherweise musste ich am nächsten Morgen arbeiten. Ich hatte Frühdienst, den ersten von fünf aufeinanderfolgenden Tagen. Auf der Intensivstation gab es viel zu tun, und sämtliche Betten waren belegt, trotzdem herrschte eine entspannte Geschäftigkeit. Weder wurden hoffnungslos verletzte Patienten eingeliefert, noch starb irgendjemand quälend langsam an einer menschenunwürdigen Krankheit – die Betriebsamkeit auf der Station versprach Besserung und Genesung.

Während der Pause kam Astrid zu mir und führte mich mit sanftem Druck in eine stille Ecke der Cafeteria.

»Du siehst deutlich besser aus«, sagte sie.

»Danke«, erwiderte ich. »Lieb, dass dir das aufgefallen ist.«

»Natürlich ist es mir aufgefallen. In den vergangenen Wochen hab ich mir ziemlich große Sorgen um dich gemacht – das darfst du ruhig wissen. Du bist herumgelaufen wie ein Zombie, und ich hatte schon Angst, dass du depressiv werden könntest.«

Ich schluckte. »Genau so hab ich mich auch gefühlt.«

In dem Moment kam eine Kollegin zu uns, um Astrid

eine Frage zum Dienstplan zu stellen, denn sie wollte sichergehen, ob ein vereinbarter Tausch in Ordnung war. Ich hatte erwartet, dass unser Gespräch damit beendet wäre, aber als die Kollegin ging, wandte Astrid sich mir erneut mit einem besorgten Blick zu.

»Dass du dich besser fühlst, hängt hoffentlich nicht damit zusammen, dass du und Olivier wieder … ich meine …« Sie unterbrach sich und wirkte ein wenig beschämt.

»Entschuldige bitte, natürlich möchte ich, dass du glücklich bist, und ich weiß, du denkst, dass du mit ihm besser dran wärst, aber ehrlich gesagt …«

Ich lächelte gequält. »Mach dir keine Sorgen, ich habe ihn seit Wochen nicht gesehen.«

Meiner Stimme war anzuhören, dass mir das Kummer bereitete. Astrid schien nicht richtig zu wissen, wie sie darauf reagieren sollte.

»Wie schrecklich für dich«, murmelte sie nur.

Da ich ihr einerseits einen Ausweg aus der unangenehmen Situation bieten wollte und mich andererseits ihre Antwort wirklich interessierte, fragte ich: »Woher stammen eigentlich deine Bedenken gegenüber Olivier? Du bist jetzt schon die Soundsovielte, die mir sagt, dass er nichts taugt. Meinst du das ehrlich, oder ist das eine Trostformel für Menschen, die unter den Folgen einer gescheiterten Beziehung leiden? Den Ex heruntermachen, um den Schmerz zu lindern?«

Astrid lächelte erneut. »Nein, auch wenn mir das Lindern von Schmerzen nach zehn Jahren auf dieser Station zur zweiten Natur geworden ist. Aber es ist noch nicht so schlimm, dass ich deswegen lügen würde.«

Sie rührte in ihrem Kaffee, als müsse sie nach den passenden Worten suchen.
»Ehrlich gesagt, habe ich Olivier noch nie gemocht«, erklärte sie schließlich. »Schon zu der Zeit, als wir ihn bei unseren Patienten als Psychiater hinzuzogen, fand ich ihn nicht sehr zuverlässig. Später dann, als ich ihn als deinen Partner erlebte, erschien er mir auch nicht besonders nett.«
»Warum nicht?«
»Ich hatte den Eindruck, dass er ständig ... wie soll ich es sagen ... Er war ständig mit sich selbst beschäftigt. Er hat mich zwar gefragt, wie es mir geht, wenn wir beispielsweise bei einer Feier zusammenstanden, aber wenn ich dann etwas erwiderte, hatte ich immer das Gefühl, dass er mit den Gedanken ganz woanders war. Wenn ich mich anschließend nach ihm erkundigte, schien es so, als ob man einen Schalter umgelegt hätte. Dann war er schlagartig voll bei der Sache, und er wurde total lebhaft. Verstehst du, was ich meine?«
»Ein wenig«, erwiderte ich zögernd.
Das Lebhafte ... das erkannte ich wieder, obwohl es mir Mühe bereitete, es als eine schlechte Eigenschaft zu sehen. Ich persönlich hatte es nämlich immer genossen, wenn Olivier voller Begeisterung von irgendetwas erzählte – ganz egal, ob es dabei um einen Vortrag ging, den er halten musste, um eine geplante Änderung seines Fitnessprogramms oder worum auch immer. Manchmal brachte er tatsächlich nicht besonders viel Geduld für die Erzählungen seiner Gesprächspartner auf, das stimmte durchaus. Andererseits waren die Geschichten, die er selbst

erzählte, häufig viel farbenfroher und spannender als das, was andere von sich gaben.

Astrid wurde angepiept und verschwand in ihr Büro, um ungestört telefonieren zu können. Die anderen Kollegen waren in ein Gespräch über eine Seifenoper vertieft, die ich nicht kannte. Ich blieb noch eine Weile sitzen, die Hände um den Kaffeebecher gelegt, und dachte an einen der letzten Abende, den ich mit Olivier verbracht hatte. Wir saßen mit einem Glas Wein auf der Terrasse – dafür war es gerade warm genug, auch wenn ich für uns beide einen Pullover hatte holen müssen. Die alte Magnolie ließ in regelmäßigen Abständen hellrosa Blätter fallen. Olivier erzählte von einer Patientin in der Poliklinik, deren Depression er geheilt hatte. Er war hellauf begeistert über ihre Genesung, zumal frühere Behandlungen – in der Poliklinik des Erasmus Medisch Centrum und später bei einem renommierten Psychiater mit eigener Praxis – ihr nicht hatten helfen können. Im Gegenteil: Mit ihr war es immer weiter bergab gegangen, und ihr Zustand hatte sich so sehr verschlechtert, dass man sogar in Erwägung gezogen hatte, sie einer Elektroschocktherapie zu unterziehen. Über eine Freundin war sie schließlich bei Olivier gelandet, anfangs nur, um die Meinung eines zweiten Arztes einzuholen. Aber bereits nach dem ersten Gespräch war sie so von ihm beeindruckt gewesen, dass sie ihn gefragt hatte, ob er ihr Therapeut werden wolle. Das Wunder geschah: Es gelang ihm, ihr zu helfen, und innerhalb weniger Wochen war sie von ihrer Schwermut größtenteils geheilt. Sie unternahm wieder alles Mögliche – Olivier

begegnete ihr beispielsweise regelmäßig im Fitnessclub. Er erzählte mir, wie sehr es ihn jedes Mal von neuem mit Stolz und Freude erfüllte, sie dort gesund und munter herumlaufen zu sehen.
Ich konnte mir den begeisterten Ausdruck in Oliviers Augen während seiner Erzählung über diese Frau noch ganz genau ins Gedächtnis rufen. Es war doch nicht verrückt, dass er in solch einer Geschichte vollkommen aufging? Im Gegenteil: Es war phantastisch, dass er nach all den Berufsjahren noch immer so sehr mit seinen Patienten mitfühlte.

Inzwischen war die Pause vorüber, und ich ging wieder an die Arbeit. Erst eine Stunde später, als ich gerade die Vorräte auffüllte, verstand ich auf einmal, warum Astrid sich über Olivier so negativ geäußert hatte. Sie war natürlich in ihn verliebt gewesen, vielleicht, ohne es sich selbst jemals einzugestehen. Schließlich war sie verheiratet und hatte Kinder – diese Art von Gefühlen gehörte sich einfach nicht für sie. Abgesehen davon hatte sie natürlich keine Chance, weshalb es für sie noch schwieriger war, sich ehrlich vor Augen zu führen, was sie für ihn empfand. Da Astrid solche Gefühle nicht hätte haben dürfen und diese auch nicht erwidert wurden, ließ sie kein gutes Haar an meinem Ex. Das Lustige daran war, dass Olivier mich seinerzeit selbst darauf aufmerksam gemacht hatte, dass meine Chefin ziemlich großes Interesse an ihm zeigte. Das war nach einer Abschiedsfeier von irgendeinem Krankenhausboss gewesen, wo sie die ganze Zeit förmlich an seinen Lippen geklebt hatte.

Wahrscheinlich hatte er sich distanziert gegeben, um sie nicht noch zu ermutigen, was im Grunde sehr aufmerksam von ihm war. Die Tatsache, dass sie sein Verhalten als mangelndes Interesse an anderen interpretierte, hätte er – sofern er davon gewusst hätte – bestimmt gern in Kauf genommen.

Astrid, Stefan, meine Eltern – sie alle boten Variationen ein und desselben Themas. Olivier kannte das bereits, schon von klein auf hatte er es nicht anders erlebt. »Wenn du in diesem Land auch nur einen Millimeter über das Mittelmaß hinausragst, will man dich entweder besitzen oder dir den Kopf abhacken«, hatte er immer gesagt. Leicht beschämt wurde mir in dem Moment bewusst, dass das, was für die anderen galt, auch auf mich zutraf.
Ich wollte ihn besitzen.
Wieder besitzen.
Für immer.
Aber was würde ich tun, falls sich das als unmöglich erwies? Wäre ich so edelmütig, ihm ein glückliches Leben zu gönnen, mit einer anderen Frau an seiner Seite? Könnte ich es ertragen, dass jemand anderes all das bekommen würde, was mir nicht mehr vergönnt war? Allein der Gedanke machte mich rasend. Nein, wenn ich ihn nicht haben konnte, dann würde ich mich genau wie alle anderen verhalten.

24

Auf der Intensivstation ging es weiterhin lebhaft zu, auch nach dem Wochenende, und ehe ich es mich versah, war die letzte Schicht vorbei. Die Arbeit hatte mich derart in Beschlag genommen, dass mir erst am Dienstag beim Verlassen der Klinik klar wurde, dass ich am nächsten Tag wieder in Oliviers Haus sein würde.

Einen kurzen Moment dachte ich darüber nach, in die Stadt zu gehen und einen neuen Trainingsanzug zu kaufen, weil der alte ziemlich angestaubt wirkte. Doch dann entschied ich mich dagegen. Es war cleverer, in Angelas Gegenwart nicht allzu gut auszusehen, damit sie sich einigermaßen überlegen fühlen konnte. Dadurch würde sie in dem Moment, wenn die Schwierigkeiten zwischen ihr und Olivier erst einmal begonnen hatten, weniger das Gefühl haben, mir gegenüber Haltung bewahren zu müssen.

Was für den Trainingsanzug galt, hatte allerdings nicht für alle anderen Kleidungsstücke Gültigkeit. Also ging ich in die Stadt und ließ die Kreditkarte glühen – enge Jeans, bauchfreie Sommertops, zwei hübsche Kleider, Pumps mit einem etwas höheren Absatz, als ich normalerweise gewohnt war. Während ich mich in den Spiegeln der unzähligen Umkleidekabinen betrachtete, verglich ich mich immer wieder mit Angela.

Natürlich war sie jünger. Und sie war zweifellos sehr attraktiv.

Meine Haare waren blond. Olivier liebte blond.

Was auch immer passierte, mich würde er niemals in rosa Plüschpantoffeln herumlaufen sehen.

Mit Tüten und Taschen beladen, kam ich gegen sechs an den Telefonzellen am Eendrachtsplein vorbei und musste unwillkürlich an ihn denken. Möglicherweise lag es daran, dass ich mir während der Anproben immer vorgestellt hatte, wie Olivier auf meine neuen Kleider reagieren würde. Der Gedanke an seine Blicke auf meinem Körper hatte eine Sehnsucht in mir erweckt, die so stark war, dass es förmlich schmerzte.

Wahrscheinlich war er schon zu Hause.

Wenn ich ihn anrief, hatte ich eine Chance, kurz seine Stimme zu hören. *Ein* einziges Mal konnte ich das sicher tun: anrufen und anschließend wieder auflegen. Wenn es nicht zu oft passierte, würde er sich bestimmt nichts dabei denken.

Seine Stimme hören … auf einmal konnte ich an nichts anderes mehr denken. Ich zwängte mich mit Tüten und allem Drum und Dran in eine der Telefonzellen. Die Telefonkarte für Notfälle steckte noch in meinem Portemonnaie. Ich schob sie in den Schlitz, und ehe ich mich besinnen konnte, tippte ich die Nummer ein.

Das Telefon klingelte zweimal, bevor jemand abhob.

Mein Herz blieb stehen.

Angela.

»Ich gehe schon ran«, trompetete sie, ehe sie sich meldete.

Die Enttäuschung angesichts der Tatsache, dass nicht Olivier den Hörer abgenommen hatte, wich einem leichten Triumphgefühl.

Das Blöken, das sie gerade von sich gegeben hatte, empfand er garantiert als furchtbar ordinär. Während ich ganz genau wusste, was ihm in diesem Moment durch den Kopf ging, hatte sie offenbar nicht die geringste Ahnung, dass sie etwas tat, das ihn abstieß.

»Villa Olivier Crispijn«, hörte ich sie nun sagen.
Mein Triumphgefühl schwoll schlagartig an. Für den Fall, dass Angela abhob, hatte ich eigentlich vorgehabt, die Stimme zu verstellen und mich mit der Begründung zu entschuldigen, ich hätte die falsche Nummer gewählt. Doch ich war so erfreut über das Gehörte, dass ich einfach auflegte.
Villa Olivier Crispijn. Nicht einmal, aber auch wirklich nicht ein einziges Mal hatte ich mich auf diese Weise am Telefon gemeldet. Von mir hatte Olivier das nicht verlangt.
Während des restlichen Heimwegs schwebte ich förmlich durch die Straßen.

25

Am nächsten Morgen stand ich um fünf vor zehn an der Straßenecke und stellte zufrieden fest, dass Oliviers Saab nicht in der Auffahrt zu sehen war. Als Angela kurz darauf die Haustür öffnete und mich strahlend hereinbat, spürte ich, wie die Hoffnung, die am Abend zuvor aufgelodert war, stärker wurde. Eine Frau, die so eindeutig auf Gesellschaft wartete, konnte in Oliviers Leben nichts weiter als eine Eintagsfliege sein, oder? Früher oder später würde er sich maßlos über eine Person ärgern, die nicht imstande war, ihre Tage selbst auszufüllen.
Diesmal trug Angela eine leicht verwaschene Jogginghose mit einem weiten schwarzen T-Shirt. Olivier hasste es, wenn man im Haus in Trainingskleidung herumlief – das wusste ich ganz genau. An ihren Füßen saßen dieselben rosa Pantoffeln, die sie auch am Donnerstag davor getra-

gen hatte. Auf dem Plüschstoff des linken Pantoffels prangte ein auffälliger grünbrauner Fleck. Mühsam riss ich den Blick davon los.
»Ich hoffe, ich bin nicht zu früh?«, fragte ich.
»Nein, nein, ist schon in Ordnung. Wir hatten ja auch keine feste Uhrzeit vereinbart, oder?«
»Nein, stimmt. Hast du vor, heute zum Joggen mitzukommen?«
»Ich hab gerade Kaffee gemacht. Sollen wir uns zuerst ein Tässchen gönnen?«
Ein Tässchen gönnen. Vor meinem inneren Auge sah ich, wie Olivier missbilligend die Augenbrauen hochzog.
»Gern«, antwortete ich.
In der Küche nahm ich wieder auf seinem Stuhl Platz. Angela stellte einen dampfenden Becher vor mich auf den Tisch und setzte sich auf meinen Stuhl. »Wie geht's dir? Viele Reagenzgläser zerbrochen diese Woche?«
Das Lächeln auf ihrem Gesicht wirkte leicht gekünstelt. Reagenzgläser? Wovon redete sie?
Unwillkürlich musste ich an Fruchtbarkeitsbehandlungen denken, an künstliche Befruchtungen und Embryos, die mit winzigen Pipetten in der Gebärmutter deponiert wurden.
Verdutzt zuckte ich zusammen – beschäftigten sie und Olivier sich etwa bereits mit solchen Dingen? Nach nur wenigen Wochen des Zusammenlebens?
»Reagenzgläser?«, fragte ich.
Angela lachte. »Auf der Arbeit, Dummerchen«, sagte sie.
»Oh.«
Während die Panik abebbte, drang allmählich zu mir

durch, dass ich ja angeblich Laborantin war. Es kostete mich größte Mühe, gelassen zu wirken.
»Vorgestern hab ich an die zwanzig zerbrochen«, sagte ich rasch, »mein persönlicher Rekord. Der Chef hat sich geweigert, mir eine Gehaltserhöhung zu geben. Und du, was hast du in der vergangenen Woche so alles kaputt gemacht?«
»Zwei Tassen und eine Karaffe«, erwiderte sie, ohne zu zögern.
Der Schalk, der eben noch in ihren Augen gefunkelt hatte, war verschwunden, und sie biss sich auf die Unterlippe. Angela hatte die Ausstrahlung einer sechzehnjährigen Schülerin, die einer freundlichen Lehrerin etwas beichtet. Wie alt war sie eigentlich?
»Das ist zwar blöd, dass du etwas zerbrochen hast«, sagte ich, »aber hoffentlich keine Katastrophe, oder? Das kann doch jedem mal passieren.«
»Ja, aber drei Sachen in *einer* Woche? Soweit ich weiß, war diese Karaffe ein ganz besonderes Stück.«
Ach, *diese* Karaffe.
Ich sah sie in Gedanken vor mir – ein protziges Teil aus Kristall, ein Erbstück aus der Familie von Oliviers Mutter. Ich selbst hatte die Karaffe immer mit größter Vorsicht behandelt, obwohl ich sie furchtbar hässlich fand.
»War das deine, oder gehörte sie deinem Freund?«
»Sie gehörte Olivier. Ich war in seinem Arbeitszimmer und wollte nachsehen, was sie enthielt, und da ist mir das blöde Ding aus den Händen gerutscht.«
Hatte sie heimlich etwas trinken wollen? Fühlte sie sich so elend, weil sie den ganzen Tag hier allein herumsaß,

dass sie inzwischen dem Alkohol zusprach? Auch diese Situation sah ich förmlich vor mir – so sehr wünschte ich mir, sie in den Griff zu bekommen, ihre Schwächen zu kennen. Allerdings war jetzt nicht der richtige Moment für eine Analyse der Fakten, die ich zusammentrug. Angela erwartete eine Reaktion.

»War er sauer?«, fragte ich.

Angela schüttelte den Kopf. »Nein.«

Sie senkte den Blick. »Eigentlich ... ehrlich gesagt ...« Sie sah mich an, als wolle sie meine Reaktion abschätzen. »Er weiß es noch gar nicht. Es ist gestern passiert, und ich habe alles weggeräumt und ... Ich wollte es ihm ja erzählen, hab mich dann aber nicht so recht getraut.«

Sie wollte mit jemandem darüber reden, erkannte ich plötzlich. Deshalb hatte sie sich diesen Scherz mit den Reagenzgläsern ausgedacht. Sie suchte nach einem Weg, um quasi beiläufig von der zerbrochenen Karaffe erzählen zu können.

Angela musterte mich noch immer erwartungsvoll.

»Was meinst du? Soll ich einfach gar nichts sagen? Wer weiß, vielleicht merkt er es ja nicht einmal. Oder erst in ein paar Monaten? Ich könnte auch behaupten, dass die Putzfrau das Ding zerdeppert hat.«

Ausgerechnet die Putzfrau. Ich musste innerlich grinsen: Meines Wissens hatte Thea in all den Jahren, die sie für Olivier arbeitete, noch nicht das Geringste zerbrochen oder beschädigt.

Thea.

Ich versuchte mir vorzustellen, wie sie und Angela wohl miteinander umgingen. Beim Gedanken daran musste ich ein Grinsen unterdrücken. Mit ihren Plüschpantoffeln und den ordinären Bemerkungen war Angela nicht gerade der Typ von Mensch, für den Thea gern arbeitete. Sie hatte sich immer damit gebrüstet, dass sie nur für anständige Leute putzte.

Noch immer saß Angela angespannt da und erwartete meine Antwort. Es fiel mir schwerer als gedacht, mich an meinen Plan zu halten: Irgendetwas in mir wollte sie warnen und sie ermahnen, Olivier einfach zu erzählen, was passiert war, weil eine Lüge früher oder später doch herauskommen würde.

»Hm, keine schlechte Idee«, sagte ich.

»Ganz fair wäre das natürlich nicht«, erwiderte Angela zögernd.

Es klang so, als würde sie eher versuchen, die Risiken abzuschätzen, als gegen ihr schlechtes Gewissen anzukämpfen.

»Ich hätte es einfach direkt sagen sollen, aber jetzt ...«, fuhr sie fort.

Sie würde es tun, wusste ich auf einmal. Sie würde versuchen, Thea die Schuld in die Schuhe zu schieben. Vielleicht würde sie damit durchkommen, vielleicht aber auch nicht. Eines war jedoch sicher: Wenn die Sache ans Licht kam, musste sie einen hohen Preis dafür zahlen.

Das Ganze war eine wunderbare Chance, und ich hatte sie richtig genutzt. Eigentlich hätte ich zufrieden sein müssen, doch zu meinem großen Verdruss war das nicht der Fall.

26

Nachdem wir zwei Tassen Kaffee getrunken hatten, gingen wir joggen. Ich schaffte eine deutlich längere Strecke als in der Woche davor, wahrscheinlich, weil ich seit meinem ersten Besuch im Haus wieder schlafen konnte und auch deutlich mehr Appetit hatte. Dennoch verblasste meine Leistung neben der Angelas, die wie eine Irre drauflosrannte. Sie schien sich selbst förmlich vorwärtszuzwingen, aber ich sagte nichts dazu. Ich wusste, dass übertriebene körperliche Betätigung ein Symptom für eine Essstörung sein konnte. Menschen mit Essstörungen redeten nicht gern über ihre Krankheit – das war mir ebenfalls bekannt. Daher schwieg ich und tat so, als ob ich das alles völlig normal fände, auch als sich bei unserer Rückkehr zum Haus herausstellte, dass sie sich vollkommen verausgabt hatte.
Da sie furchtbar müde war, ließ sie mich den Kaffee aufsetzen – was wirklich bizarr war. Alles war so vertraut. Ich vergaß völlig zu fragen, wo alles stand, was sie aufgrund ihrer Erschöpfung glücklicherweise nicht bemerkte. Eine halbe Stunde später brach ich auf, nachdem ich ihr versprochen hatte, am darauffolgenden Mittwoch wiederzukommen.

Obwohl der Vormittag genau nach Plan verlaufen war und mir viele neue Informationen geliefert hatte, fühlte ich mich ziemlich niedergeschlagen, als ich mich auf mein Fahrrad schwang. Da ich keine Lust hatte, in mein einsames Zimmer zurückzukehren, fuhr ich eine Weile ziellos in der Gegend umher. An jeder roten Ampel bog ich auf gut Glück ab, und bei jeder grünen Ampel setzte ich

meinen Weg geradeaus fort, ohne darüber nachzudenken, wohin mich das bringen würde.
Während ich so vor mich hin fuhr, dachte ich an Angela und daran, wie sie ihre Sorgen wegen der zerbrochenen Karaffe mit mir geteilt hatte. Ich dachte an ihre unbeholfenen Lösungsvorschläge für ihr Dilemma und an die Dankbarkeit, mit der sie meinen schlechten Rat angenommen hatte. Eigentlich fühlte ich mich überhaupt nicht wohl dabei, dass ich so tat, als wäre ich ihr wohlgesinnt, während es mir im Grunde darum ging, ihr zu schaden.
Wäre es nicht vielleicht besser, wenn ich den Kontakt zu ihr abbrach?
Der Gedanke machte mich noch unruhiger. Wenn ich Angela losließ, würde ich meinen Zugang zum Haus verlieren. Damit würde ich auch die zarte Verbindung zu Oliviers Leben wieder verlieren. Außerdem hatte ich dann keine Chance mehr, auf subtile oder nötigenfalls weniger subtile Art und Weise Einfluss auf die Ereignisse im Haus zu nehmen.
Diese Gedanken ließen mich nicht mehr los, bis mir plötzlich – irgendwo in der Nähe des Eudokiapleins – ein Satz auffiel, der spiegelverkehrt auf einer Steinmauer entlang des Bergsingel stand.
Später ist jetzt damals, reflektierte das Wasser.
Die Worte wollten mir nicht mehr aus dem Kopf gehen, doch es dauerte eine Weile, bis ich die Bedeutung erfasste. Später ist jetzt damals.

Das Jetzt, dieser heutige Tag, würde irgendwann in der Zukunft nicht mehr sein als eine vage Erinnerung. Alles, was heute schwer auf mir lastete, würde in fünf, zehn Jahren von der Vergangenheit geschluckt sein. Das ungewisse, unangenehme Gefühl, das mich gerade in seinem Griff hielt, würde nicht ewig andauern. Jetzt galt es nur, mich nicht davon ablenken zu lassen, das hieß, ich musste den Kurs, den ich eingeschlagen hatte, einfach beibehalten.

An der nächsten Kreuzung bog ich in die Schiekade ein und fuhr auf dem hässlichsten, aber zugleich auch schnellsten Weg nach Hause.

27

Obwohl sich meine Schuldgefühle gegenüber Angela ein wenig legten, beschäftigte mich mein Besuch bei ihr weiterhin. Einerseits war ich voller Hoffnung, weil mir die nähere Bekanntschaft mit ihr zahlreiche Informationen geliefert hatte. Wenn Olivier allmählich genug von ihr bekam, würde eine starke, selbständige Frau besonders anziehend auf ihn wirken, überlegte ich. Während ich darüber nachdachte, wie ich diese Frau werden könnte, kam ich seltsamerweise zu dem Schluss, dass ich genau das einmal war – und zwar zu der Zeit, als wir einander kennengelernt hatten. Allerdings war mir diese Eigenschaft im Laufe der Jahre unseres Zusammenlebens irgendwie abhandengekommen.

Warum hatte ich das zugelassen? Über diese Frage dachte ich den ganzen restlichen Tag nach. Die Antwort war verblüffend einfach: Ich hatte mich vollkommen auf Olivier konzentriert. Bei allem, was ich tat, hatte ich Rücksicht auf ihn genommen – ich hatte all meine Freunde und Freundinnen fallenlassen, die ihm nicht gefielen, ich hatte meine eigene Wohnung nach wenigen Monaten aufgegeben und sogar meine Möbel weggeworfen, weil sie laut Olivier nicht in das Haus in Kralingen passten.

Doch das Ganze ging noch viel weiter.

Schritt für Schritt hatte ich meine eigene Meinung zu allen möglichen Dingen so lange angepasst, bis ich mit ihm darüber reden konnte. Er betrachtete die Welt mit einem äußerst scharfen Blick, und wie viele hochbegabte Menschen brachte er nur wenig Geduld für dumme Bemerkungen anderer auf. Das führte dazu, dass ich mir ab einem gewissen Punkt nicht einmal mehr die Mühe machte, über irgendetwas nachzudenken, ehe ich nicht mit ihm darüber gesprochen hatte. Irgendwann galt das nicht nur für wichtige Angelegenheiten, sondern auch in alltäglichen Dingen richtete ich mich stets nach ihm. Olivier hatte bei allem eine sehr explizite Meinung, die ich liebend gern übernahm – ob es nun darum ging, welches Öl wir am besten zum Kochen verwendeten oder auf welche Art und Weise wir miteinander schlafen sollten.

Dadurch, dass ich mich voll und ganz auf ihn konzentriert hatte, war ich vollkommen berechenbar geworden. Schlimmer noch: Ich war ein erdrückender, blasser Schatten, der ihm bei allem folgte. Kein Wunder, dass Olivier von mir genug gehabt hatte!

Die Lösung war einfach: Ich musste lediglich wieder die Jet werden, in die er sich einst verliebt hatte. Wenn mir das gelang, hätte ich in dem Moment, in dem er diese

Kindfrau an seiner Seite leid war, gute Chancen, ihn zurückzugewinnen.

28

In der Zwischenzeit beschäftigte mich die Geschichte mit der zerbrochenen Karaffe weiterhin. Würde Angela Thea tatsächlich die Schuld in die Schuhe schieben? Und, wenn ja, würde das irgendwann herauskommen? Wie würde Olivier darauf reagieren? Einerseits hoffte ich natürlich, dass sie damit aufflog – schließlich war es mir genau darum gegangen. Aber seltsamerweise bereitete mir dieses von mir bevorzugte Szenario auch große Sorgen. Olivier konnte unglaublich laut und ausfallend werden, wenn er sauer war. Dann ließ er kein gutes Haar an seinem Gegenüber, bis man das Gefühl hatte, überhaupt nichts mehr wert zu sein – das wusste ich aus eigener leidvoller Erfahrung. Auf mich hatte das immer eine enorme Wirkung gehabt, und ich fühlte mich nach einem derartigen Wutausbruch jedes Mal so elend und minderwertig, dass ich am liebsten vor ihm zu Kreuze gekrochen wäre, nur damit er mir seine Anerkennung wieder schenkte. Wenn mich dieses Verhalten schon so stark aus der Bahn warf, würde es Angela sicher noch viel härter treffen. Obwohl es überhaupt keinen Sinn ergab, dass ich mich damit beschäftigte, dachte ich dennoch ununterbrochen darüber nach.

Am Freitagnachmittag grübelte ich beim Aufräumen meines Zimmers erneut deswegen, als es an der Tür klingelte.

Dreimal hintereinander, mein Klingelzeichen. Ich erschrak. Bis auf Hajo hatte mich hier noch niemand besucht. Aber mein Bruder würde nicht einfach so vorbeikommen, er würde seinen Besuch immer telefonisch ankündigen. Während ich die Treppe hinunterlief, zog ich mein T-Shirt glatt und fuhr mir mit den Händen kurz durch die Haare.
Natürlich hoffte ich, dass es Olivier war.
Natürlich war er es nicht. Durch das Fenster in der Tür sah ich sofort, dass die Silhouette nicht zu ihm passte.
»Stefan!«, stellte ich ernüchtert fest, nachdem ich die Tür geöffnet hatte.
Glücklicherweise war die Enttäuschung meiner Stimme nicht anzuhören. Vielleicht lag das daran, dass ich mich auf Schlimmeres eingestellt hatte, auf einen vollkommen unbekannten Türklingler, jemanden mit dem *Heilsarmee-Magazin* oder jemanden, der meinen Vormieter suchte. Stefan war zwar nicht Olivier, aber er kam auf jeden Fall meinetwegen.
»Hallo, ich wollte nur kurz vorbeischauen, um … ich weiß deine Telefonnummer nicht, deshalb hab ich geklingelt. Ich …«, setzte er an.
Ich öffnete die Tür vollständig. »Komm kurz rein, wenn du magst.«
Stefan schüttelte den Kopf. »Nein, die Kinder sind allein zu Hause, ich muss sofort zurück. Ich wollte nur kurz fragen … übernächstes Wochenende übernachten sie bei ihren Großeltern, und da dachte ich, es wäre nett, wenn wir was zusammen unternehmen würden. Falls du Lust dazu hast …«

Er wirkte unsicher, und insgeheim musste ich grinsen. Es hatte etwas Anrührendes: ein erwachsener Mann, noch dazu ein Psychiater, der wie ein Teenager dastand und stammelte.

»Gute Idee«, sagte ich. »Sonntag kann ich nicht, da habe ich Dienst. Aber Samstag wäre prima. Ist das für dich okay?«

Stefan nickte, sagte jedoch nichts mehr. Etwas unbeholfen standen wir einander gegenüber.

»Woran hast du denn gedacht?«, fragte ich schließlich.

»Äh, vielleicht ein Essen? Ich kenne da ein hübsches mediterranes Lokal an der Maas, und wenn das Wetter mitspielt, könnten wir draußen auf der Terrasse sitzen. Was hältst du davon?«

Gemeinsam etwas zu unternehmen klang harmlos, gemeinsam essen zu gehen erschien dagegen schon etwas gefährlicher. Aber Stefans bittender, verwundbarer Blick sorgte dafür, dass ich keinen Rückzieher machen konnte.

»Klingt gut. Um wie viel Uhr wollen wir uns treffen?«

»Wenn ich dich gegen sechs abhole, können wir zu Fuß zum Restaurant gehen, vielleicht an der Parkkade entlang?«

»Gern. Ich freu mich darauf«, sagte ich mit einer Heiterkeit, die ich nicht empfand.

Während ich zusah, wie Stefan zwischen den Autos hindurch zögerlich die Straße überquerte, musste ich an den Moment denken, als Olivier mich zum ersten Mal zum Essen eingeladen hatte. Eigentlich hatte es sich dabei nicht um eine direkte Frage gehandelt – er hatte vielmehr einfach verkündet, wann er mich abholen werde. Zu einem unvergesslichen Abend, wie er sofort hinzufügte. Nicht eine Sekunde rechnete er mit der Möglichkeit, dass ich eventuell andere Pläne haben oder nicht an ihm interessiert sein könnte. Und das völlig zu Recht.

29

Die Frühdienste an den folgenden Tagen waren von mehreren heftigen Krankenfällen überschattet. In der Nacht von Samstag auf Sonntag wurden zwei Radfahrer eingeliefert, die ein betrunkener Autofahrer überfahren hatte. Eine der beiden Patienten, eine junge Frau, die gerade ihr BWL-Studium angefangen hatte, verstarb Sonntagmorgen an einem Hirnödem. Ihr Freund, ein Psychologiestudent, schien durchzukommen, aber das Ausmaß der Verletzungen, die er erlitten hatte, war noch nicht abzusehen. Danach folgten weitere schwere Fälle. Am Montagmorgen wurde eine verwirrte junge Mutter eingeliefert, die eine Überdosis eines Antidepressivums geschluckt hatte. Ihr drei Monate altes Baby hatte beim Stillen über die Muttermilch ebenfalls zu viel des Präparats aufgenommen. Die Mutter war zwar bei Bewusstsein und außer Lebensgefahr, doch um das Kind stand es schlecht. Der Vater rannte zwischen der Intensivstation und der Kinderstation ständig hin und her und teilte seiner Frau haarklein mit, was ihr Sohn gerade alles durchmachen musste. Der hinzugezogene Psychiater versuchte, mit ihm zu reden und ihm zu erklären, dass er seine Frau besser damit verschonen

sollte, aber es gelang ihm nicht, zu dem Mann durchzudringen.
Natürlich musste ich sofort an Olivier denken – er hätte ganz bestimmt größeren Eindruck auf den Kindsvater gemacht. Der Psychiater, der stattdessen die Beratungen übernahm, war im Vergleich zu ihm ein Stümper.

Die Arbeit nahm mich dermaßen in Beschlag, dass ich überhaupt nicht dazu kam, mich mit Angela zu beschäftigen. Erst als Astrid mir bei meinem Aufbruch am Dienstagmittag viel Spaß bei meinem Pilateskurs wünschte, wurde mir bewusst, dass ich am nächsten Tag wieder in Oliviers Haus sein würde.

Diesmal dauerte es lange, ehe Angela öffnete, und während ich wartete, warf ich einen Blick in den Garten. Er machte einen ziemlich verwahrlosten Eindruck: Überall wucherte das Unkraut, und verschiedene Sträucher waren übersät mit verblühten Blüten. Mühsam unterdrückte ich den Drang, schnell ein paar verwelkte Blumen zu entfernen.
Hatte Angela etwa keinen Spaß am Gärtnern, oder fehlte ihr schlicht die Erfahrung? Einen kurzen Moment lang dachte ich daran, ihr vorzuschlagen, dass wir gemeinsam den Garten in Ordnung brachten, besann mich dann aber eines Besseren. Erstens wäre es vollkommen dämlich, ihr zu helfen – wobei auch immer. Und selbst wenn das nicht der Fall gewesen wäre, so wäre es immer noch unglaublich dumm gewesen, mit ihr zusammen und für die ganze Nachbarschaft sichtbar im Garten zu arbeiten.

Die Tür öffnete sich vorsichtig einen Spalt. Angela wirkte, als wäre sie gerade erst aus dem Bett gestiegen. Sie trug Oliviers dunkelblauen Morgenmantel, ihre Haare waren nicht gekämmt, und in ihren Augenwinkeln saß etwas weiße Kruste.
»Oh, Jessica, hallo«, sagte sie, »ist heute etwa schon wieder Mittwoch?« Sie öffnete die Tür vollständig. »Komm rein.«
Im Eingangsbereich stand ein zugebundener Müllbeutel, den sie am Abend zuvor offenbar nicht mehr rechtzeitig vor die Tür gestellt hatte. Auf der Glastür zum Flur prangte ein unübersehbarer Schmutzfleck, und unter der Garderobe lagen zwei Paar Schuhe kreuz und quer auf dem Boden. Auch in der Küche herrschte Chaos, wie ich kurz danach feststellte. Auf der Anrichte standen stapelweise Teller und Gläser, und der Herd war offensichtlich seit Tagen nicht gereinigt worden.
»Kaffee?«, fragte Angela.
»Gern«, sagte ich und setzte mich.
»Kümmere dich bitte nicht um das Durcheinander hier«, sagte Angela, während sie Wasser in die Kaffeekanne laufen ließ. »Die Putzfrau ist letzte Woche nicht aufgetaucht. Sie hat behauptet, sie hätte einen Hexenschuss.«
»Schon wieder?«, fragte ich.
Thea hatte sich im Frühling bereits mehrfach wegen Rückenbeschwerden krankgemeldet. Nach der Physiotherapie, die der Arzt ihr daraufhin verschrieben hatte, war sie damals fest davon überzeugt gewesen, dass das Übel damit beseitigt sei.
»Wieso ›schon wieder‹?«, fragte Angela.

Sie drehte sich zu mir um, die Kanne mit Wasser noch in der Hand, die Augenbrauen zu erstaunten Halbkreisen hochgezogen.
Ich lief feuerrot an. »'tschuldigung«, stammelte ich und suchte fieberhaft nach einer plausiblen Erklärung für meine dumme Bemerkung, »die Putzfrau meiner Mutter hat sich gerade erst von einem Hexenschuss erholt, und ich habe eine Höllenangst davor, dass sie sich wieder krankmeldet. Wenn sie nicht auftaucht, darf ich nämlich jedes Mal die ganze Arbeit machen. Daran musste ich gerade denken, als du von deiner Putzfrau erzählt hast. Tut mir leid, ich war nicht ganz bei der Sache.«
Aus Angelas mitfühlender Miene schloss ich, dass meine Antwort überzeugend gewesen war.
»O Mann, das ist ja übel. Hat sie ein großes Haus?«
Beinahe hätte ich »Wer?« gefragt, denn ich konzentrierte mich dermaßen auf Angelas Reaktion, dass ich die angeblichen Probleme mit der Putzfrau meiner Mutter fast wieder vergessen hatte. Glücklicherweise konnte ich mich gerade noch zurückhalten.
»Ziemlich groß«, sagte ich.
Angela hatte sich inzwischen wieder der Kaffeemaschine zugewandt. Sie füllte das Wasser ein, drückte auf den Knopf und ging zu ihrem Stuhl.
»Also«, seufzte sie, »dieses Haus ist auch ziemlich groß. Ich schaffe es jedenfalls nicht, es alleine sauber zu halten. Vor allem jetzt nicht. Ich fühle mich alles andere als gut. Das Joggen kann ich heute vergessen.«
Sie war in Gedanken schon wieder mit anderen Dingen beschäftigt, stellte ich erleichtert fest. Mit gespieltem Inte-

resse fragte ich, was das denn für Beschwerden seien, die sie behinderten, aber ihre Antwort hörte ich gar nicht. Ich dachte die ganze Zeit an Olivier.

Letztes Jahr waren wir wie üblich zu Silvester bei seiner Mutter eingeladen, und traditionsgemäß brachten sämtliche Kinder irgendwelche selbstgemachten Leckereien mit. Olivier hatte versprochen, dieses Mal die Krapfen zu backen, aber als ich am späten Nachmittag von der Arbeit kam, roch das Haus überhaupt nicht nach Frittiertem, so dass ich einen riesigen Schrecken bekam. Allerdings zu Unrecht, denn auf dem Küchentisch stand eine große Schüssel mit appetitlichen Krapfen und Apfeltaschen, stümperhaft in Klarsichtfolie verpackt. Die leeren Papiertüten der Bäckerei entdeckte ich auf dem Mülleimer.
Olivier saß am Küchentisch und las Zeitung.
»Olivier«, sagte ich und deutete auf den Mülleimer.
Er zuckte die Achseln. »Jet«, erwiderte er.
»Hast du die Krapfen etwa nicht selbst gebacken?«, fragte ich.
»Selbstverständlich. Riechst du das denn nicht? Das ganze Haus stinkt danach.«
Er schnupperte übertrieben und verzog angewidert das Gesicht. »Ich habe mich gerade noch mal geduscht und frische Sachen angezogen, um den Geruch wenigstens ein bisschen loszuwerden.«
Dabei sah er mich so schelmisch an, dass ich lächeln musste.
»Hast du denn keine Angst, dass sie dir auf die Schliche kommen?«

»Nein«, sagte er entschlossen und schüttelte den Kopf. »Die Menschen glauben nur das, was sie glauben wollen. Genau so, wie sie nur sehen, was sie sehen wollen – nicht mehr und nicht weniger.«

Er neigte den Kopf ein wenig und grinste. »Hör mal, meine Mutter hält ihren einzigen Sohn für ein perfektes Wesen, deshalb würde ihr niemals der Gedanke kommen, dass ich diese vorzüglichen Krapfen vielleicht nicht selbst gebacken haben könnte.«

Ich neigte ebenfalls den Kopf und grinste zurück. »Was ist mit deinen Schwestern?«

Olivier nickte zufrieden. »Ja, meine geliebten Schwestern! Auch die werden nur das sehen, was sie sehen wollen. Sie sind von vornherein von meiner Niederträchtigkeit überzeugt. Selbst wenn ich stundenlang in der Küche geschuftet hätte, würden sie trotzdem denken, dass ich die verdammten Dinger gekauft habe. Oder sie würden davon ausgehen, dass ich dir die ganze Arbeit aufgehalst habe. Daher werden sowohl meine liebenswerten Schwestern als auch meine mich liebende Mutter genau das bestätigt sehen, was sie ohnehin erwartet haben – ganz egal, was ich tue. Die einzige wirkliche Konsequenz meiner Vorgehensweise besteht darin, dass wir heute Abend deutlich schmackhaftere Krapfen haben werden, als wenn ich selbst in der Küche gestanden hätte, und dass unser Haus nicht fürchterlich nach Fett stinkt!«

Während er das sagte, wirkte er sehr zufrieden. Triumphierend. Rührend jungenhaft.

Die Menschen sehen nur das, was sie sehen wollen.

Ich richtete meinen Blick auf Angela, die vorsichtig einen Schluck Kaffee nahm. Über den Rand ihrer Tasse betrachtete sie mich forschend.

»Darf ich dir mal eine persönliche Frage stellen, Jessica?«

»Natürlich«, sagte ich.

Sie musterte mich noch einen Moment, ohne etwas zu sagen, als wäre sie sich nicht ganz sicher. Ich versuchte, ihr einen ermutigenden Blick zuzuwerfen, was sich aber verkrampft und gekünstelt anfühlte.

»Hast du viel Erfahrung mit Männern?«, fragte sie.

»Genügend, um sie eine Weile gründlich sattzuhaben. Warum?«, erwiderte ich gefasst.

Angela lächelte kurz verschwörerisch und senkte dann den Blick. »Also, ich habe mich gefragt … ist es normal, dass ein Mann einem … dass er einem weh tut, wenn man … na ja, wenn man Sex miteinander hat?«

Ich erschrak.

Zunächst dachte ich, dass ich das tunlichst verbergen sollte. Aber im nächsten Moment wurde mir klar, dass erschrecken wahrscheinlich die natürlichste Reaktion auf ihre Frage darstellte.

»Weh tun? Wie meinst du das?«, fragte ich.

Ihre Hand zitterte ein wenig, und an ihrem Hals bildeten sich rote Flecken. Während ich das alles haargenau wahrnahm, war ich in Gedanken oben im Schlafzimmer. Meine Finger krallten sich in die Matratze, und ich biss mir auf die Unterlippe, um nicht laut zu schreien. »Schmerz und Genuss liegen nah beieinander«, sagte Olivier immer. Er hatte recht: Sie wechselten einander ab, gingen ineinander über, verschmolzen zu einem großen, überwältigenden

Gefühl, das ich wahrscheinlich nie wieder empfinden würde.
Angela starrte noch immer auf den Tisch. »Ach, lass nur, ist nicht so wichtig«, murmelte sie.
Sie stand auf und ging zur Spüle, nahm einen Lappen und machte sich an einem der Glasränder auf dem Küchentisch zu schaffen.
»Das erscheint mir durchaus wichtig«, sagte ich nach einer kurzen Stille.
Meine Worte klangen ziemlich steif und zimperlich, und ich wusste selbst auch nicht so recht, warum ich das sagte. Es sollte sie eigentlich ermuntern, mehr zu erzählen, obwohl ich im Grunde lieber nichts mehr über ihr Sexualleben mit meinem Ex hören wollte.
Oder vielleicht doch?
Interessierte ich mich am Ende auf eine perverse Weise für ihre Erfahrungen – um diese mit meinen eigenen vergleichen zu können? Oder wollte ich ihr einfach eine Stütze sein, weil das nun mal zu meiner Rolle passte?
»Ach nee, lass mal. Ich hab übertrieben. Erzähl du mal lieber von deinen Erfahrungen mit Männern.«
»Ach«, erwiderte ich bloß.

Zuerst wollte ich ihre Frage beiseiteschieben oder ihr irgendein erfundenes Liebesdrama auftischen, aber im letzten Moment überlegte ich es mir anders. Warum sollte ich ihr nicht einfach eine anonyme Version der Wahrheit erzählen? Das war schließlich die einzige Geschichte, die ich ihr ohne Schwierigkeiten auf glaubwürdige Weise präsentieren konnte. Außerdem bot es mir die perfekte Gelegenheit, sie glauben zu machen, ich würde mich ihr anvertrauen.

Ich räusperte mich und begann zu erzählen.

»Vor ein paar Jahren hatte ich eine feste Beziehung zu einem Mann. Wir lebten zusammen, und ich hatte das Gefühl, dass zwischen uns alles in bester Ordnung wäre. Aber eines Tages teilte er mir einfach mit, dass unsere Beziehung vorbei war. Für mich kam das wie aus heiterem Himmel, und ich hatte es überhaupt nicht kommen sehen. Als er meinte, dass er etwas mit mir besprechen wolle, dachte ich, dass …«

Plötzlich geschah etwas Merkwürdiges – etwas, womit ich überhaupt nicht gerechnet hatte. Die Geschichte, die ich ihr erzählte, um meiner Rolle als Freundin gerecht zu werden, entwickelte ein Eigenleben und riss mich mit sich fort. Eine Woge des Kummers überspülte mich und schnürte mir die Kehle zu, Tränen brannten mir in den Augen.

»Ich dachte, dass er vielleicht über gemeinsame Kinder reden wollte.«

Auf einmal wurde mir klar, dass ich bis zu diesem Moment kaum darüber hatte sprechen können. Wenn ich mich doch jemandem anvertraut hatte, reagierten die Menschen in meinem Umfeld hauptsächlich auf Olivier. Sie überschlugen sich förmlich, um mir mitzuteilen, was für ein Vollidiot er doch war. Dass sie dabei mich und meinen Kummer vollkommen aus den Augen verloren, merkten sie überhaupt nicht.

Angela legte eine Hand auf meine und drückte sie. »Wie abscheulich«, sagte sie.

»Ja«, erwiderte ich.

Ich räusperte mich erneut. »Weißt du, was das Allerschlimmste ist? Es stellte sich heraus, dass er längst eine andere hatte, obwohl er das mir gegenüber rundheraus abgestritten hat. Dabei gab es sie schon seit Jahren. Sie stand die ganze Zeit wie eine Art Ersatzspieler hinter den Kulissen und wartete auf ihr Stichwort. Jetzt wohnt er mit ihr zusammen. Soweit ich weiß, war ich noch keine Woche weg, als er sie zu sich geholt hat.«

»Oje, wie schrecklich für dich«, sagte Angela. Sie schüttelte den Kopf, als könne sie das, was mir widerfahren war, kaum glauben. »Was für eine miese Tour – typisch Mann.«

Wir befanden uns wieder auf sicherem Terrain.

Miese Touren.

Männer.

Olivier.

Ich hob meine Kaffeetasse an, woraufhin Angela meine Hand loslassen musste.

»Wieso ›typisch‹?«, fragte ich. »Du willst mir hoffentlich nicht erzählen, dass alle Männer so sind? Du selbst hast doch einen lieben Freund, oder?«

In dem Moment, in dem ich mich wieder auf sie konzentrierte, spürte ich, wie mein Kummer verschwand. Dankbar kehrte ich zu meiner Rolle zurück.

»Na ja«, begann sie zögernd, »das dachte ich anfangs auch … bevor ich bei ihm eingezogen bin. Aber inzwischen bin ich mir nicht mehr so sicher. Es scheint fast … es ist beinahe so, als wäre er ein anderer Mann geworden, als hätte er das Gefühl, dass er sich keine Mühe mehr geben müsste, jetzt, da die Angelegenheit geregelt ist.«

Sie rieb mit der Hand über die feuchte Stelle auf der Tischoberfläche, als wäre der Glasrand, den sie eben entfernt hatte, noch zu sehen.
»Außerdem nörgelt er andauernd herum, über den Haushalt, dass ich nicht genug mache, dass ich nicht gut kochen kann. Er erwartet sogar, dass ich schon abends den Frühstückstisch eindecke, damit alles bereitsteht, wenn er morgens in die Küche kommt. Dabei weiß er ganz genau, dass ich überhaupt nicht frühstücke! Als hätte er selbst keine Hände. Hast du je so etwas Lächerliches gehört?«
Mein Gesicht wurde rot. »Wie kommt er denn auf die Idee?«, sagte ich, vorgeblich fassungslos. Ich schüttelte nachdrücklich den Kopf, um die Aufmerksamkeit von meinen roten Wangen abzulenken.
»Also, das kann ich dir sagen«, erwiderte Angela mit einem verschmitzten Lächeln.

30

Einen Moment hatte sie ein schelmisches Funkeln in den Augen, als wolle sie mir nun etwas erzählen, was eigentlich geheim bleiben musste. Doch im nächsten Moment sprang sie abrupt auf, schlug sich die Hand vor den Mund und rannte würgend aus der Küche. Ich sah noch, wie sie in die Toilette stürzte, ehe sie sich lautstark übergab.
»Tut mir leid«, rief sie mit gequälter Stimme, »mir ist der Kaffee nicht bekommen. Ich habe heute Morgen noch nichts ge…«
Erneutes Würgen. Inzwischen hatte sie die Tür der

Toilette zugezogen, so dass das Geräusch etwas gedämpfter klang. Da sie ganz offensichtlich Wert auf ihre Privatsphäre legte, blieb ich in der Küche sitzen, bis sie fertig war.

Es dauerte.

Immer wieder drangen äußerst unappetitliche Geräusche aus der Toilette.

Leise schob ich meinen Stuhl nach hinten, stand auf und blickte mich um. Wo sollte ich anfangen? Der Kalender hing neben dem Telefon, aber darauf war anscheinend nichts notiert. Also schlich ich hinüber und hob das oberste Kalenderblatt an. Auch der folgende Monat war vollkommen leer, offensichtlich hielt Angela ihn nicht auf dem neuesten Stand. Bedeutete die Leere nun, dass sie nichts aufschrieb oder dass es schlichtweg nichts zu notieren gab?

Ich drehte mich um und öffnete den Kühlschrank. Der entpuppte sich als ziemlich leer – zwei Tüten Milch, hinten mehrere Dosen Bier, außerdem ein angetrocknetes Stück Käse, eine Packung Eier und im Gemüsefach ein Beutel Möhren.

Auf der Anrichte hatte sich ein Stapel Post angesammelt, der halb zur Seite gesackt war – größtenteils unpersönliche Werbesendungen, aber dazwischen befand sich auch eine Rechnung vom Stromanbieter, auf dem fett gedruckt »Zweite Mahnung« stand. Das kam mir bekannt vor. Olivier wollte die Buchhaltung unbedingt selbst erledigen, obwohl er dafür im Grunde überhaupt nicht geeignet war. Es passierte regelmäßig, dass er Rechnungen vergaß oder sie doppelt beglich.

In einem plötzlichen Impuls faltete ich den Briefumschlag zusammen und steckte ihn mir in die Gesäßtasche meiner Hose.
Nachdem ich den Poststapel gerade gerückt hatte, konnte ich nichts mehr entdecken, was eine nähere Inspektion gelohnt hätte. Also ging ich zum Tisch zurück, setzte mich wieder und wartete auf Angela.
In der Toilette war es inzwischen still geworden. Ich erwartete, jeden Moment das Geräusch der Spültaste und das Plätschern des Wasserhahns zu hören, aber es blieb still. Ob irgendetwas nicht stimmte? War sie durch das Erbrechen möglicherweise derart erschöpft, dass sie zusammengebrochen war? Ich stand auf und ging hinaus in den Flur. In dem Moment, als ich die Hand hob, um an der Toilettentür zu klopfen, klingelte es an der Haustür.
Ich erstarrte.
»Ach, Jessica …«
Angela. Sie rief lauter als eigentlich nötig, schließlich konnte sie nicht wissen, dass ich direkt vor der Toilette stand.
»Könntest du vielleicht kurz die Tür aufmachen?«

Mir wurde eiskalt.
Ich wollte nicht aufmachen.
»Bin schon unterwegs«, erwiderte ich leise.
Mit zitternden Knien ging ich zur Haustür. Durch die Milchglasscheibe erkannte ich die Silhouette. Während ich die Tür öffnete, fiel mir Hedwigs freundlicher, zugleich aber auch leicht distanzierter Gesichtsausdruck

auf. In den Händen hielt sie ein dickes Buch, das sie mir entgegenstreckte. Ein Buch über Kübelpflanzen, wie ich am Einband erkannte. Genau das gleiche Buch hatte ich vor Jahren angeschafft, als ich die Terrasse hinter dem Haus in Angriff genommen hatte.

»Hallo, hier ist das Buch, das du ausleihen woll…«, setzte Hedwig an.

Sie verstummte. Der höflich distanzierte Ausdruck auf ihrem Gesicht wich einer bestürzten Miene.

»Jet!«, sagte sie. »Jet!«

Sie legte mir eine Hand auf den Arm und drückte ihn. »Wie geht es dir? Ich fand es so schrecklich, dass ihr … dass du und das mit ihr … eigentlich wollte ich überhaupt nichts mit ihr zu tun haben, aber …«

»Hallo, Hedwig«, flüsterte ich.

Meine Stimme klang, als würde ich jeden Moment in Tränen ausbrechen.

»Ich habe eigentlich gar keinen Kontakt zu ihr«, sagte Hedwig.

Ihr Gesicht war feuerrot, als hätte ich sie bei irgendeiner fragwürdigen Tat erwischt.

»Es ist so … ich hab diese Woche doch frei. Gerben und ich wollten eigentlich nach Frankreich, aber natürlich musste er im letzten Moment wieder arbeiten. Du weißt ja, wie er ist. Und dann … saß ich gestern zufällig im Garten, und da hat sie mich über die Hecke hinweg angesprochen. Sie wollte ein paar Gartentipps, und um sie loszuwerden, habe ich ihr dieses Buch versprochen. Dann hat sie mich gefragt, ob ich nicht heute Vormittag auf einen Kaffee vorbeikommen wolle.«

»Natürlich. Das verstehe ich vollkommen«, sagte ich rasch, in dem Versuch, sie zu beruhigen.

Ich selbst war dagegen alles andere als ruhig. Wie um Himmels willen sollte ich aus dieser Situation herauskommen? Wenn ich mit Angela und Hedwig Kaffee trank, würde meine Tarnung garantiert auffliegen. Fieberhaft suchte ich nach einem Ausweg. Konnte ich sofort verschwinden? Nein, das würde nicht funktionieren, denn dann würden Hedwig und Angela zusammen zurückbleiben, und meine Person würde unweigerlich zur Sprache kommen.

Im Hintergrund hörte ich Angela röcheln – und plötzlich wusste ich einen Ausweg.

»Es geht ihr nicht gut«, flüsterte ich Hedwig zu, »das ist also deine perfekte Ausrede, um diesem Kaffee zu entkommen. Ich sage ihr einfach, dass ich dich weggeschickt hätte, weil ihr nicht wohl ist, okay? Ich werde mich auch möglichst bald aus dem Staub machen, ich wollte nur noch ein paar Sachen von mir holen.«

Hedwig nickte. Mit verschwörerischem Blick überreichte sie mir das Gartenbuch.

»Sie ist furchtbar, nicht wahr?«, flüsterte sie. »Und schrecklich ordinär dazu. Hast du diese rosa Pantoffeln gesehen? Damit läuft sie sogar im Garten herum. Ich verstehe nicht, was Olivier an ihr findet. Kanntest du sie schon vorher?«

Ich nickte ungeduldig. Unter anderen Umständen hätte ich liebend gern mit Hedwig ausführlich über Angela gesprochen, aber nicht jetzt. Hedwig musste so schnell wie möglich verschwinden.

»Nur vage«, erwiderte ich flüsternd. »Geh schnell, solange du noch kannst«, fügte ich hinzu, um zu verhindern, dass sie weitere Fragen stellte. »Soll ich dich in den nächsten Tagen mal anrufen? Dann verabreden wir uns, damit wir mal wieder ungestört quatschen können.«
Bei der letzten Bemerkung machte ich eine vielsagende Kopfbewegung in Richtung Flur. Wie auf Kommando ließ Angela ein lautes Würgen hören.
»Kleine Sünden bestraft der liebe Gott sofort«, flüsterte Hedwig.
Sie lächelte mich an, drückte noch einmal meinen Arm und ging. Erleichtert schloss ich die Tür hinter ihr. Erst als ich wieder am Küchentisch saß, wurde mir bewusst, dass ich dieses Mal zwar ungeschoren davongekommen war, aber dass das Ganze immer noch furchtbar schiefgehen konnte. Selbst wenn Angela und Hedwig einander erst in ein paar Wochen wieder begegneten, konnte die Sache noch auffliegen. Beispielsweise, wenn Hedwig das Buch abholte – dann konnte es durchaus sein, dass sie über mich sprachen, und dann würden sie aufgrund der möglichen Jet-Jessica-Verwechslung herausfinden, dass ich ein falsches Spiel spielte.
Außerdem drang allmählich zu mir durch, dass ich Hedwig, mit der ich seit Jahren guten Kontakt pflegte, schamlos belogen hatte. Niedergeschlagen und beschämt wie ein Kind, das eine Strafe verdient, wartete ich auf Angelas Rückkehr.

31

Es dauerte nicht lange, bis sie in die Küche kam. Sie wirkte auffallend munter und frisch.
»Welch eine Erleichterung!«, sagte sie.
Zuerst begriff ich nicht, wovon sie redete. Ich dachte, sie sei froh, dass ich Hedwig weggeschickt hatte. Erst als sie eine Hand auf den Bauch legte, verstand ich, dass sie das Erbrechen gemeint hatte.
»Fühlst du dich nun besser?«, fragte ich.
»Viel besser. Ich hatte heute Morgen noch nichts gegessen, da war es ziemlich dumm, ausgiebig Kaffee zu trinken«, erwiderte sie fröhlich.
Sie ließ sich auf einen Stuhl sacken.
»Worüber haben wir eben noch gesprochen?«, fragte sie mit einem träumerischen Ausdruck in den Augen. »Wenn ich mich recht erinnere, wollte ich dir gerade irgendwas Interessantes erzählen.«
Sie fragte nicht, wer an der Haustür gewesen war, und das Gartenbuch, das direkt vor ihr auf dem Küchentisch lag, schien sie auch nicht zu sehen. Sämtliche Ausreden, die ich mir überlegt hatte, um Hedwigs plötzlichen Aufbruch zu erklären, blieben unausgesprochen.
»Ah, jetzt weiß ich es wieder!«, rief sie triumphierend. »Ich wollte dir von Oliviers Ex erzählen!«
Sie goss uns beiden Kaffee ein und machte es sich bequem. »Das wirst du nicht glauben …«, setzte sie an.

Während sie redete, musste ich ein paarmal fast losprusten. Es war alles so lachhaft, so bizarr und so völlig fern jeder Realität.
Olivier hatte Angela weisgemacht, ich sei die perfekte

Hausfrau gewesen. Die Tatsache, dass ich fast Vollzeit arbeitete, hatte er offensichtlich nicht weiter erwähnenswert gefunden. Ich hatte angeblich hervorragend für ihn und das Haus gesorgt – da kam Angela nicht im Entferntesten heran. Leider war ich gleichzeitig die klassische Hausfrau im negativen Sinne: spießig, brav, antriebslos. Ich hatte mich total an ihn geklammert. Dadurch hatte es ihn nach seinem ersten Versuch, die Beziehung zu beenden, über ein Jahr gekostet, mich tatsächlich aus dem Haus zu bekommen. Vorher hatte er sich nicht getraut, Nägel mit Köpfen zu machen, weil er Angst hatte, ich könnte Selbstmord begehen. Bei einem renommierten Kollegen hatte er eine Therapie für mich arrangiert, und erst als dieser bestätigt hatte, dass ich stark genug sei, um das Ende unserer Beziehung zu akzeptieren, war ich ausgezogen. Olivier hatte höchstpersönlich eine Wohnung für mich gesucht und mir bei der Renovierung geholfen – so lautete zumindest seine Version. Nach meinem Umzug hatte er den Kontakt zu Angela noch eine ganze Weile vor mir geheim gehalten, um mich nicht mit der Tatsache zu konfrontieren, dass es in seinem Leben eine andere Frau gab. Erst ein Jahr später, als ich mein Leben langsam wieder in den Griff zu bekommen schien und nach langem Zaudern schließlich die letzten Sachen und Kleidungsstücke abgeholt hatte, die ich noch immer bei ihm aufbewahrte, waren er und Angela endlich in der Lage gewesen, zusammenzuziehen.

Zuerst fand ich das Ganze vor allem lustig, zumal Angela überhaupt nicht durchschaute, dass Olivier eine abstruse Geschichte konstruiert hatte, um nicht zugeben zu müssen, dass er noch immer mit einer anderen Frau zusammenlebte. Genau genommen hatte er sie mit mir betrogen, und zwar während all der Jahre, in denen er mich mit ihr betrogen hatte – darauf lief es letztendlich hinaus. Einen besseren Beweis für seine ambivalente Haltung ihr gegenüber konnte man sich gar nicht vorstellen. Und sie war so verliebt, dass sie alles klaglos hingenommen hatte. Sie hatte mit ihm in einem Haus geschlafen, in dem er ganz eindeutig mit einer anderen Frau zusammenlebte, und hatte sich dabei weismachen lassen, dass diese Frau keine wichtige Rolle mehr in seinem Leben spielte.

Auf dem Heimweg wurde ich plötzlich furchtbar wütend, weil Olivier bei der Geschichte, die er Angela aufgetischt hatte, so getan hatte, als wäre an unserer Beziehung überhaupt nichts Gutes gewesen. Und weil er ihr die brutale Art und Weise, mit der er mich aus seinem Leben verbannt hatte, verschwiegen hatte. Kurze Zeit später, als ich wieder in meiner Wohnung war, ebbte die Wut ab. Mir wurde klar, dass die komplizierten Lügen nur eines bedeuteten: Olivier hatte sich einfach keinen Rat mehr gewusst. Er hatte sich schlichtweg in widerstreitende Gefühle verstrickt – etwas, was er nicht kannte. Er war es gewohnt, sich seiner Sache immer sicher zu sein. Wahrscheinlich schämte er sich für die Art und Weise, wie er sich letztendlich von mir getrennt hatte. Die Tatsache, dass er merkwürdige Geschichten über mich erzählte, hing vermutlich auch damit zusammen, dass er sich einreden wollte, seine Entscheidung für Angela sei richtig gewesen. Jedenfalls kam ich zu dieser hoffnungsvollen

Schlussfolgerung, nachdem ich den Rest des Tages und die halbe Nacht darüber nachgedacht hatte.

Seltsamerweise schenkte mir dieser Gedanke trotzdem keine Ruhe, und ich wälzte mich noch immer im Bett herum. Meine Unruhe war sogar so groß, dass ich schließlich aufstand. Weil ich keine Lust zum Lesen hatte, räumte ich mein Zimmer auf. Auf dem Stuhl am Fenster hatte sich ein großer Berg getragener Kleider angesammelt, den ich nun sortierte: Manche Kleidungsstücke mussten in die Wäsche, andere konnte ich noch ein weiteres Mal tragen. Die Sachen, die ich angehabt hatte, als ich zum Haus fuhr, wollte ich nicht erneut anziehen – es erschien mir fast, als wären sie verseucht. Sie wanderten daher direkt auf den Wäschestapel. Beim Durchsuchen der Hosentaschen stieß ich auf die Stromrechnung. Einen kurzen Moment lang wusste ich nicht, was das für ein Schreiben war. Aber als schließlich zu mir durchdrang, dass es sich um Oliviers Post handelte, schämte ich mich. Was für eine traurige, schäbige Aktion. Es war schon schlimm genug, dass ich ihn vorläufig verloren hatte – musste ich auch noch meine Selbstachtung über Bord werfen?

Das Ganze musste aufhören, das spürte ich in diesem Moment überdeutlich. Loslassen – das war die einzig rationale Lösung. Olivier, das Haus, Angela. Ich musste mich auf eine Zukunft ohne ihn konzentrieren, mich neuen Dingen öffnen, neuen Menschen.

Es war glasklar.

Dennoch wusste ich bereits in dem Moment, als ich es mir vornahm, dass ich es nicht konnte, dass ich es vielleicht nie können würde. Ich würde jeden Mann, der in mein Leben trat, mit Olivier vergleichen. Er war der Standard, das Ideal – alle anderen würde ich wiegen und für zu leicht befinden.

Nachdem ich ins Bett zurückgekehrt war, lag ich natürlich wach. Ich dachte an Angela. Während meines Besuchs war sehr deutlich geworden, dass es ihr nicht gutging. Sie sah schlecht und ungepflegt aus, im Haus herrschte ein heilloses Durcheinander, und sie redete unverhohlen über die Spannungen, die zwischen ihr und Olivier entstanden waren. Im Grunde war es gut, dass es mit der Beziehung der beiden so schnell schiefging – umso leichter würde sie ihr altes Leben ohne ihn wieder aufnehmen können. Trotzdem war es mir unangenehm, Angela so abrutschen zu sehen. Denn wenn ich ehrlich war, hatte ich im Grunde überhaupt nichts gegen sie. Im Gegenteil: Eigentlich fand ich sie sogar ganz sympathisch. Sie war spontan und offen, und als ich ihr von meiner katastrophal geendeten Beziehung erzählt hatte, hatte sie aufmerksamer zugehört und mehr Mitgefühl gezeigt als die Menschen, die ich zu meinen engsten Freunden zählte. Das Einzige, was ich ihr letztendlich vorwerfen konnte, war die Tatsache, dass sie Olivier liebte. Doch das konnte ich ihr nicht ernsthaft übelnehmen.

32

Diese Gedanken gingen mir nicht mehr aus dem Kopf, so dass ich mich am Samstag regelrecht auf die Verabredung mit Stefan freute, in der Hoffnung, mich ablenken zu können. Um ihn nicht hereinbitten zu müssen, sorgte ich dafür, dass ich bereits an der Tür stand, als er klingelte.

Wir spazierten am Heemraadssingel entlang in Richtung Coolhaven. Im Gras am Rande der Gracht saß eine Familie auf einer rotkarierten Decke beim Picknick. Ein Stückchen weiter, am Eingang zur U-Bahn-Station, standen zwei junge Antillianer und handelten in aller Seelenruhe mit Drogen.

»So ist das Leben in der Großstadt«, sagte Stefan.

»Tja«, murmelte ich.

Obwohl ich erst seit wenigen Monaten hier wohnte, fielen mir die Kontraste in diesem Viertel, in dem vornehme alte Damen mit angeleinten Schoßhündchen sich die Straßen mit Obdachlosen und Junkies teilten, kaum noch auf. Ich war rein zufällig hier gelandet – ich hatte das erstbeste Zimmer genommen, das mir einigermaßen geeignet erschien. Aber anscheinend begann ich mich hier langsam heimisch zu fühlen.

»Gefällt es dir eigentlich hier im Zentrum, oder sehnst du dich nach der Ruhe in Kralingen zurück?«, fragte Stefan.

»Kannst du Gedanken lesen?«, erwiderte ich lachend und warf ihm einen Seitenblick zu. »Ich musste gerade daran denken, wie vollkommen anders es hier ist.«

»Ja, ich kann mitten durch dich hindurchsehen. Aber das weißt du längst, oder? Schließlich kennst du meinen Berufsstand.«

»Natürlich, Herr Psychiater. Wie konnte ich nur so dumm sein, das zu vergessen?«

Wir mussten beide schmunzeln.

»Jetzt mal im Ernst, hast du dich ein bisschen einleben können?«
»Ja«, erwiderte ich, »das Viertel ist lebendig und ein wenig chaotisch, aber im Grunde finde ich genau das schön.«
Stefan nickte. »Ich auch. Als die Kinder unterwegs waren, dachten Mirjam und ich daran, in eine ruhigere Gegend zu ziehen, doch wir konnten uns alle beide nicht dazu überwinden, von hier fortzugehen. Wir haben uns zwar ein paar Häuser in diversen Vororten angesehen, Kralingen und Hillegersberg etwa. Die Häuser selbst waren auch wunderbar, daran lag es nicht. Wir fanden es dort nur so still, so geruhsam.«
»Ich weiß genau, was du meinst«, sagte ich – denn exakt so war es dort auch, obwohl mich das während der Zeit mit Olivier nie besonders gestört hatte.
Inzwischen hatten wir den Fußgängertunnel erreicht, wo alte hölzerne Rolltreppen steil in die Tiefe führten, bis weit unterhalb der Maas. Die Sonne stand tief über dem grauen Fluss, der hier und dort aufleuchtete. Ein kleines gelbes Wassertaxi schoss zwischen großen Frachtschiffen hindurch ans andere Ufer. Neben mir blinzelte Stefan mit zusammengekniffenen Augen auf das Wasser hinaus. Er schwieg, aber die Stille war nicht unangenehm. Ich empfand sie sogar als beruhigend: Wenn er auf einen Flirt aus gewesen wäre, hätte er sicher versucht, das Gespräch in Gang zu halten. Wahrscheinlich hatte ich mich hinsichtlich seiner Absichten geirrt, er hatte einfach nur nett sein und mich in dieser schwierigen Phase unterstützen wollen, mehr nicht.

»Warum bist du eigentlich Psychiater geworden?«, fragte ich ihn.
»Hm?«, fragte er zurück. »Entschuldige, ich war gerade in Gedanken. Was hast du gesagt?«
»Ich habe gefragt, warum du dich für diesen Beruf entschieden hast. Aber wenn du willst, darfst du mir auch erzählen, woran du gerade gedacht hast.«
»Dann gehe ich lieber auf deine erste Frage ein«, erwiderte er mit einem Grinsen, »abschweifende Gedanken sind nicht besonders höflich. Warum ich Psychiater geworden bin? Ich fand es ein spannendes Fachgebiet, schon vom ersten Moment an, als ich während des Studiums damit in Berührung kam. Mich hat vor allem die Tatsache fasziniert, dass Menschen mit psychischen Erkrankungen in einer vollkommen anderen Welt leben.«
Er trat mit dem Fuß gegen einen kleinen Stein und warf mir einen raschen Blick zu, als wolle er überprüfen, ob ich ihm auch zuhörte. Das tat ich zwar, konnte es jedoch nicht lassen, ihn währenddessen mit Olivier zu vergleichen. Stefan drückte sich ein wenig pedantisch aus, mit Worten wie »faszinieren« und »spannend«, wodurch er den Anschein erweckte, als würde er in einer Radiosendung auftreten, statt sich mit einer Bekannten zu unterhalten.
Olivier hätte an seiner Stelle sicher irgendetwas Schlichtes erwidert. Er hätte mit wenigen aussagekräftigen Worten eine Antwort gegeben, deren Bedeutung einem noch Jahre später im Gedächtnis geblieben wäre.
»Damals habe ich festgestellt, dass Menschen ein und dasselbe Ereignis vollkommen unterschiedlich interpretieren

können«, fuhr Stefan fort. »Und dass sie die Dinge, die sie wahrnehmen, in ihre eigene Erlebniswelt einfügen. Als gäbe es die Realität gar nicht. Dennoch empfinden wir eine Geschichte als stimmig, während wir eine andere als krank bezeichnen. Woran machen wir diesen Unterschied fest? Dürfen wir das überhaupt? Das sind die Fragen, die mich damals beschäftigt haben.«

»Hast du denn Antworten darauf gefunden?«

»Nein, im Grunde nicht. Aber das Thema fasziniert mich noch immer. Außerdem gibt es noch weitere schöne Aspekte an meiner Arbeit.«

Erneut warf er mir einen Blick zu, unsicher, ob seine Geschichte mich noch interessierte.

»Erzähl«, forderte ich ihn auf.

»Beispielsweise die Tatsache, dass ein und dieselbe Erfahrung bei verschiedenen Menschen einen vollkommen anderen Effekt erzielen kann. Etwa bei zwei Menschen aus einer Familie, die die gleiche schreckliche Kindheit durchgemacht haben und von denen der eine sich sein ganzes Leben lang herumquält, während es dem anderen prima geht.«

»Ja«, sagte ich und nickte.

Das konnte ich mir lebhaft vorstellen. Ich dachte an Hajo, der von der Kindheit in unserer verklemmten Familie deutlicher gezeichnet war als ich. Unsere Eltern hatten uns weder geschlagen noch missbraucht, sie tranken nicht, gingen nicht fremd und hatten sich erst recht nicht scheiden lassen. Die typischen Anhaltspunkte für eine schwere Kindheit fehlten komplett. Aber es fehlte uns auch an Liebe. Wir waren unserer Mutter eine Last, und das ließ sie uns jeden Tag spüren. Dieser Mangel und die andauernden Vorwürfe hatten dazu geführt, dass Hajo sich allem verschloss, was auch nur im Entferntesten mit Emotionen zu tun hatte. Er hatte noch nie eine feste Beziehung gehabt, und mit seinen Freunden redete er ausschließlich über Autos und Sport. Bis zu diesem Moment war ich davon ausgegangen, dass ich es sehr wohl geschafft und mich trotz allem zu einem ausgeglichenen Menschen entwickelt hatte. Schließlich konnte ich meine emotional belastende Arbeit gut verkraften und hatte in Olivier die Liebe meines Lebens gefunden. Musste ich daran nun zweifeln, da unsere Beziehung zerbrochen war? Diese Frage lag mir auf der Zunge. Ich hätte liebend gerne mit Stefan darüber geredet, aber ich hielt mich zurück – es wäre wahrscheinlich doch nur wieder auf ein Gespräch über Olivier hinausgelaufen.

Inzwischen liefen wir um den Veerhaven herum, wo einige Taue rastlos gegen die Masten der alten Holzschiffe schlugen. Stefan zeigte begeistert auf eine überdachte und festlich beleuchtete Terrasse auf der anderen Seite des Hafens.
»Sieh mal, da ist das Lokal.«
Zum Glück hatte Stefan reserviert, denn das Restaurant war brechend voll. Unser Tisch befand sich irgendwo im hinteren Bereich, und wir mussten uns größte Mühe geben, um durch die Menschen hindurch einen Blick auf die Maas zu ergattern.
»Was ist mit dir, Jet, warum bist du eigentlich Krankenschwester geworden?«, fragte Stefan, nachdem wir Platz genommen hatten.

Er überfiel mich mit dieser Frage, obwohl es eigentlich selbstverständlich war, dass er sich – nach meinem Interesse an seiner Berufswahl – im Gegenzug nach meinen Beweggründen erkundigte. Doch diese Art von Gegenseitigkeit war ich einfach nicht mehr gewöhnt. Olivier konnte das nicht ausstehen, er bezeichnete es als hohles Pingpongspiel, wenn die Menschen sich abwechselnd Fragen stellten.

Wenn ich etwas loswerden wollte, sollte ich von allein davon erzählen, befand er, denn er wollte in dem Moment, in dem ich Interesse für ihn zeigte, nicht das Gefühl haben, dass ich das nur deshalb tat, weil ich eine eigene Geschichte an den Mann bringen wollte. Olivier hielt diese Dinge gern voneinander getrennt.

Stefan wartete meine Reaktion gespannt ab. Wahrscheinlich interessierte es ihn ernsthaft, auch wenn die Frage teilweise ein Echo meiner Frage an ihn bildete.

Ich nahm einen Schluck Wein und begann zu erzählen. »Ich wollte etwas Sinnvolles tun, etwas, das eine Bedeutung hat. Die Krankenpflege erschien mir deshalb als gute Wahl. Die Arbeit ist sehr direkt, sehr konkret. Wenn man jemanden pflegt, und zwar mit Hingabe, dann ist das gut – daran besteht kein Zweifel. Das war mir sehr wichtig. Es gibt so viele Berufe, bei denen sich – wenn man mal weiterdenkt – die Frage stellt, ob das, was man da tut, überhaupt einen Sinn ergibt.«

In dem Moment trat der Kellner an den Nebentisch, mit zwei schwerbeladenen Tellern für einen beleibten Mann und seine nicht minder korpulente Frau. Stefan warf einen flüchtigen Blick hinüber und wandte sich dann wieder mir zu. »Ich glaube, ich verstehe, was du meinst«, sagte er mit einem verschmitzten Zwinkern.

Ich unterdrückte ein Lächeln. »Schön«, sagte ich.

»Und«, fragte er, nun wieder ernster, »ist dein Beruf in der Praxis denn so, wie du es erwartest hast?«

»Ja«, erwiderte ich voller Überzeugung. »Manchmal ist die Arbeit zwar schwer, aber wenn ich nach dem Dienst nach Hause gehe, habe ich fast immer das Gefühl, dass ich etwas Sinnvolles getan habe. Dafür nehme ich einen verspannten Rücken oder müde Füße und gelegentlich sogar schlaflose Nächte gern in Kauf.«

»Du arbeitest schon eine ganze Reihe von Jahren auf der Intensivstation, oder? Offenbar gefällt es dir dort gut.«

»Ach, das weißt du?«, sagte ich. »Ja, ich fühle mich dort tatsächlich sehr wohl. Auf dieser Station ist die Arbeit irgendwie anspruchsvoller als auf anderen Stationen und in technischer Hinsicht eine größere Herausforderung. Emotional ist sie natürlich auch deutlich heftiger. Doch gerade auf diesem Gebiet habe ich den Eindruck, etwas beitragen zu können.«

Ich zögerte einen Moment, da mir bewusst wurde, dass ich über dieses Thema stundenlang hätte reden können. Stefan nickte erwartungsvoll, er schien noch immer interessiert.

»Manchmal sind Menschen, die auf der Intensivstation arbeiten, stark auf die technische Seite ausgerichtet, auf das Heroische. Sie wollen Leben retten und vernachlässigen dabei die emotionale Komponente. Gerade diesem Aspekt versuche ich, besondere Aufmerksamkeit zu schenken, sowohl bei meinem eigenen Kontakt zu den

Patienten als auch innerhalb des Teams. Glücklicherweise haben wir eine gute Teamleiterin, die dafür ebenfalls einen besonderen Blick entwickelt hat. In den vergangenen Jahren haben wir echt was aufbauen können.«
Noch immer musterte Stefan mich voller Interesse, was sich fast unbehaglich anfühlte. Ich war es gar nicht mehr gewohnt, so lange etwas über mich zu erzählen.
»Und bei dir? Wie steht's mit deinen Kollegen?«, fragte ich deshalb.
Pingpong.
»Versuchst du vielleicht, irgendwelche Neuigkeiten über Olivier herauszubekommen?«, fragte Stefan langsam.
Ich errötete. Natürlich – er hatte in der Poliklinik im Grunde nur einen einzigen Kollegen.
»Tut mir leid«, stammelte ich, »du hast dir jetzt schon eine ganze Weile meine Geschichten angehört, und da wollte ich ...«
Stefan unterbrach mich. »Ich muss mich bei dir entschuldigen, nicht umgekehrt. Es sollte eigentlich ein Scherz sein, aber angesichts deiner Reaktion war er wohl deplaziert. Bitte nimm es mir nicht übel.«
»Okay«, erwiderte ich, auch wenn mir nicht mal der Gedanke gekommen war, ihm etwas zu verübeln.
»Also gut«, sagte Stefan, »meine Kollegen: Ich fürchte, dass ich in der Hinsicht nicht allzu große Begeisterung zeigen kann – selbst wenn ich Olivier außer Acht lasse. In der Psychiatrie laufen einige Menschen herum, die ihren Beruf meines Erachtens nicht ganz ernst nehmen. Vielleicht ist es ein bisschen so wie bei deinen Kollegen, die sich zu sehr auf die Technik stürzen und dabei andere

wichtige Dinge aus den Augen verlieren. In der Psychiatrie geht es im Grunde immer nur um eines: Wir müssen Menschen dabei helfen, ihr Leben weitestgehend wieder in den Griff zu bekommen. Ob es sich nun darum handelt, den Umgang mit einer schwerwiegenden psychischen Erkrankung zu erlernen, oder darum, mit den unterschiedlichsten schlimmen Erfahrungen ins Reine zu kommen – letztendlich läuft es immer darauf hinaus. Darin unterscheiden sich unsere Patienten übrigens kaum von anderen Menschen: Auch die versuchen im Normalfall, trotz aller Gegenschläge und Enttäuschungen, das Ruder in der Hand zu behalten.«

Ich musste unwillkürlich an meine eigene Situation denken. Kontrolle über das eigene Leben, darum ging es. Genau diese Kontrolle hatte ich vollständig verloren, als Olivier mir gesagt hatte, er wolle sich von mir trennen. Aber in den vergangenen Wochen – seit ich zum ersten Mal wieder im Haus gewesen war – hatte ich mir einen Teil dieser Kontrolle zurückerobert.

Stefan redete inzwischen weiter. »Wenn ich mir so manche Kollegen ansehe, dann glaube ich nicht, dass sie noch wissen, worum es in unserem Beruf eigentlich geht. Die sehen den Patienten nicht mehr als Menschen und sind nur noch mit sich selbst beschäftigt, mit ihrer Rolle, ihrer eigenen Bedeutsamkeit, und nicht mehr mit demjenigen, um den es eigentlich geht. Das Klischee des Psychiaters, der hinter seinem imposanten Schreibtisch sitzt und kühl Fragen auf jemanden abfeuert, der sich in einer Notlage befindet, beruht nur allzu oft auf der Wahrheit.«

Stefan hatte beim Erzählen die Stimme erhoben und

blickte ernst drein. Offensichtlich neigte er dazu, sich in Rage zu reden, vor allem, wenn es um seine Arbeit ging. Um dem Gespräch wieder eine etwas entspanntere Note zu geben, stützte ich das Kinn auf die Hand, legte den Zeigefinger auf die Wange und sagte mit affektierter Stimme: »Wie denken Sie denn selbst darüber?«

Der Trick funktionierte – Stefan lachte. »Ganz genau. Das ist exakt die Einstellung, über die ich mich wahnsinnig ärgern kann. Mit dieser Frage distanziert man sich, und die betroffenen Menschen können sich dadurch furchtbar einsam fühlen.«

In dem Moment brachte der Kellner unsere Vorspeise.

»Da hast du ja gerade noch mal Glück gehabt«, sagte Stefan grinsend. »Entschuldige, dass ich mich so in Rage rede, aber das Ganze liegt mir ziemlich am Herzen.«

Obwohl ich ihm versicherte, dass es mich nicht störte, schien Stefan fest entschlossen, seine Ausführungen dabei zu belassen. Während wir mit dem Essen begannen, schnitt er ein anderes Thema an. Und dieses Thema drehte sich um mich.

33

Trotz des linkischen Auftretens, das mir an ihm in formellen Situationen, etwa bei Empfängen und Betriebsfeiern, aufgefallen war, trotz all der Fehler, die er bei Besprechungen machte und von denen Olivier mir regelmäßig bis ins letzte Detail berichtet hatte, und trotz der Theatralik von vorhin strahlte Stefan etwas derart Vertrauenswürdiges und Solides aus, dass ich ihm mein Herz aus-

schüttete, obwohl ich das überhaupt nicht beabsichtigt hatte. Ich erzählte ihm von den ersten entwurzelten Wochen in der Mathenesserlaan, während derer mich die maßlose Sehnsucht nach Olivier fest im Griff gehabt und dafür gesorgt hatte, dass ich nachts nicht schlafen konnte und tags die Welt um mich herum keines Blickes würdigte.
Stefan hörte zu, er schien nichts Verrücktes daran zu finden. Nur in dem Moment, als ich über Olivier redete, hatte ich kurz den Eindruck, dass sich seine Züge verhärteten, aber er schwieg.
»Trotzdem siehst du jetzt viel besser aus als damals, als ich dir auf der Straße begegnet bin«, sagte er schließlich, als ich verstummte. »Könnte das bedeuten, dass du dein Leben inzwischen wieder ein bisschen in den Griff bekommen hast?«
Ich zögerte.
Es war tatsächlich so: Ich hatte mein Schicksal wieder in die Hand genommen – das hatte er gut beobachtet. Allerdings erschien es mir nicht sehr clever, ihm zu erzählen, was genau meinem Leben momentan wieder Antrieb verlieh.
»Ja«, sagte ich nach einer Weile, »ich denke schon. Als Olivier unsere Beziehung beendet hat, war ich vollkommen verloren. Diese Phase ist nun vorüber. Allmählich scheint sich ein Weg abzuzeichnen, der tatsächlich in eine Richtung führt – selbst wenn ich nicht genau weiß, ob er mich letztendlich zu dem führt, wonach ich suche.«
Ich schwieg und senkte den Blick.
»Möchtest du darüber reden? Oder ist es dafür zu früh?«, fragte Stefan leise.

»Zu früh … noch«, sagte ich, dankbar für den Ausweg, den er mir anbot.
Aus den Augenwinkeln sah ich, dass Stefan nickte. Er wirkte besorgt, schließlich hatte er nicht die geringste Ahnung, dass mein Schweigen auf einer Täuschung beruhte.
Im nächsten Moment brach ich in Tränen aus.
Stefan legte mir die Hand auf den Arm und drückte ihn vorsichtig. Er nötigte mir kein Taschentuch auf und sagte auch nicht, dass alles wieder gut werde, noch gab er mir das Gefühl, dass ich die Tränen lieber unterdrücken sollte. Er saß einfach nur da, eine Hand auf meinem Arm. Ich hatte den Eindruck, dass ich eine ganze Weile heulte, aber ich weiß nicht, ob es wirklich so war. Obwohl meine Tränen nichts an meiner Unaufrichtigkeit gegenüber Stefan änderten, fühlte ich mich danach irgendwie erleichtert.
»Besser?«, fragte Stefan, als ich mich beruhigt hatte.
»Ja, viel besser«, erwiderte ich wahrheitsgemäß.
»Gut.«
Das Hauptgericht wurde serviert, und wir begannen, schweigend zu essen. Es schien, als wollte Stefan mir die Möglichkeit geben, mich wieder ein bisschen zu fassen. Oder noch etwas hinzuzufügen, falls ich das wollte. Nach etwa fünf Minuten, als deutlich wurde, dass ich nicht weiter über die Angelegenheit sprechen wollte, setzte er zu einer ausführlichen und lustigen Geschichte über seine Kinder an. Seine Worte plätscherten wie freundliche, warme Wogen über den Tisch, und ich brauchte nichts weiter zu tun, als zuzuhören.

34

Es war bereits dunkel, als wir nach Hause gingen, und die Maas schimmerte tintenschwarz. Die Lichter in den Apartments am Kop van Zuid funkelten wie Sterne hoch über dem unheimlichen Wasser. Direkt oberhalb des Flusses unternahm das Hotel New York einen tapferen Versuch, sich mit Hilfe greller Scheinwerfer zwischen zwei riesigen Hochhäusern bemerkbar zu machen. Stefan redete noch immer, und jetzt drehten sich seine Erzählungen um das unbedarfte Verhalten der Empfangssekretärin in der Poliklinik. Von Olivier hatte ich bereits diverse Variationen derselben Geschichten gehört: Er hatte sich regelmäßig furchtbar über Lias ungeschickten Umgang mit den Patienten aufgeregt. Stefan war deutlich milder, er amüsierte sich eher darüber, mit welcher Vorhersehbarkeit die Sekretärin es immer wieder schaffte, total vertrackte Situationen heraufzubeschwören. Es wunderte mich nicht, dass Olivier und Stefan sich nicht verstanden, sie hatten in fast allem völlig konträre Ansichten.

»Weißt du, was ich lustig finde?«, fragte ich, als wir über die Brücke in Richtung Delfshaven schlenderten.

»Was denn?«

»Du und Olivier – ihr seid total verschieden. Nur in einem einzigen Punkt ähnelt ihr euch.«

»Und der wäre?«, fragte Stefan.

Er klang amüsiert, als könne er sich nicht vorstellen, dass ich etwas entdeckt hatte, bei dem er und Olivier sich nicht voneinander unterschieden.

»Ihr teilt beide die Leidenschaft für euren Beruf. Du redest mit genauso viel Begeisterung darüber wie Olivier.

Es ist wirklich beeindruckend, wie ihr euch für all die verwundbaren Menschen einsetzt, die ihr Schicksal in eure Hände legen.«
Stefan war stehen geblieben. Ich drehte mich um, um nachzusehen, was los war. Vielleicht hatte er einen Stein im Schuh oder etwas Ähnliches – an so etwas dachte ich jedenfalls. Er stand mit dem Rücken zur Straßenlaterne, so dass ich sein Gesicht nicht sehen konnte. Schräg hinter ihm erhob sich der Euromast in den Nachthimmel wie ein großes und bedrohliches Monster. Die Wut in Stefans Stimme überrumpelte mich komplett.
»Ist das etwa dein Ernst, Jet? Meinst du wirklich, dass Olivier seinen Beruf auf die gleiche Art und Weise ausübt wie ich?«
Ich zögerte. »Ich weiß, dass du ihn nicht magst. Aber du kannst nicht leugnen, dass er genau wie du ein leidenschaftlich engagierter Psychiater ist.«
Stefan hob beide Hände und lachte verächtlich. »Jet, dein Olivier verkörpert all das, was ich bei meinen Kollegen verabscheue. Er ist beseelt, ja, aber das hat nicht das Geringste mit den Patienten zu tun. Es geht ihm immer nur um ihn selbst: was er getan hat, was er gesagt hat, was er erreicht hat … Die Menschen, die zu ihm kommen, interessieren ihn nicht die Bohne. Das Einzige, was ihn wirklich beschäftigt, ist die Frage, wie er sich ihre Bewunderung verschaffen kann. Er ist schroff, er ist arrogant. Herrje, Jet, du solltest ihn mal sehen. Er kommt immer zu spät, er lässt die Patienten endlos warten, er …«
Ich hielt eine Hand hoch. »Genug«, sagte ich. Obwohl ich innerlich vor Wut kochte, klang ich sehr beherrscht.

»Wieso genug? Kannst du die Wahrheit nicht ertragen?«
»Welche Wahrheit?«, fragte ich scharf. »Du hast eben noch selbst erzählt, dass die Wirklichkeit immer dadurch gefärbt wird, wie man sie wahrnimmt. Weißt du, was hier meines Erachtens wirklich los ist? Du bist einfach nur eifersüchtig! Du platzt fast vor Neid, du bist eifersüchtig darauf, wer Olivier ist und was er kann. Deshalb bist du ständig auf der Suche nach Fehlern und Unzulänglichkeiten bei ihm. Auf diese Weise hoffst du, beweisen zu können, dass du besser bist als er. Darum verdrehst du die Fakten. Du siehst nur das, was du sehen willst.«
Stefan starrte mich wütend an, die Hände wie eine machtlose Comic-Figur zu Fäusten geballt. Ich rechnete fast damit, dass er jeden Moment explodierte oder Totenköpfe und Sternchen um seinen Kopf kreisten.
Er sah so albern aus, dass ich mich wirklich zurückhalten musste, um nicht laut loszulachen.
Das Ganze dauerte maximal eine Minute, dann öffnete er die Fäuste – extrem langsam, als koste es ihn sehr viel Mühe.
»Komm, ich bring dich nach Hause.« Seine Stimme klang dumpf.
»Das ist eine gute Idee«, sagte ich.
Ich kehrte ihm den Rücken zu und marschierte los. Auf dem Heimweg wechselten wir kein einziges Wort miteinander, bis wir schließlich vor meiner Haustür standen.
»Komm gut nach Hause«, sagte ich, halb über die Schulter.
»Du auch«, erwiderte Stefan.
Als ich wieder in meinem Zimmer war, wusste ich nicht, ob

ich über den Abend lachen oder weinen sollte. Wenn ich mit Olivier darüber hätte reden können, wäre es sicher auf ein Lachen hinausgelaufen. Ich hätte alles dafür gegeben, mich mit ihm zusammen darüber amüsieren zu können.

35

Den Brief entdeckte ich erst am Montagabend, obwohl er wahrscheinlich schon am Sonntag auf der Treppe gelegen hatte. Samstagmittag hatte ich den Poststapel durchgesehen, ob für mich etwas dabei war, und danach hatte ich nicht mehr darauf geachtet. Erst am Montag, als ich vom Frühdienst nach Hause kam, warf ich einen erneuten Blick auf die Post. Die Handschrift auf dem Briefumschlag war mir unbekannt. Es handelte sich nicht um Oliviers unleserliches Gekrakel, weckte aber meine Neugier. Da keine Briefmarke darauf klebte, hatte sich wohl jemand die Mühe gemacht, ihn persönlich zuzustellen. Während ich nach oben lief, riss ich den Umschlag auf.

Liebe Jet, las ich. *Für mein Verhalten gestern Abend möchte ich mich entschuldigen. Ich habe noch einmal über das nachgedacht, was du gesagt hast, und ich bin zu dem Schluss gekommen, dass du recht hast: In mancherlei Hinsicht bin ich tatsächlich eifersüchtig auf Olivier oder war es zumindest eine Weile. Zweifellos beeinflussen diese Gefühle meine Meinung über ihn. Auf jeden Fall haben sie dazu geführt, dass ich dir gegenüber verletzend geworden bin. Das war unangemessen und für dich sehr unange-*

nehm. Ich hoffe, dass du mir das nicht allzu lange nachträgst. Es wäre schön, wenn wir einander noch einmal sehen könnten, denn abgesehen von dem Debakel auf dem Heimweg fand ich unseren gemeinsamen Abend sehr gelungen. Ruf mich an, wenn du ebenfalls Lust auf eine weitere Verabredung hast (ich habe deine Nummer noch immer nicht!).

Der Brief endete mit herzlichen Grüßen und seiner Telefonnummer.

Ruf mich an.
Von diesen Worten ging eine fordernde Kraft aus. Ich würde Stefan anrufen, ich konnte gar nicht anders. Der Gedanke, dass er genau wie ich endlos auf einen Anruf wartete, der dann doch nicht erfolgte, war unerträglich. Ganz egal, wie wütend ich auf ihn gewesen war – das wollte ich ihm ganz sicher nicht antun. Ich würde mich im Laufe des Abends bei ihm melden, wenn seine Kinder bereits im Bett lagen. Ob ich allerdings Lust auf eine weitere Verabredung hatte, war eine ganz andere Geschichte. Dazu bedurfte es mehr als nur Mitleid.

Ich legte eine CD ein und setzte mich in den Sessel am Fenster, mit einer Zeitschrift, die ich unterwegs gekauft hatte. Zuerst las ich einen Artikel über gesunde Ernährung, in dem fetter Fisch überschwenglich angepriesen wurde, gefolgt von einem Plädoyer für das Wandern als ideale Bewegungsform – die übliche Kost. Danach wurde die Lektüre etwas weniger vorhersehbar: Ich stieß auf ein

Interview mit einer Frau, deren Schwester von ihrem Mann ermordet worden war. Als der Mann entdeckt hatte, dass sie fremdging und ihn verlassen wollte, hatte er sie in einem Anfall blinder Wut mit einem schweren gusseisernen Kerzenständer erschlagen. Wieder zu Sinnen gekommen, hatte er ihren Leichnam versteckt und anschließend seine Frau als vermisst gemeldet, in dem Versuch, die Tat zu verschleiern.
Die Geschichte war aus der Sicht der Schwester des Opfers erzählt, die nur wenig Verständnis für den Täter aufbringen konnte. Genau das störte mich. Denn obwohl seine Tat natürlich nicht gutzuheißen war, hätte der Verfasser des Artikels wenigstens kurz darauf eingehen können, dass die Wut des Täters verständlich war. Oder sogar gerechtfertigt. Die Tatsache, dass der Mann sich nicht hatte beherrschen können, vermochte ich gut nachzuvollziehen. Es ist ganz sicher nicht verrückt, dass in einem Mann etwas zerreißt, wenn er feststellt, dass die Frau, die ihn bis zu diesem Moment in dem Irrglauben gelassen hat, seine Herzallerliebste zu sein, in Wahrheit intensiv damit beschäftigt ist, ihre Zukunft mit einem anderen zu planen!
Nachdem ich das Interview mit der trauernden Schwester durchgelesen hatte, saß ich eine Weile da und starrte vor mich hin, die Zeitschrift auf dem Schoß. Ich musste an meine Wut denken, die ein Eigenleben zu führen schien. Manchmal war sie da, dann wieder verschwand sie vollkommen, und der Kummer schob sich in den Vordergrund. Das Ganze erinnerte mich an die beiden Figuren in diesen Wetterhäuschen, von denen immer nur eine zu sehen ist.

Nach einer Weile blätterte ich weiter. Den nächsten Artikel – über die besonderen Kräfte von Rosenquarz – überschlug ich. Schließlich stieß ich auf die Seiten mit Leserfragen an die Kummerkastentante – eine der beliebtesten Zeitschriftenrubriken. Die erste Frage drehte sich um eine aufdringliche Schwiegermutter, die mich sofort an Oliviers Mutter denken ließ. Der einzige Vorteil unserer Trennung bestand darin, dass ich von dieser furchtbaren Frau erlöst war. Genau wie die Schwiegermutter in der Leserfrage hatte auch sie die Angewohnheit, ständig unerwartet hereinzuschneien, wobei sie es für selbstverständlich hielt, dann stundenlang auf dem Sofa zu verharren. Das wäre ja noch gegangen, wenn sie nicht permanent ausgestrahlt hätte, dass ich ihrer Ansicht nach nicht den Erwartungen genügte. Dauernd hatte sie etwas zu bemängeln: an meiner Kleidung oder meinen Haaren, an Veränderungen, die ich an der Wohnzimmereinrichtung vorgenommen hatte, am Garten, an den Gerichten, die ich ihr servierte, an meinen Tischmanieren, an meiner Ausdrucksweise. Anfangs hatte ich mich deswegen bei Olivier beklagt, in der Hoffnung, er würde mit ihr darüber sprechen oder sich wenigstens auf meine Seite stellen, wenn sie mich kritisierte. Damals hatte er erwidert, er verstehe zwar, was ich meine, aber seines Erachtens sei seine Mutter zu alt, um sich noch zu ändern. Ich müsse lernen, ihre Äußerungen nicht persönlich zu nehmen und auf bedeutungslose Bemerkungen nicht so empfindlich zu reagieren.

Während ich an meine ehemalige Schwiegermutter dachte, war die Zeitschrift von meinem Schoß gerutscht und

lag neben dem Sessel auf dem Boden. Ich hob sie auf und las weiter. Die Empfehlung, wie mit der aufdringlichen Schwiegermutter umzugehen sei, überschlug ich – den Rat brauchte ich jetzt nicht mehr. Die nächste Frage stammte von einer jungen Frau, die sich in den Freund ihrer Schwester verliebt hatte. Sie litt unter ständiger Eifersucht und bat um Rat, weil sie sich davon befreien wollte. Erneut schweiften meine Gedanken ab – nun konzentrierten sie sich auf Stefan.
Bis zu diesem Moment war ich davon ausgegangen, dass seine Eifersucht auf Olivier mit der Tatsache zusammenhing, dass Olivier besser aussah und wahrscheinlich auch im Beruf erfolgreicher war. Doch was wäre, wenn das nicht alles war? Angenommen, Stefans Eifersucht basierte genau wie die der Briefverfasserin auf Verliebtheit? Angenommen, er war in mich verliebt? In der Zeit nach Mirjams Tod hatte ich ihm ein paar Postkarten geschrieben und auch mehrmals angerufen, um ihn zu unterstützen. Es war durchaus möglich, dass er damals, in seiner Verzweiflung, Gefühle für mich entwickelt hatte. Die Tatsache, dass er über ein mögliches Ende meiner Beziehung mit Olivier nachgedacht hatte, deutete ebenfalls in diese Richtung. Normalerweise beschäftigte man sich doch nicht eingehend mit den Beziehungen anderer Menschen. Stefans Kritik an der Art und Weise, wie Olivier mich behandelte, passte ebenfalls in das Bild.
Mit einem leicht beleidigten Geräusch fiel die Zeitschrift zum zweiten Mal auf den Boden. Erneut hob ich sie auf, aber als ich weiterlesen wollte, merkte ich, dass ich mich nicht mehr konzentrieren konnte. Ich legte das Magazin

auf mein Nachtschränkchen, zog meine Jacke an und ging aus dem Haus. Spazieren. Für das Abendessen einkaufen. Fisch war eigentlich gar keine schlechte Idee.

36

Am selben Abend rief ich Stefan an, obwohl ich meine Zweifel hatte, ob das angesichts seiner eventuellen Gefühle mir gegenüber wirklich vernünftig war. Aber das *Ruf mich an* aus seinem Brief ging mir wie ein trauriges Echo meiner eigenen Bitte an Olivier ständig durch den Kopf, weshalb ich nicht anders konnte, als ihn tatsächlich anzurufen.

»Hallo, Stefan, hier ist Jet«, sagte ich, als er ziemlich außer Atem den Hörer abnahm. »Du hattest mich in deinem Brief gebeten, dich anzurufen.«

»Hallo, Jet, schön, deine Stimme zu hören. Ich hoffe, dass du meine Entschuldigung annimmst, ich …«

»Ist schon okay. Schwamm drüber«, erwiderte ich, und da ich nicht wusste, was ich sonst noch sagen sollte, fragte ich: »Du klingst ziemlich außer Atem – habe ich dich bei irgendwas gestört?«

»Ich komm gerade vom Speicher. Ich habe alte Unterlagen sortiert und hatte ganz vergessen, das Telefon mit nach oben zu nehmen.«

»Unterlagen auf dem Speicher sortieren, das klingt aber ganz schön aufregend für einen Montagabend«, sagte ich.

»Ja, stimmt. Eigentlich hängt das auch ein wenig mit unserem Streit zusammen, unserem Gespräch. Ich hatte das Gefühl, ich müsste ein paar Sachen aus der damaligen Zeit aufräumen. Dinge, die mit ...«

Stefan unterbrach sich. Das Thema, das als neutrales Ablenkungsmanöver gedacht war, entpuppte sich als Minenfeld.

»Was meinst du? Aus welcher Zeit?«, fragte ich wider besseres Wissen.

»Ach, lass gut sein. Das Ganze hängt mit Olivier zusammen, und ich habe den Eindruck, dass er ein Thema ist, das wir besser meiden sollten.«

»Und wenn ich dir hoch und heilig verspreche, nicht sauer zu werden – egal, was du mir erzählst.«

Es gelang mir, meine Stimme ruhig klingen zu lassen, obwohl ich innerlich wie ein Bogen gespannt war, sobald auch nur Oliviers Name fiel.

Womit hatte Stefan sich beschäftigt? Was für Unterlagen konnte er auf seinem Speicher aufbewahren, die mit Olivier zusammenhingen?

Stefans Zögern war fast hörbar. »Im Grunde habe ich in diesem Fall gar keine so große Angst, dass du sauer werden könntest. Es ist vielmehr so ... das Ganze ist eher erschütternd.«

»Komm schon, Stefan, raus damit«, sagte ich mürrisch.

Am liebsten hätte ich ihn durch das Telefon gezogen, an den Beinen hochgehalten und ihn so lange geschüttelt, bis die Worte aus ihm herausgepurzelt wären.

»Okay«, erwiderte Stefan. »Ehrlich gesagt, irgendwie möchte ich es auch gern erzählen. Wenn du davon erfährst, fällt es dir hoffentlich wie Schuppen von den Augen, was Olivier betrifft.«

Mein Blut begann zu sieden, trotzdem schwieg ich.
»Ich war gerade dabei, einige Unterlagen herauszusuchen und wegzuwerfen, unter anderem Briefe und Tagebücher von Mirjam, aus der Zeit kurz vor ihrem Tod. Es ist nämlich so: Der Mann, mit dem sie ein Verhältnis hatte und für den sie mich verlassen wollte, das war Olivier.«

Plötzlich passierte irgendetwas mit der Zeit – sie wurde zähflüssiger, als ob die Minuten irgendwo hängenblieben und nicht mehr nachkämen. Ich sah in Richtung der Zeitschrift, die noch immer auf meinem Nachtschränkchen lag, und auf einmal bemerkte ich, dass das Titelblatt in etlichen grellen Farben gehalten war: knallgrüne und gelbe Buchstaben, ein Foto einer Frau mit pechschwarzen Haaren und großen rosaroten Ohrringen.

»Jet?«
Stefans Stimme schien von ganz weit weg zu kommen. Ich blickte auf meine rechte Hand, in der ich noch immer den Hörer hielt. Die Hand war nach unten gesackt und lag nun in meinem Schoß. Langsam hob ich den Hörer ans Ohr.
»Jet?«, fragte Stefan ein weiteres Mal.
Ich öffnete den Mund, um zu antworten, doch es kam kein Ton heraus.
»Jet, alles in Ordnung?«, fragte er.
»Ja, alles okay«, flüsterte ich.
»Sonst komm doch kurz vorbei. Ich kann wegen der Kinder nicht weg. Aber du bist jederzeit willkommen. Du hast einen Schock, du solltest jetzt nicht allein sein. Ich

hätte es dir nicht am Telefon erzählen dürfen. Bitte komm.«

»Nein danke, es geht schon«, stammelte ich.

»Komm einfach schnell vorbei, dann können wir in Ruhe darüber reden.«

»Nein, nein, ich muss hier noch was erledigen. Ich … ich bin gerade am Bügeln, glaube ich.«

Ich wollte nicht zu ihm gehen. Ich wollte überhaupt nichts mehr.

»Vielen Dank für den Anruf. Bis bald.«

Vage hörte ich, dass Stefan noch etwas sagte, aber ich verstand ihn nicht. Ich legte einfach auf.

37

Ich hielt den Hörer noch immer in der Hand und starrte geistesabwesend auf das Display, als jemand an der Haustür klingelte.

Olivier?

Abrupt schaltete ich in einen anderen Zustand. Auf einmal war ich hellwach und munter. Ich rannte aus dem Zimmer, strich mir unterwegs die Haare glatt, stürzte die Treppe hinunter und riss die Tür auf.

»Stefan.«

Was als nüchterne Feststellung gedacht war, klang wie ein Vorwurf.

Es war nicht Olivier.

Olivier.

Mirjam.

»Stefan, deine Kinder ...«
»Ist schon in Ordnung. Die Tochter unserer Nachbarn ist fünfzehn und verdient sich gern ein bisschen Taschengeld dazu. Sie war zufällig ...«
Stefan beendete den Satz nicht, weil ich plötzlich in Tränen ausbrach. Ich hatte mich überhaupt nicht mehr im Griff und machte ein furchtbares Geräusch, das wie das Jaulen eines Seehunds im Zoo klang, wenn der Tierpfleger mit einem Eimer Fische auftauchte.
»Komm«, sagte Stefan ruhig, »in welcher Etage wohnst du?«
Ich deutete mit dem Kopf auf die Treppe. Behutsam schob er mich nach oben, Stufe für Stufe. Er blieb dicht hinter mir und ließ auf dem ganzen Weg eine Hand auf meinem Rücken.
»Noch weiter nach oben?«, fragte er, als wir den ersten Treppenabsatz erreichten.
Ich schüttelte den Kopf und ging in Richtung meines Zimmers. Dort angekommen, schloss er leise die Tür hinter uns, als fürchtete er sich davor, ein lautes Geräusch zu machen, das mich erschrecken könnte. Er nahm mich in die Arme und drückte meinen Kopf an seine Schulter. Ich weinte noch immer, allerdings wesentlich leiser. Stefan sagte nichts, sondern hielt mich einfach nur fest, bis die Tränen versiegten.
Allmählich begann ich, wieder etwas zu fühlen. Mein Hals war leicht verkrampft, da er in einem seltsamen Winkel abgeknickt gewesen war, damit mein Kopf in die kleine Mulde zwischen Stefans Schulter und seinem Brustbein passte. Meine Nase juckte, und der Arm, der

zwischen meinem und Stefans Körper klemmte, war eingeschlafen.
Langsam richtete ich mich auf. Sofort ließ Stefan ohne Protest die Arme sinken, was ich irgendwie auch schade fand.
»Entschuldige, Jet, ich hätte nicht nachgeben und es dir einfach am Telefon erzählen dürfen.«
»Meine Güte, was sagst du oft ›Entschuldige‹«, murmelte ich.
Dann brach ich erneut in Tränen aus, weil mir bewusst wurde, dass Olivier sich in all den Jahren unserer Beziehung nicht ein einziges Mal bei mir entschuldigt hatte.

38

Stefan hatte in der schmuddeligen Küche am Ende des Flurs eine Kanne Tee für uns gekocht.
Nun saß er mit seinem dampfenden Becher im Sessel, während ich auf dem Bett hockte. Zuerst wollte er unbedingt, dass ich im Sessel Platz nahm, aber als ich scherzhaft erwiderte, ich dulde keine fremden Männer in meinem Bett, gab er sich geschlagen.
»Möchtest du mir alles erzählen?«, fragte ich, während der Teebecher mir die kalten Hände wärmte. »Alles, was du weißt?«
Stefan nickte zwar, schwieg aber noch eine Weile.
»Ach je«, sagte er schließlich, »eigentlich weiß ich gar nicht, wo ich anfangen soll. Ich habe noch nie ernsthaft darüber geredet, noch nie jemandem davon erzählt. Einem guten Freund gegenüber habe ich kurz vor Mirjams

Tod mal was fallenlassen, aber danach … Es spielte keine Rolle mehr. Damals zählte nur eines: Ich musste unbedingt dafür sorgen, dass für Belle und Bo alles so normal wie möglich weiterlief. Ich wollte verhindern, dass die Kinder jemals dahinterkommen würden, dass unsere Ehe auf der Kippe stand, als ihre Mutter starb. Um das zu erreichen, erschien es mir als das Beste, erst gar nicht darüber zu reden, mit niemandem. Dann bestand auch nicht die Gefahr, dass die ganze Geschichte eines Tages per Zufall bei den Kindern landete.«

»Ich werde nicht darüber reden, mit niemandem«, sagte ich, »das schwöre ich.«

»Natürlich, ich weiß, dass du das nicht an die große Glocke hängen wirst. Es ist vielmehr so, dass ich die ganze Geschichte nicht besonders geordnet im Kopf habe, weil ich nie darüber gesprochen habe.«

Stefan wollte einen Schluck Tee nehmen, doch der war noch zu heiß.

»Okay«, sagte er schließlich, »ich versuche es mal … Das Ganze hat etwa sechs Monate vor Mirjams Tod angefangen. Ich hatte eine extrem stressige Zeit hinter mir, weil meine Mutter ernsthaft erkrankt war und ich dadurch ziemlich viel zwischen Zutphen und Rotterdam hin- und herpendeln musste. Irgendwann, als es meiner Mutter wieder besserging und ich öfter zu Hause war, fiel mir auf, dass Mirjam sich irgendwie anders verhielt. Obwohl Belle und Bo damals noch sehr klein waren und viel Aufmerksamkeit brauchten, platzte Mirjam fast vor Energie. Sie strahlte förmlich, war bester Laune. Eines Dienstagabends, dem Abend, an dem ich bis dahin immer in Zut-

phen gewesen war, stand gegen acht Uhr plötzlich ein Nachbarsmädchen vor der Tür. Als ich öffnete, marschierte sie direkt in den Flur zur Garderobe, um ihre Jacke aufzuhängen – was ich recht merkwürdig fand. Ich weiß noch, dass ich irgendetwas Höfliches gesagt habe, so in der Art von: ›Wie nett, dass du vorbeikommst.‹ Daraufhin zog sie erstaunt eine Augenbraue in die Höhe und meinte, sie sei zum Babysitten da.
Anfangs dachte ich noch: Klasse, Mirjam hat ein Abendessen nur für uns zwei organisiert. Aber als meine Frau die Treppe herunterkam und das Nachbarsmädchen sah, wurde sie knallrot. In dem Moment wusste ich eigentlich schon Bescheid. Ich wusste nur noch nicht, mit wem sie …«
Stefan nahm einen Schluck Tee.

Dienstagabend, überlegte ich. Olivier war eine ganze Weile mit einem alten Studienfreund jeden Dienstagabend Billard spielen gegangen. Bis dieser Freund urplötzlich nach Utrecht umgezogen war.

»Noch am selben Abend, nachdem ich das Nachbarsmädchen mit einer Ausrede und fünf Euro aus der Wohnung bugsiert hatte, kam die ganze Geschichte ans Licht. Das Schlimme daran war, dass Mirjam sich nicht einmal die Mühe machte, irgendetwas zu vertuschen. Sie war so offen, dass ich sofort wusste, dass es zwischen uns aus war. Das mag vielleicht merkwürdig klingen, aber meine Gefühle ihr gegenüber änderten sich schlagartig, innerhalb weniger Minuten. Sie hatte mich betrogen, während ich am Krankenbett meiner Mutter saß. Ohne sich mit mir darüber zu beratschlagen, hatte sie die Kinder stundenlang einem fremden Menschen überlassen – dabei hatten wir davor noch nie einen Babysitter engagiert, weil wir die Zwillinge für zu klein hielten. In aller Seelenruhe war sie mit einem anderen Mann losgezogen, ohne auch nur einen Gedanken an mich oder die Konsequenzen zu verschwenden, die ihr Verhalten für die Kinder hätte haben können. Ich hatte das Gefühl, vor einer Fremden zu stehen. Ich erkannte sie nicht wieder, oder ich hatte sie nie richtig gekannt. Die Mirjam, als die sie sich entpuppte, wollte ich jedenfalls nicht länger kennen, denn die hasste ich.«

Er machte eine kurze Pause, ehe er fortfuhr.

»Ich fragte sie, wie sie bloß auf die Idee kommen konnte, alles aufs Spiel zu setzen. Sie erwiderte, dass sie zum ersten Mal in ihrem Leben wahre Liebe empfinde – was so außergewöhnlich und schön sei, dass alles andere keine Rolle mehr spiele. Wir seien doch erwachsene Menschen, sagte sie, und sollten in der Lage sein, die Angelegenheit mit den Kindern so zu regeln, dass sich der Schaden in Grenzen hielt. Mirjam schlug vor, sobald Belle und Bo etwas größer wären, die Woche so zu unterteilen, dass die beiden eine Hälfte bei ihr verbrachten und den Rest der Woche bei mir. Sie redete sogar davon, dass sie am Wochenende einen bestimmten Tag freihaben wollte. So detailliert hatte sie sich bereits damit beschäftigt. Ich wurde furchtbar wütend, weil sie schon alles bis ins Detail durchgeplant hatte, während ich noch nichts ahnte. Und weil ihr dieser Mann offenbar so wichtig war, dass es ihr nicht die geringsten Probleme bereitete, die Hälfte der Zeit ohne ihre Kinder zu leben – wohingegen mich allein der Gedanke verrückt machte, mehrere Tage auf die Zwillinge verzichten zu müssen. Das war, noch bevor sie mir erzählte, dass Olivier besagter Mann sei. Als sie damit herausrückte, passierte plötzlich etwas mit mir, das heute Abend, glaube ich, auch dir widerfahren ist. Es kam mir so vor, als würde die Welt aufhören, sich zu drehen.«

Stefan verstummte.

Draußen auf der Straße schrie jemand etwas, doch ich konnte es nicht verstehen. Er saß reglos da mit seinen herabhängenden Schultern, den Händen, die müde in seinem Schoß lagen, und der Haarsträhne, die die kahle Stelle auf seinem Schädel bedecken sollte, aber nun wie ein schlaffer Wimpel über seinem Ohr herabhing.

Er lächelte tapfer.

»Was für eine Geschichte, nicht wahr, Jet?«, sagte er mit rauher Stimme. »Verstehst du nun, warum ich nicht gerade ein Fan von Olivier bin?«

39

Nur wenig später ging er nach Hause, das Nachbarsmädchen musste rechtzeitig ins Bett, da es am nächsten Tag eine Klassenarbeit vor sich hatte. Einen Moment lang schoss mir der Gedanke durch den Kopf, dass es sich vielleicht um dasselbe Mädchen handelte, das damals die Dienstagabende ermöglicht hatte – aber ich behielt die Frage für mich. Stefan wirkte ziemlich angeschlagen, und ich hatte an diesem Abend schon genug alte

Wunden aufgerissen. Als er vor mir die Treppe hinunterging, saß die Haarsträhne wieder perfekt über der kahlen Stelle. Ich hoffte, dass er sich aus reiner Gewohnheit mit der Hand über den Kopf gestrichen hatte, ohne überhaupt zu merken, dass die Locke sich von ihrem angestammten Platz entfernt hatte.

Waren ihm eigentlich schon die Haare ausgefallen, als Mirjam noch lebte? Hätte sie ihm denn nicht sagen können, dass er, indem er die Strähne quer über den Schädel kämmte, die Aufmerksamkeit erst auf die kahle Stelle lenkte? Oder hatte es sie damals schon nicht mehr interessiert, wie er herumlief?

An der Haustür drehte Stefan sich zu mir um und zwinkerte mir aufmunternd zu. »Jetzt, da ich mich wieder traue, mit dir über Olivier zu reden, will ich dir die neueste Nachricht nicht vorenthalten«, sagte er.
»Schieß los!«
Ich merkte, dass ich unbewusst lächelte – mein Gesicht war ein Spiegel von Stefans Miene. Es fühlte sich gut an. Kurz zuvor schien es noch, als wären wir hoffnungslos in dem ohnmächtigen, lähmenden Gefühl gefangen, das die Geschichte zwischen Mirjam und Olivier hervorgerufen hatte. Doch offensichtlich steckte tief in unserem Inneren eine verborgene, unerwartete Kraft.
»Olivier hatte heute eine riesige Schramme im Gesicht«, erzählte Stefan triumphierend.
»Wow, tolle Neuigkeit«, scherzte ich.
»Vielleicht ist der Ex seiner jüngsten Geliebten bei ihm

aufgetaucht und hat sich revanchiert«, sagte Stefan. Dann machte er ein gespielt ernstes, nachdenkliches Gesicht. »Dass ich selbst noch nicht auf den Gedanken gekommen bin.«

Ich ging auf sein Spiel ein. »Das gefällt mir ganz und gar nicht an dir, Stefan«, sagte ich, »aber vielleicht ist es noch nicht zu spät. Möglicherweise können wir es ja zu einem gemeinsamen Projekt machen. Meinst du nicht, dass es auch für mich sehr heilsam sein könnte?«

Stefan stützte das Kinn auf die Hand, legte den Zeigefinger auf die Wange und kniff die Augen zusammen.

»Hm, wie denken Sie denn selbst darüber?«

Ich musste lachen.

»Das steht dir gut«, sagte Stefan, nun wieder ernst.

Er blieb stehen, ohne noch etwas zu sagen. Als er die Hand vom Kinn nahm, erwartete ich fast, dass er sie nun auf meine Wange legen würde, doch das tat er nicht. Ich wollte etwas sagen, damit er noch einen Moment bei mir blieb, wusste aber nicht, was.

»Äh«, sagte Stefan, »ich glaube, ich geh jetzt besser mal.« Aber er rührte sich nicht vom Fleck, seine Arme hingen linkisch neben seinem Körper, als wüsste er sich keinen Rat damit. Und er sah mich unverwandt an.

»Danke fürs Zuhören«, sagte er schließlich.

»Danke fürs Erzählen«, erwiderte ich.

Mit erhobenem Kopf überquerte er die dunkle Mathenesserlaan. Ich blickte ihm nach und fragte mich, wie ich diesen Mann je für schwach hatte halten können.

40

Bei Stefan hatte die Liebe zu Mirjam sich praktisch in dem Moment in Luft aufgelöst, in dem ihm bewusst wurde, dass sie ihn betrogen hatte. Ich dagegen wusste nicht so recht, was ich noch für Olivier empfand. Es wäre bestimmt angenehm gewesen, genau wie Stefan Hass zu verspüren, aber derartige Gefühle konnte ich bei mir nicht entdecken. Wenn ich an Olivier dachte, empfand ich vor allem eine seltsame Leere.

Wie konnte es sein, dass mir so vieles entgangen war?

Die Frage spukte mir ununterbrochen im Kopf herum, auch als ich ins Bett ging, und sogar noch während der Nacht, in meinen wirren Träumen. Am nächsten Morgen war sie noch immer da und begleitete mich auf Schritt und Tritt: auf dem Weg zum Krankenhaus, im Aufzug, zwischen den piepsenden und blinkenden Geräten der Intensivstation.

Während ich meine Arbeit erledigte, rief ich mir verschiedene Begebenheiten ins Gedächtnis.

Zum Beispiel den Abend, an dem wir die Tatsache feierten, dass wir schon zweieinhalb Jahre zusammen waren – das war kurz nach Mirjams Tod gewesen. Olivier hatte ein festliches Essen zu uns nach Hause bestellt, der Mann vom Cateringservice hatte den Tisch stilvoll gedeckt, und im ganzen Raum brannten Kerzen. Alles war bis ins letzte Detail organisiert, und der Abend war ein Traum gewesen.

Oder unseren Urlaub auf Terschelling, ein paar Wochen vor Mirjams Tod, während sie bereits damit beschäftigt war, ihr Leben mit Stefan auseinanderzudividieren. Auch diese herrliche, windumtoste Woche war phantastisch gewesen. Die Erinnerungen an die Insel tanzten wie verzauberte Seifenblasen durch meinen Kopf, ohne dass auch nur eine einzige platzte.

Auf dem Heimweg kam ich an einem Spielplatz vorbei, auf dem ein Junge und ein Mädchen mit einem Ball spielten, während ihre Mutter auf einer Bank saß und telefonierte. Die Kinder waren etwa im gleichen Alter wie Belle und Bo. Der Ball, dunkelblau mit gelben Sternen, flog munter durch die Luft. Das Mädchen fing ihn auf und hielt ihn anschließend mit seinen molligen Händchen zwischen den Beinen, um ihn mit einem schönen Bogen zu dem Jungen zurückzuwerfen. Offensichtlich konnte die Kleine noch nicht gut zielen, denn der Ball flog in die falsche Richtung und rollte auf die Straße. Der Junge rannte eifrig hinterher und flitzte zwischen den geparkten Autos hindurch auf die Straße, wo sich mit großer Geschwindigkeit ein Wagen näherte.
»Ich hab ihn«, rief der Junge dem Mädchen zu.
Reglos stand er da, mitten auf der Straße, den Ball in den Händen. Sein Gesicht strahlte vor Stolz.
Ruckartig erwachte ich aus meinen Gedanken. Ich schoss zwischen den Autos hindurch, packte den Jungen und konnte mit ihm gerade noch rechtzeitig zur Seite springen: Der Wagen raste haarscharf an uns vorbei. Der Fahrer hupte empört und tippte sich mit dem Finger an die Stirn, während er die Fahrt ungebremst fortsetzte.
»Arschloch!«, brüllte ich wütend, während der Junge sich aus meinen Armen wand. »Dämliches Schwein! Idiot!«
Der Wagen bog um die Ecke.

Der Junge war inzwischen zu seiner Spielkameradin zurückgelaufen und warf ihr den Ball zu. Konzentriert blickte sie nach oben und streckte die Ärmchen aus, um ihn aufzufangen, während die Mutter immer noch auf der Bank saß und telefonierte.
Innerlich zitternd ging ich weiter. Erst als ich den Schlüssel ins Schloss der Haustür steckte, wurde mir bewusst, dass die Leere verschwunden war.

41

Nur aus einem einzigen Grund fuhr ich am nächsten Tag nach Kralingen: Angela erwartete mich. Ich hatte zwar überhaupt keine Lust, wollte aber auch nicht einfach wegbleiben. Angela war ohnehin schon so allein, und es wäre rücksichtslos gewesen, sie abrupt fallenzulassen.
Jedenfalls redete ich mir das ein. Im Nachhinein betrachtet, vermute ich, dass mehr dahintersteckte und ich mir trotz allem noch eine Hintertür offen halten wollte. Doch an diesem Morgen behauptete ich mir selbst gegenüber, dass ich aus rein altruistischen Motiven handelte. Möglicherweise traute ich mir nicht so ganz, denn auf dem Weg zum Haus fühlte ich mich irgendwie unbehaglich. Unterwegs bildete ich mir sogar ein, dass mir jemand folgte. Dafür gab es zwar keinen Grund, dennoch war da dieses seltsame Gefühl – eine vage Bedrohung. Ich hätte mich am liebsten ständig umgesehen, doch ich unterdrückte den Drang und fuhr einfach weiter, den Blick stur nach vorn gerichtet.

Um das unbehagliche Gefühl abzuschütteln, konzentrierte ich meine Gedanken auf Angela. Vielleicht konnte ich ja etwas, das ich aus egoistischen Gründen begonnen hatte, noch in etwas Positives umwandeln. Wenn ich Angela unterstützte und sie möglichst subtil dazu brachte, ein Ende ihrer Beziehung mit Olivier in Erwägung zu ziehen, konnte ich vielleicht dafür sorgen, dass ihr ein jahrelanger Leidensweg erspart blieb.
Ich hatte mich dermaßen in die Rolle der Retterin hineingesteigert, dass ich beinahe erschrak, als Angela mir fröhlich und von Kopf bis Fuß gepflegt die Tür öffnete.
»Jessica, willkommen!«, sagte sie. »Wie schön, dich zu sehen. Der Kaffee ist schon aufgesetzt!«
Tatsächlich: Aus der Küche hörte ich das vertraute Brodeln.
Der Flur war aufgeräumt, und auch die Küche wirkte auffallend sauber. Die Spüle glänzte, der Tisch war hübsch gedeckt, und die Tassen warteten bereits auf der Anrichte.
»Hm, das riecht gut«, sagte ich und setzte mich.
»Ja?«, fragte sie. »Prima, ich will nämlich versuchen, meine Fähigkeiten als Hausfrau ein wenig aufzupolieren. Erschrick bitte nicht – ich würde sogar ein Mittagessen für uns kochen, falls du Zeit hast. Ich muss mich dringend gesünder ernähren, hat der Arzt gesagt, und ich finde es schade, den ganzen Aufwand nur für mich zu betreiben.«
»Ja, prima. Ich bleibe gern«, sagte ich rasch.
Meine Verblüffung angesichts der Tatsache, dass sie sich plötzlich mit Essen beschäftigte, ließ ich mir nicht anmerken.
»Wollen wir vorher noch joggen?«, fragte ich.

»Also ich würde lieber nur ein wenig spazieren gehen, falls du das nicht schlimm findest. Der Arzt meinte, ich solle es ruhig angehen lassen.«
»Okay«, sagte ich.
»Zuerst Kaffee, dann ein Spaziergang und danach Mittagessen – ein regelrechtes Programm«, stellte Angela zufrieden fest, während sie die Tassen auf den Küchentisch stellte.
Als sie den Kaffee einschenkte, musste ich plötzlich an die Karaffe denken, die ich wegen der ganzen Entwicklungen vollkommen vergessen hatte.
»Wie hast du das eigentlich gelöst mit diesem … mit diesem Ding? Was war das noch mal, das Teil, das du zerbrochen hattest?«
Angela strahlte. »Die Karaffe? Dafür hab ich eine prima Lösung gefunden, da muss ich mich selbst mal loben.«
Sie musterte mich mit einem verschmitzten Lächeln. »Es war nämlich so: Olivier kam an dem Samstag, nachdem ich dir davon erzählt hatte, viel später vom Sport nach Hause als vereinbart. Wir wollten eigentlich in die Stadt gehen, und da ich hier so oft allein herumhocke, hatte ich mich wirklich darauf gefreut. Aber er kam und kam nicht.«
Ja, dachte ich, das kenne ich gut. Seltsam, dass mir diese und ähnliche Momente nicht eingefallen waren, als ich mich gestern mit Oliviers und meiner gemeinsamen Vergangenheit beschäftigt hatte. Mein Ex war regelmäßig viel später nach Hause gekommen als vereinbart. Wenn ich meinen Unmut darüber dann auch nur andeutungsweise äußerte, wurde er stinksauer. Er warf mir dann vor, ich

würde ständig nörgeln, dabei müsse er doch auch mal ein paar Stunden für sich verbringen und darauf vertrauen können, dass ich in der Lage wäre, mich in der Zwischenzeit mit mir selbst zu beschäftigen?

»Also«, sagte Angela.

Ihre Stimme holte mich in die Küche zurück.

»Während ich auf ihn gewartet habe, ist mir eine Idee gekommen. Ich habe die Scherben der Karaffe hervorgekramt und dazu eine absolut widerliche Statue aus seinem Arbeitszimmer geholt, die mich schon immer genervt hat.«

Ich wusste sofort, was sie meinte – irgendein afrikanisches Ding mit einem riesigen Phallus.

»Danach bin ich nach oben gegangen und dort geblieben, bis er nach Hause kam. Als ich hörte, wie die Haustür aufging, hab ich mich mucksmäuschenstill verhalten, damit er mich suchte. Irgendwann kam er dann tatsächlich die Treppe hoch. Ich habe gewartet, bis er etwa auf halber Höhe war. Dann habe ich angefangen zu kreischen und ihn angeschrien, dass er zu spät sei und ich ihn nicht mehr sehen wolle und dass er den Rest des Tages ebenfalls verschwinden könne. Als Ablenkungsmanöver habe ich zuerst die Statue nach ihm geschleudert, und während er versuchte, das Ding aufzufangen, habe ich rasch die Scherben hinterhergeworfen. Der Plan funktionierte, denn er war voll und ganz mit der dämlichen Statue beschäftigt und merkte gar nicht, dass die Karaffe längst kaputt war. Du hättest ihn sehen sollen, Jessica! Ich habe ihn an der Wange getroffen, und er hat geblutet wie ein Schwein.«

Angela sog triumphierend die Luft ein, mit einem breiten Grinsen im Gesicht.

Zunächst war ich fassungslos, doch dann erwischte ich mich dabei, dass ich auch lachen musste. Eigentlich war es wunderbar, dass sie sich auf diese Weise an Olivier gerächt hatte. Ich war ihm bei allem gefolgt, hatte mich immer seinem Rhythmus angepasst, sie dagegen ließ sich das nicht gefallen, sondern setzte ihren eigenen Willen durch.

»Was ist dann passiert?«, fragte ich neugierig.

»Na ja, nur zur Sicherheit habe ich noch eine Weile weitergekreischt und geschrien. Ich habe ihm gesagt, ich wolle nicht, dass die Liebe meines Lebens mich respektlos behandelt. Das würde ich nicht akzeptieren, von niemandem. Als er mich das sagen hörte, kam er zu mir und hat mich umarmt.«

Einen kurzen Moment lang dachte ich, ich hätte mich verhört. Ich traute meinen Ohren nicht. War es wirklich möglich, dass Olivier eine derartig hysterische Reaktion auf seine Verspätung klaglos hingenommen hatte?

»Er hat dich umarmt?« Die Fassungslosigkeit war meiner Stimme anzuhören.

»Natürlich«, sagte Angela und nickte selbstgefällig, »er kennt meine Vergangenheit und weiß, wie wichtig es für mich ist, darauf zu achten, dass meine Grenzen nicht überschritten werden. Er weiß, dass ich früher … er weiß, dass ich ein paar üble Dinge mitgemacht habe und deshalb ganz besonders darauf achten muss, Männern keine Chance zu geben, mich schlecht zu behandeln. Deshalb war er froh, dass ich so deutlich Stellung bezog. Er war überhaupt nicht sauer, im Gegenteil, er war richtig stolz

auf mich. Übrigens auch auf sich, schließlich hat er mir beigebracht, für mich selbst einzustehen.«
»Wie hat er dir das denn beigebracht?«
Es war eine logische Frage, doch im Grunde kannte ich die Antwort bereits: Er war ihr Psychiater gewesen.

Angela vertraute mir an, dass sie tatsächlich bis vor etwa zwei Jahren bei Olivier in Therapie gewesen war – um die Tatsache zu verarbeiten, dass ihr Bruder sie als Kind jahrelang missbraucht hatte. Währenddessen forschte ich tief in meinem Gedächtnis nach Informationen, die ich irgendwann einmal über private Kontakte zwischen Psychiatern und ihren Patienten gelesen oder gehört hatte. Vage erinnerte ich mich an einen Zeitraum von zwei Jahren, der nach dem Behandlungsende verstrichen sein musste, ehe ein derartiger Kontakt als vertretbar galt.
Angela hatte vor rund zwei Jahren mit ihrer Therapie aufgehört. Olivier war heimlich in Verbindung mit ihr geblieben, bis der fragliche Zeitraum verstrichen war. Just in dem Moment, da sie öffentlich zusammen sein durften und niemand ihnen mehr Schwierigkeiten bereiten konnte, weil sie zu ihm zog, hatte Olivier mich abserviert.

42

Angela redete ununterbrochen weiter, doch ich hörte ihr gar nicht mehr zu. Ich wollte nur noch fort, wollte nichts mehr von ihrer Vergangenheit mit Olivier hören. Alles, was sie mir erzählte, tat weh, selbst die Geschichte von ihrem Streit, weil sie dabei viel glimpflicher davongekommen war, als es mir jemals gelungen wäre.

Sie passte zu Olivier. Sie verstand es, ihn auf eine Weise zu lenken, die mir nicht einmal im Traum eingefallen wäre.

Ich wollte fort, aber mir fiel keine Ausrede ein, um die Pläne, die Angela und ich für den Vormittag gemacht hatten, zu ändern. Also ging ich nach dem Kaffee wie vereinbart mit ihr spazieren.

Als wir auf die Auffahrt hinaustraten, war es wieder da, dieses quälende Gefühl, dass mir jemand nachspionierte und mich aus einem unsichtbaren Versteck heimlich beobachtete. War es die Angst, von den Nachbarn erkannt zu werden? Unsinn! Hedwig musste längst wieder arbeiten, ihre freie Woche war inzwischen vorbei, und es gab keinen Grund für die Annahme, dass in irgendeinem der anderen Anwesen jemand zu Hause war. Außerdem war ich schon oft mit Angela im Park gewesen – also warum fühlte ich mich jetzt auf einmal so unwohl dabei?

Angela bemerkte nichts und lief fröhlich schwatzend weiter.

Wir hatten die Straße noch nicht ganz überquert, als sie auch schon die nächste Bombe platzen ließ.

»Jessica«, setzte sie an. Sie hakte sich bei mir unter und drückte sich an mich. »Ich möchte dir etwas erzählen, eine ganz besondere Neuigkeit. Du bist die Erste, die es erfährt.«

Ich zuckte entsetzt zusammen. Sie hatte einen kindlich frohen Ausdruck im Gesicht, ihre Wangen glühten, und sie sah kerngesund aus. Trotzdem hatte ihr der Arzt geraten, es ruhig angehen zu lassen. Nach dem Spaziergang würde sie ein Mittagessen für uns kochen, weil sie sich möglichst gesund ernähren wollte – obwohl sie in meiner Gegenwart noch nicht einmal auch nur einen Bissen zu sich genommen hatte.

Ich wusste, was sie als Nächstes sagen würde.

Angela betrachtete mich mit hoffnungsvollen, strahlenden Augen. Es erschien mir, als würde ich zusehen, wie sie langsam nach hinten wegrutschte, zum Rand eines tiefen Abgrunds. Sie selbst hatte nicht die geringste Ahnung, im Gegenteil, sie dachte, sie sei auf dem Weg in eine schöne Zukunft, zu etwas, das gut war und auch immer gut bleiben würde. Was sie mir nun anvertraute, zeigte mir, dass ihr Glaube an diese strahlende Zukunft zweifellos viel mächtiger war als all meine Versuche, sie davon zu überzeugen, dass sie sich auf Kollisionskurs befand.

»Ich bekomme ein Kind, Jessica«, sagte sie.

»Nein!«, rief ich.

Das war das Einzige, was ich hervorbringen konnte. Ich umarmte sie, damit sie nicht merkte, dass mir fast die Tränen kamen.

»Ich bin ja so glücklich«, murmelte sie in mein Haar. »Ein Kind habe ich mir schon immer gewünscht, ein eigenes Kind. Es wird bestimmt ein Mädchen, das spüre ich genau. Ich werde der Kleinen eine perfekte Kindheit schenken. Ich werde dafür sorgen, dass niemand ihr weh tun kann.«

43

Es kostete mich die größte Mühe, nicht in Tränen auszubrechen. Jahrelang war es mein innigster Wunsch gewesen, von Olivier ein Kind zu bekommen, mit jeder Faser meines Körpers hatte ich mich danach gesehnt.

Ein Kind würde unseren Bund besiegeln, so hatte ich es zumindest immer empfunden. Eigentlich verrückt – offenbar hatte ich damals schon tief in meinem Inneren das Gefühl gehabt, dass ich Olivier verlieren könnte, auch wenn ich mir dessen überhaupt nicht bewusst gewesen war.

Mit allen möglichen Tricks gelang es mir, meine Emotionen vor Angela zu verbergen. Glücklicherweise erzählte sie fröhlich von dem Kind, dem Kinderzimmer und der Babykleidung und achtete nicht weiter auf mich. Ich versuchte, die Nachricht so wenig wie möglich zu mir durchdringen zu lassen, und konzentrierte mich stattdessen auf die Bäume, den Himmel, meine Atmung. Als wir schließlich wieder vor dem Haus standen, war ich innerlich einigermaßen zur Ruhe gekommen.

»So, jetzt werde ich uns was kochen«, sagte Angela.

Richtig – wir wollten ja noch zusammen zu Mittag essen.

»Soll ich dir helfen?«, fragte ich.

Der Gedanke, zusehen zu müssen, wie sie in meiner Küche ungeschickt herumpfuschte, war unerträglich.

»Gern«, erwiderte sie. »Ich wollte uns eine Suppe machen und hab noch ein paar Brötchen besorgt.«

Dann begann sie, völlig wahllos Zutaten hervorzukramen, darunter auch eine Dose Tomatensuppe. Das war offenbar das Mittagessen, das sie einem Gast zu bieten hatte, und ihr war noch nicht einmal bewusst, dass das unter allem Niveau war.

»Ach, Jet«, sagte sie, während sie sich bückte, um einen Topf hervorzuholen, »könntest du kurz die Dose für mich öffnen? Ich komm mit diesem Büchsenöffner einfach nicht zurecht.«

Erst als ich die Hand schon in Richtung der Schublade mit dem Dosenöffner ausgestreckt hatte, drang es zu mir durch, dass sie mich Jet genannt hatte. Im nächsten Moment wurde mir bewusst, dass ich eigentlich nicht wissen durfte, wo sich der Öffner befand. Ruckartig zog ich die Hand zurück, als wäre ich gebissen worden. Angela hatte nichts bemerkt, sie suchte noch immer nach einem geeigneten Topf. Ich holte tief Luft.

»Ich heiße Jessica«, sagte ich mit krampfhaft neutraler Stimme. Mein Kopf glühte, und ich war bestimmt knallrot im Gesicht.

Mühsam richtete Angela sich auf, einen schwarzen Emailletopf in der Hand. »Entschuldige«, sagte sie, »Jet ist Oliviers Ex. Die spukt mir schon die ganze Zeit im Kopf herum, weil wir heute Morgen über sie gesprochen haben.«

Schon wieder. Sie hatten erneut über mich gesprochen. Hatten die beiden denn sonst kein Gesprächsthema?

»Letzte Woche habt ihr auch schon von ihr geredet. Ist Olivier denn noch so sehr mit ihr beschäftigt?«, fragte ich so beiläufig wie möglich.

»Nein, nein, keineswegs«, sagte Angela. »Ich hab gestern nur zufällig noch eine Kette von ihr gefunden, deswegen sind wir auf sie gekommen.«

Eine Kette.
Welche? Ich war mir ziemlich sicher, dass ich all meinen Schmuck mitgenommen hatte.
»Sie ist doch schon vor einer ganzen Weile ausgezogen, oder?«
»Stimmt. Die Kette lag hinter einem Schränkchen im Schlafzimmer. Mir ist heute Morgen aus Versehen der Brief mit dem Ergebnis des Schwangerschaftstests hinter das Ding gerutscht, und den wollte ich natürlich wiederhaben. Olivier hat das Schränkchen für mich beiseitegeschoben, und dabei kam die Kette zum Vorschein. Ein ziemlich hübsches Teil, aus Gold, soweit ich weiß, und mit einem Medaillon. Sie sieht irgendwie antik aus, wie ein Familienerbstück.«
Die Beschreibung sagte mir nichts. Vielleicht handelt es sich um ein Schmuckstück von Oliviers Mutter, das hinter dem Schränkchen gelandet war, dachte ich. Gold und Perlen – die trug sie am liebsten.
»Oh«, sagte ich daher nur, »okay. Wo bewahrst du eigentlich deinen Büchsenöffner auf?«
Angela zog die Schublade auf und holte ihn hervor. »Hier, bitte«, sagte sie und lächelte mich an. »Ich hoffe, dass du damit zurechtkommst, sonst können wir die Suppe, die ich extra für dich gekauft habe, wohl vergessen!«

44

Als ich eineinhalb Stunden später am Heemraadsplein vorbeifuhr, bemerkte ich Stefan und die Kinder, die auf den Schaukeln saßen. Wenn das Mädchen nach vorne schwang, schob Stefan den Jungen an, und wenn der sich auf dem höchsten Punkt befand, versetzte er der Schaukel seiner Tochter wieder einen Schubs. Breitbeinig stand er da und ging, je nachdem, wer an der Reihe war, mit dem rechten oder dem linken Bein in die Knie. Sonnenschein fiel durch die Blätter der Kastanie und tanzte in kleinen, warmen Tupfern über die Gesichter der Kinder.

»Fester, Papa!«, rief das Mädchen begeistert.

»Herrje, Belle«, lachte Stefan, »du bringst mich noch mal um!«

Ich zögerte, aber nicht lange. Der Gedanke an mein einsames Zimmer gab den Ausschlag. Ich stieg ab und schob das Fahrrad zu ihnen.

»Hallo, Stefan! Hallo, Belle und Bo!«, begrüßte ich sie.

»Hi, Jet, du kommst wie gerufen«, erwiderte Stefan. »Wärst du so nett, einen von diesen kleinen Frechdachsen zu übernehmen? Allein halte ich das nicht mehr lange durch.«

»Na klar«, sagte ich und lehnte das Rad an eine Bank.

»Soll ich dich anschieben?«, wandte ich mich an Bo.

Der kleine Kerl nickte ernst.

Jetzt, da Stefan sich nicht mehr allein abrackern musste, wollten die Kinder im gleichen Rhythmus schaukeln. Stefan hielt Belle kurz fest, damit wir sie gleichzeitig anschieben konnten. »Wir schaukeln zusammen, wir schaukeln zusammen!«, rief Belle begeistert.

Stefan und ich versetzten den Schaukeln Schubs um Schubs. Der vorhersehbare Rhythmus entspannte mich und machte mich träge; bald spürte ich, wie die Beklemmung des Morgens langsam von mir abglitt. Weit über unseren Köpfen zog ein Flugzeug eine weiße Spur durch den Himmel. Der Kondensstreifen war anfangs noch schnurgerade, wurde dann aber schnell bauschig und fiel schließlich wie Watte auseinander. Eine Straßenbahn fuhr quietschend am Spielplatz vorbei und verschwand in Richtung Nieuwe Binnenweg. Belle plapperte ununterbrochen mit ihrem Vater, wobei ihre Stimme kindlich und entschlossen zugleich klang. Bo war still, aber ich war mir sicher, dass er grinste.

»Belle und Bo können auf diese Weise noch stundenlang weitermachen. Fühl dich bitte nicht verpflichtet, sie so lange anzuschieben, bis sie keine Lust mehr haben«, sagte Stefan.

»Sollen wir euch noch einhundertmal anschubsen?«, schlug ich vor.

»Ist das viel?«, fragte Bo. Er drehte sich um und sah mich aus besorgten braunen Augen an.

»Sehr viel, Bo«, erwiderte ich.

Zufrieden blickte er wieder nach vorn, und kurze Zeit später war ich mir sicher, dass er wieder grinste. Ich erwischte mich dabei, dass ich ebenfalls lächelte, genau wie er. Ein stilles, frohes Lächeln. Neben mir zählte Stefan jedes Mal, wenn seine Hände Belles Schaukel berührten, laut mit. Wir mussten noch sechsundsiebzigmal anschieben.

45

»Kommst du mit uns nach Hause, Jet?«, fragte Belle, als wir die Hundert erreicht hatten.
Sie kniff die braunen Augen leicht zusammen, da die Sonne ihr ins Gesicht schien. Ihre Nase war mit kleinen Sommersprossen bedeckt, genau solche, wie ich sie früher hatte. Belle trug zwei Zöpfe, von denen der linke etwas höher saß als der rechte. Bo stand halb hinter ihr, als suche er Deckung. Unwillkürlich musste ich an Hajo denken, der sich früher auch häufig hinter mir versteckt hatte.
»Also, kommst du nun mit oder nicht?«, fragte Belle.
Mit einer Hand schirmte sie die Augen vor der Sonne ab. Ungeduldig zappelte sie herum.
Auf einmal hatte ich einen Kloß im Hals.
Das war also auch möglich: Kinder, die keine Angst hatten, die selbstsicher mit beiden Beinen in der Welt standen und wussten, dass sie die Mühe wert waren.
Inzwischen hatte Stefan sich neben seine Tochter gestellt, eine Hand auf ihrer Schulter. »Was ist?«, fragte er.
»Ich fände es prima, noch kurz mit euch mitzukommen«, erwiderte ich.
»Jippie!«, rief Belle und ergriff resolut meine Hand.
Während wir zur Mathenesserlaan gingen, erzählte sie mir tausend Sachen über die Schule und ihre Freundinnen und verkündete, wenn sie einmal groß sei, wolle sie als Tierpflegerin im Zoo arbeiten. An diesem Nachmittag wünschte Belle sich einen Zopf – etwas, was ihr Vater nicht konnte. Bo wollte, dass ich ihm beim Zusammensetzen eines komplizierten Roboters aus Legosteinen half, den er zum Geburtstag bekommen hatte und der noch immer nicht fertig war. Als ich schließlich nach Hause

ging, hatte ich Belles Lieblingshose dabei, um einen hübschen Flicken auf das zerschlissene Knie zu nähen.
Diese Hose musste ich natürlich wieder zurückbringen, was ich am darauffolgenden Mittwochnachmittag erledigte – das ergab sich zufällig so. Die Kinder freuten sich, mich wiederzusehen, und ehe ich es mich versah, hatte ich erneut einen ganzen Nachmittag bei ihnen verbracht. Wir spielten diverse Spiele, bastelten aus Bügelperlen eine Giraffe und einen Elefanten, und als wir damit fertig waren, las ich ihnen etwas vor. Ich genoss den Nachmittag mindestens so sehr wie die Kinder. Das Ganze lenkte mich ab, von Olivier, von Angela und nicht zuletzt von der Leere in meinem Bauch.
»Kommst du nächste Woche wieder?«, fragte Belle, als ich gegen fünf nach Hause gehen wollte.
»Na ja«, erwiderte ich zögernd.
Ich warf Stefan einen Blick zu. Er nickte.
»Prima Vorschlag, junge Dame«, sagte er zu seiner Tochter.
Er war zwar nicht Olivier, und die Kinder waren nicht meine eigenen, doch ich fühlte mich hier willkommen: Alle drei freuten sich ganz offensichtlich, dass ich sie besucht hatte.
»Okay«, sagte ich, »abgemacht.«
Am darauffolgenden Mittwoch kam ich tatsächlich wieder und den Mittwoch danach ebenfalls. Unmerklich entwickelten sich meine Besuche zu einer festen Angewohnheit, die keinerlei Vereinbarung mehr bedurfte. Es schien, als hätte ich schon immer dazugehört, als hätten sie für mich einen Platz frei gehalten, in den ich genau hineinpasste.

Die Nachmittage bei Stefan und den Kindern bildeten einen guten Ausgleich zu den Mittwochvormittagen, die ich nach wie vor bei Angela verbrachte. Obwohl ich immer weniger Lust hatte, sie zu treffen, konnte ich mich nicht überwinden, meine Besuche schlagartig einzustellen oder wenigstens die Häufigkeit zu verringern.

Die Situation in Kralingen wurde von Mal zu Mal schwieriger. Je weiter Angelas Schwangerschaft fortschritt, desto weniger konnte sie auf Oliviers Hilfe zählen. Die Sache lief gründlich aus dem Ruder, daran bestand kein Zweifel. Trotzdem war ich nicht sonderlich erfreut darüber – ganz im Gegenteil. Wenn die Beziehung der beiden nun scheiterte und er die junge Frau hochschwanger vor die Tür setzte, konnte ich unmöglich fröhlich und unbefangen wieder einziehen und so tun, als wäre nichts passiert. Außerdem wurde mein Bild von Olivier immer stärker durch die widerwärtige Art und Weise beeinflusst, in der er mit Angela umsprang. Nach und nach kamen mir auch diverse negative Erinnerungen aus unserer gemeinsamen Zeit wieder ins Gedächtnis. Zwar nur Bruchstücke – etwa Momente, in denen ich mich gedemütigt gefühlt hatte oder in denen er mir das Gefühl gegeben hatte, dass ich nichts taugte und dass ich unverzeihliche Fehler machte. Dinge, die ich früher automatisch auf mich bezogen hatte, sah ich auf einmal in einem ganz anderen Licht – nun, da ich miterlebte, dass Olivier sich gegenüber Angela ganz genauso verhielt.

Diese Erinnerungen schwirrten mir bei jedem Heimweg durch den Kopf, vermischt mit der Angst, was die Zukunft für Angela und ihr ungeborenes Kind bringen würde. Möglicherweise auch mit Zweifeln bezüglich meiner Motive, die mich immer wieder nach Kralingen fahren ließen. Doch bei Stefan und den Zwillingen konnte ich das alles vergessen: Die Angst und sogar die Schuldgefühle waren dank der glücklichen Gesichter der Kinder und Stefans angenehmer, ruhiger Gesellschaft wie weggeblasen. Alles Negative verblasste, bis ich mich innerlich so warm und beschenkt fühlte, dass ich mir kaum mehr vorstellen konnte, wenige Stunden zuvor noch zutiefst niedergeschlagen gewesen zu sein.

46

Je mehr ich Stefan und die Kinder ins Herz schloss, desto heftiger ekelte Olivier mich an. Jede Woche hörte ich ungewollt neue negative Dinge über ihn. Er hatte überhaupt kein Verständnis für die Beschwerden und die Stimmungsschwankungen, unter denen Angela während ihrer Schwangerschaft litt, und er weigerte sich kategorisch, sich in sie hineinzuversetzen. Angela erzählte mir beispielsweise, dass sie etwa in der vierten Schwangerschaftswoche mit ihm über das Kinderzimmer hatte reden wollen. Sie hatte sich dazu schon viele Gedanken gemacht und ein Auge auf den kleinen Raum neben Oliviers Arbeitszimmer geworfen, den sie neu tapezieren und streichen wollte. Olivier fand das eine vollkommen idiotische Idee und lachte ihr mehr oder weniger direkt ins Gesicht. Er sagte ihr, dass es überhaupt keinen Sinn ergäbe, sich jetzt schon damit zu beschäftigen, weil die Gefahr einer Fehlgeburt noch viel zu groß sei. Er hat-

te nicht einmal darüber reden und ihr schon gar nicht bei der Ausführung ihrer Pläne helfen wollen.
Bei einer anderen Gelegenheit hatte sie ihn in heller Panik auf der Arbeit angerufen, weil sie Blut verlor. Er hatte sie mutterseelenallein zum Gynäkologen gehen lassen, weil er sich angeblich nicht freinehmen konnte. Als sie ihm später telefonisch mitteilen wollte, dass alles in Ordnung war – der Arzt hatte eine Ultraschalluntersuchung durchgeführt, bei der das winzige klopfende Herz zu sehen gewesen war –, hatte Olivier sich nicht einmal ans Telefon bequemt. Stattdessen hatte er über Lia, die Empfangssekretärin, ausrichten lassen, Angela solle ein Beruhigungsmittel nehmen, falls es mit der Schwangerschaft tatsächlich schiefgegangen war. Als Lia die gute Nachricht vernahm, hatte sie noch versucht, Angela zu Olivier durchzustellen, damit sie es ihm persönlich mitteilen konnte, aber er hatte bereits verärgert aufgelegt, ehe die Sekretärin ihm hatte sagen können, warum sie ihn störte. Er war ein unglaublicher Egoist. Und er ging definitiv zu weit.
Angela ließ durchblicken, dass Olivier sie unter Druck setzte, mit ihm zu schlafen, obwohl ihr ganz und gar nicht der Sinn danach stand. Sie befürchte, das Baby könne dadurch Schaden nehmen, sagte sie. Außerdem war sie häufig sehr müde. Olivier konnte das überhaupt nicht ertragen, es machte ihn rasend, wenn er seinen Willen nicht bekam. Eines Abends, nachdem Angela sich geweigert hatte, mit ihm zu schlafen, war er wütend aus dem Haus gestürmt und die ganze Nacht weggeblieben.

So ging es immer weiter – eine Gemeinheit nach der anderen. Jede Geschichte bestätigte das, was ich eigentlich schon wusste: Olivier war ein selbstgefälliger und unreifer Mann, der andere benutzte und davon auszugehen schien, dass sie einzig und allein für ihn da waren.
Was war ich blind gewesen!
Was hatte ich es weit kommen lassen!

Am meisten störte mich vermutlich die Tatsache, dass ich zusehen musste, wie Angela inzwischen das Gleiche tat, was ich jahrelang getan hatte: Sie suchte den Fehler bei sich selbst und hatte ständig das Gefühl, dass die Probleme und Konflikte allein ihre Schuld waren. Der Mumm, mit dem sie Olivier früher dirigiert hatte, war völlig verschwunden.
»Er ist ein unbeschreiblicher Egoist«, sagte ich, als sie mir von dem Streit erzählte, der darüber entstanden war, dass sie nicht mehr mit ihm schlafen wollte. »Er muss doch begreifen, dass du dich nun intensiv mit dem Kind beschäftigst. Er wird ja wohl mal eine Weile darauf verzichten können?«
»Ach, Jessica«, sagte sie, »er hat einfach seine Bedürfnisse, und daran ist ja auch nichts Falsches. Es liegt an mir, ich bin diejenige, die für Probleme sorgt. Wenn ich mich doch bloß nicht so anstellen würde.«
Ich konnte es nicht mit anhören. »Warum solltest du auf seine Bedürfnisse Rücksicht nehmen, wenn er deine ignoriert? Zum Beispiel das Kinderzimmer: Wie lange beschäftigst du dich jetzt schon damit? Das ist doch ein ganz normaler Wunsch! Aber er rührt keinen Finger, er

stellt sich immer nur quer. Er schiebt deine Bitte einfach beiseite, als ginge es um etwas vollkommen Unvernünftiges.«

»Na ja, ich bringe es auch nicht besonders clever rüber«, beschwichtigte Angela. »Manchmal kann ich eine ziemliche Kratzbürste sein, dann tobe ich wie eine Wilde – du solltest mich mal hören. Ich bin einfach nicht gut, was Beziehungen angeht, ich habe es bisher noch immer vermasselt.«

Sie schaute so traurig drein, dass ich sie in die Arme nahm und drückte. »Du hast auf jeden Fall mich«, sagte ich leise.

Das meinte ich wirklich ernst. Ich würde sie nicht im Stich lassen. Solange sie mich brauchte, würde ich für sie da sein.

47

Während der Sommer allmählich dem Herbst wich, dachte ich viel über die Entwicklung nach, die Angela durchmachte. Das Ganze spiegelte exakt das wider, was auch mit mir passiert war. Während ich versuchte, ihr beizustehen und sie zu lenken, versuchte ich gleichzeitig verzweifelt herauszufinden, warum ich es in den Jahren mit Olivier überhaupt so weit hatte kommen lassen.

Warum hatte ich so vieles geopfert, um mit Olivier zusammen zu sein?

Inzwischen traf ich mich wieder regelmäßig mit einigen Freundinnen, mit meinen Eltern, mit Hajo. Alles ging seinen gewohnten Gang, und die Phase der Erschütterung nach der Trennung von Olivier war definitiv vorüber. Obwohl ich meine sozialen Kontakte wiederaufgenommen hatte, redete ich nur wenig über Olivier. Ich hatte Angst, wenn ich von ihm erzählte, würden alle nur »Da siehst du's« sagen oder es zumindest denken.

Dagegen konnte ich mit Stefan gut über Olivier sprechen, meist zwischendurch, in gestohlenen Momenten: Wenn die Kinder auf die große Rutschbahn im Heemraadspark kletterten, wenn sie auf der Straße vor uns herliefen, wenn sie im Zoo die Pinguine oder Flamingos bestaunten, erzählte ich nach und nach von Olivier und mir. Stefan hörte zu, er sagte kaum etwas und gab mir die Gelegenheit, zu meinen eigenen Erkenntnissen zu gelangen – beispielsweise im Hinblick auf die Tatsache, dass ich unbedingt zu jemandem gehören wollte, ein Zuhause haben wollte und dass ich dafür zu fast allem bereit war. Mit ihm konnte ich auch über das reden, was unsere Mutter Hajo und mir eingeschärft hatte – dass wir gar nicht verdienten, was wir von ihr bekamen, dass sie zu gut für uns war und wir ihr eine Last waren. Was wir Kinder dachten oder fühlten, spielte keine Rolle. Danach fragte sie nicht, darüber wurde nicht gesprochen. Hajo und ich lernten, darüber zu schweigen.

Durch die Gespräche mit Stefan entdeckte ich immer mehr Bezüge, immer mehr Verbindungen, die von meinem Elternhaus direkt in das Haus in Kralingen führten – als wäre es nahezu unvermeidlich gewesen, dass ich eines Tages dort gelandet war.

Während dieser Zeit träumte ich nachts sehr viel und so

lebendig, dass ich nach dem Aufwachen einen Moment lang dachte, ich würde noch bei Olivier wohnen oder sogar bei meinen Eltern. Ganze Episoden von Erinnerungen an früher kamen zurück, Dinge, an die ich eine Ewigkeit nicht mehr gedacht hatte, die aber offensichtlich noch irgendwo tief in meinem Unterbewusstsein gespeichert waren. Einerseits war das beklemmend, weil ich sowohl mein Elternhaus als auch das Haus in Kralingen möglichst weit hinter mir lassen wollte. Andererseits bekam ich nach und nach das Gefühl, dass ich gerade durch die Beschäftigung mit dieser Zeit vielleicht auch für immer Abstand dazu gewinnen konnte.

Eines Nachts träumte ich von dem Moment, in dem ich als Kind zum ersten Mal in meinem Leben allein zu Hause geblieben war. Damals war ich etwa im Alter von Belle gewesen. Meine Mutter war einkaufen, mein Vater arbeiten und Hajo in der Schule, und ich musste wegen einer Grippe das Haus hüten. Ich lag auf dem Sofa im Wohnzimmer. Eigentlich fand ich es ein wenig unheimlich, allein im Haus zu sein, aber ich hatte mich nicht getraut, meiner Mutter davon zu erzählen, als sie verkündete, sie wolle einkaufen gehen. Wahrscheinlich hätte sie mich nur ausgelacht und gesagt, ich würde mich wie ein Baby anstellen. Ihre Pläne hätte sie deswegen auf keinen Fall geändert, auf meine Angst hätte sie ganz sicher keine Rücksicht genommen.
Während ich darauf wartete, dass sie wieder nach Hause kam, blickte ich vom Sofa aus nach draußen. Es regnete, dicke Tropfen prasselten gegen die Fensterscheibe und er-

zeugten ein angenehmes, beruhigendes Geräusch. Bei diesem Wetter treiben sich draußen bestimmt keine Diebe herum, dachte ich. Die warteten sicher, bis es wieder trocken war. Allerdings dauerte es furchtbar lange, bis Mama zurückkam. Ich stand auf und ging zum Erker, um nachzusehen, ob ich sie in der Ferne vielleicht schon entdecken konnte. Als ich die Nase gegen die Scheibe drückte – was eigentlich ziemlich dumm war, weil Mama wegen der Flecken schimpfen würde –, spürte ich etwas Nasses. Die Scheibe war von innen feucht. Auf der Fensterbank entdeckte ich eine Pfütze, die bereits so groß war, dass das Wasser auf das Parkett tropfte.

Das war schrecklich – auf das Parkett durfte doch kein Wasser kommen, weil das Mama zufolge hässliche Flecken machte.

Rasch blickte ich nach oben, um nachzusehen, woher das Wasser kam. Es tropfte von der Decke, an der sich ein großer, dunkler Fleck gebildet hatte, als wäre sie vollkommen durchweicht.

Was sollte ich bloß tun?

Eine Sekunde lang stand ich wie angewurzelt da. Dann rannte ich, so schnell ich konnte, in den Flur, wo im Schrank unter der Treppe der Wischmopp stand. Ich konnte nichts daran ändern, dass Wasser durch die Decke tropfte, aber ich konnte sehr wohl dafür sorgen, dass möglichst wenig davon auf dem Parkett landete. Damit konnte ich Mama enorm helfen.

Als ich den Flurschrank öffnen wollte, stellte ich fest, dass er abgeschlossen war. Der Schlüssel hing an einem Haken weit über meinem Kopf. In dem Schrank befanden sich

allerlei giftige Putzmittel, und Mama wollte nicht, dass wir an den Schrank gingen. Deshalb bewahrte sie den Schlüssel außerhalb unserer Reichweite auf.
Doch hier handelte es sich eindeutig um einen Notfall, sie würde es mir bestimmt nicht übelnehmen, wenn ich den Schrank nun öffnete. Ich rannte ins Wohnzimmer zurück und holte einen Stuhl, den ich im Flur vor den Schrank schob. Als ich auf die Sitzfläche geklettert war, kam ich gerade an den Schlüssel heran. Ich musste mich vorne auf die Zehen stellen und mich weit strecken. Genau in dem Moment, in dem ich den Schlüssel in der Hand hielt, verlor ich das Gleichgewicht und traf mit einem heftigen Schlag auf dem Fliesenboden auf. Mein Knie blutete ein wenig und tat furchtbar weh. Obwohl ich vor Schmerz weinen musste, rappelte ich mich wieder auf und öffnete den Flurschrank. Dann holte ich den Wischmopp und einen Eimer hervor und lief damit zum Erker, wo ich mich eifrig an die Arbeit machte. Das Putzen klappte prima: Jedes Mal, wenn ich den Mopp im Eimer auswrang, kam eine riesige Menge Wasser heraus. Wenn ich so weitermachte, hätte ich das Parkett bald trockengelegt, überlegte ich. Und wenn Mama sah, was ich gemacht hatte, würde sie bestimmt froh und stolz auf mich sein.
Damit ich vor ihrer Rückkehr fertig war, arbeitete ich immer schneller. Doch in der Hektik stieß ich aus Versehen den Eimer um, und als ich ihn wieder hinstellen wollte, fegte ich mit dem Stiel des Mopps eine der Sansevierien von der Fensterbank. Der Blumentopf zerbrach mit einem enormen Knall, zwei der langen Blätter knickten um, und

überall lag feuchte Blumenerde. In dem Moment hörte ich, wie die Haustür geöffnet wurde.

An dieser Stelle endete mein Traum, und ich wachte auf. Auch ohne davon zu träumen, konnte ich mich an die nun folgende Szene noch lebhaft erinnern. Am nächsten Mittwoch erzählte ich Stefan davon … wie meine Mutter mich ausgeschimpft hatte. Mama machte mir Vorwürfe, weil ich den Flurschrank geöffnet hatte, und hörte überhaupt nicht zu, als ich ihr erklären wollte, warum ich es getan hatte. Als sie die umgestürzte Sansevierie bemerkte, schickte sie mich ohne Pardon auf mein Zimmer und ließ mich dort stundenlang sitzen, ohne nach mir zu sehen – und das, obwohl ich krank war. Ich erzählte Stefan die Geschichte mit ausdrucksloser, gefühlloser Stimme, als ginge es um jemand anderen.

»Deine Mutter ist wirklich nicht ganz bei Verstand«, sagte Stefan leise, als ich geendet hatte. »Kein Kind verdient es, so behandelt zu werden. Du hast dich doch nur nach Kräften bemüht, ihr zu helfen. Es war nicht richtig, dich zu bestrafen, stattdessen hätte sie dich trösten müssen. Sie hätte dich für das, was du versucht hast, in den Himmel loben müssen.« Stefan verzog keine Miene, und ich wusste, dass er jedes Wort ernst meinte. Ich wusste auch, dass er mit dem Gesagten recht hatte, trotzdem konnte ich es noch immer nicht ganz begreifen. Tief in meinem Inneren nagte es auch weiterhin in mir, ein vages Gefühl der Unruhe blieb zurück, die Überzeugung, dass mir doch irgendetwas vorzuwerfen war, und wenn es auch nur die Tatsache war, dass ich die blöde Sansevierie umgestoßen hatte. Genau wie man es mir zum Vorwurf machen konnte, dass die Beziehung zu Olivier so ein Desaster gewesen war. Als ich Stefan zögernd davon erzählte, erklärte er mir, dass ich wahrscheinlich Zeit brauchte, um das Schuldgefühl loszuwerden, die tiefsitzende Angst, dass ich in meinem tiefsten Inneren nichts tauge. Er meinte, wenn man als Kind viel habe entbehren müssen, sei es normal, dass man die Spuren davon noch lange mit sich herumschleppe.

Es klang logisch. Mein Verstand konnte das auch durchaus nachvollziehen, mein Gefühl dagegen ließ sich nicht so leicht beruhigen.

In dem Moment kamen Belle und Bo fröhlich angerannt und erzählten, dass ein großer Junge auf dem Spielplatz ihnen beiden eine Murmel geschenkt hatte. Stolz präsentierte Belle eine grüne Murmel und Bo eine blaue transparente Glaskugel.

»Sieh mal, Papa, wie schön! Guck mal, Jet!«

Belle schob ihre Murmel Stefan so dicht unter die Nase, dass er schielen musste. Bo dagegen hielt ihm seine Glaskugel in etwas größerem Abstand entgegen.

»Die Murmeln sind toll«, sagte Stefan, »fast so hübsch wie … ihr beide.«

Während er das sagte, legte er den Zwillingen je einen Arm um die Hüfte, zog sie an sich und drückte sie. Belle schlang ihre Ärmchen um Stefans Hals und kicherte. Bo drehte den Kopf leicht zur Seite und ließ sich auf die Wange küssen.

Mit einem Kloß im Hals sah ich zu.

Ich wollte dazugehören, ich sehnte mich danach, Belle und Bo ebenfalls in die Arme zu nehmen. Im nächsten Moment wurde mir bewusst, dass ich das längst regelmäßig machte. Ich gab ihnen das, was mir selbst gefehlt hatte, und während ich darüber nachdachte, überkam mich ein Gefühl der Ruhe, das Stefans tröstende Worte nicht hatten hervorrufen können. Es war, als fielen Taten stärker ins Gewicht, als Worte es jemals vermochten.

48

Stefan und ich saßen nebeneinander auf der Bank, während Belle und Bo Enten fütterten. Zumindest warfen sie Brot in die Gracht, in der Hoffnung, den Wasservögeln vielleicht einen Gefallen zu tun, dabei war weit und breit keine einzige Ente zu sehen. Doch das kümmerte Belle und Bo überhaupt nicht, sie warfen mit nicht nachlassender Begeisterung weiterhin Brotstückchen ins Wasser.

»Ich glaube, das ist einer der Gründe, warum ich so gern mit dir und den Kindern zusammen bin.«

»Was denn?«, fragte Stefan.

»Bei euch sehe ich, dass es auch anders geht ... wie es ist, wenn Eltern ihren Kindern das geben, was sie brauchen. Ich habe sogar den Eindruck, dass ich ebenfalls dazu beitragen kann, auch wenn ich keine eigenen Kinder habe. Ich habe das Gefühl, dass ich für die beiden vielleicht ein bisschen von der Lücke auffüllen kann, die Mirjams Tod hinterlassen hat.«

Ohne nachzudenken, waren mir die Worte herausge-

rutscht. Ich spürte, wie ich feuerrot anlief, und traute mich nicht, Stefan anzusehen.
»Jet«, sagte er leise.
Obwohl seine Stimme ruhig klang, hatte ich das Gefühl, dass ich es ruiniert hatte, dass er unsere Freundschaft jetzt beenden würde, dass er mir sagen würde, ich entspräche nicht den Erwartungen, dass ich nie in die kleine, perfekte Welt passen würde, in der er mit Belle und Bo lebte.
»Jet«, sagte er erneut.
Seine Stimme klang unsicher, und ich merkte, dass er Tränen in den Augen hatte.
»Ich glaube, ich habe mich in dich verliebt.« Stefan sah mich so unglaublich liebevoll, so warmherzig an, dass ich in Tränen ausbrach. Er nahm mein Gesicht in beide Hände und küsste mir die Tränen von den Wangen.
»Du bist mir in den vergangenen Wochen so ans Herz gewachsen«, sagte er mit rauher Stimme.
Ich blickte so lange in seine blaugrauen Augen, dass ich nicht mehr wusste, wo ich selbst endete und wo er anfing.

Stefan war in mich verliebt.

Eine grenzenlose Zärtlichkeit stieg in mir auf, ein Gefühl, so groß, dass es den ganzen Park, die ganze Welt hätte umfassen können. Es schien fast zu schön, um wahr zu sein. Während ich dort saß, neben meinem Liebsten, auf einer von Vogeldreck beschmierten Bank im Park, musste ich an die Talkshow denken, die ich am Tag zuvor beim Bügeln gesehen hatte. Irgendeine Finanzexpertin warnte vor diversen tollen Investmentangeboten, bei denen

schlauen Anlegern unglaubliche Reichtümer in kurzer Zeit versprochen wurden.
»Wenn es zu schön klingt, um wahr zu sein, dann ist es das wahrscheinlich auch«, hatte die Frau gesagt.
Stefan schien auch zu schön, um wahr zu sein. Lächelnd strich ich ihm über die Haare, in der festen Überzeugung, dass in diesem Fall wirklich alles so schön bleiben würde, wie es war.

49

Belle und Bo waren übers Wochenende wieder bei ihren Großeltern, und ich sollte Freitagabend zu Stefan zum Essen kommen. Er wollte für mich italienisch kochen, das sei seine Spezialität, verkündete er, als er mich einlud.
Sobald die Haustür hinter mir ins Schloss gefallen war, begannen wir uns zu küssen. Allerdings nicht so zaghaft und flüchtig wie in den vergangenen Wochen, sondern mit einer drängenden Entschlossenheit, die keinerlei Zweifel daran ließ, was wir voneinander wollten. Wenn der Flur nicht mit Kinderfahrrädern und Rollern vollgestellt gewesen wäre, hätten wir zweifellos noch an Ort und Stelle das vollendet, womit wir angefangen hatten – nicht einmal die Fensterscheibe in der Tür hätte uns davon abhalten können. Doch die Spielsachen der Kinder nahmen den Flur so eindeutig in Beschlag, dass wir uns stillschweigend einig waren, einen geeigneteren Ort aufzusuchen. Ineinander verschlungen stürzten wir die Treppe hinauf, in Richtung Schlafzimmer.

Es schien eine Ewigkeit zu dauern und war andererseits auch schnell wieder vorbei. Verschwitzt und stumm lagen wir anschließend auf dem Bett und starrten an die Decke, mein Kopf in der Mulde unter Stefans Schlüsselbein. Ich musste kurz eingenickt sein, denn als ich die Augen öffnete, stand er nackt am Fußende des Betts, mit nassen Haaren und einem Handtuch um den Hals.

»Hallo, Schönheit«, sagte er.

»Hallo, Prachtkerl«, erwiderte ich.

»Ich werde dir jetzt was zu essen machen, damit habe ich dich schließlich hierhergelockt. Soll ich dich rufen, wenn's so weit ist? Wie viel Zeit brauchst du?«

»Ich komme sofort nach«, sagte ich und setzte mich auf, »ich möchte bei dir sein.«

Er drehte sich um und ging zum Flur, um seine Kleidungsstücke aufzulesen. Ich betrachtete seinen Rücken und seinen Hintern, und mir wurde klar, dass ich ihn zum allerersten Mal nackt zu sehen bekam – obwohl ich das Gefühl hatte, ihn schon seit Jahren so zu kennen.

»Ich muss dir was gestehen, Jet.«

Wir saßen unten am Tisch. Das Essen roch köstlich, und ich spürte, dass ich richtig Hunger hatte. Als Stefan das Abendessen in der Küche zubereitete, hatte ich gesehen, dass er es schon vorbereitet hatte. Verschiedene bereits vorgeschnittene Zutaten warteten in Schälchen und Schüsselchen auf die weitere Verarbeitung.

Es rührte mich maßlos, dass er sich für mich so viel Mühe gemacht hatte. Olivier hatte so etwas nie getan, nicht einmal am Anfang unserer Beziehung, auch wenn ich damals das Gefühl gehabt hatte, dass er sich für mich anstrengte. Er besaß ein Talent für große, romantische Gesten, doch er wählte sie so, dass die Ausführung ihn hauptsächlich Geld kostete und nur wenig Mühe. So ließ er beispielsweise an dem Tag, nachdem wir zum ersten Mal miteinander geschlafen hatten, einhundert rote Rosen in meine Wohnung liefern. Als wir in einem schicken Restaurant feiern wollten, dass wir seit einem halben Jahr zusammen waren, holte er mich mit einer eleganten Limousine ab. Damals hatte ich das alles unglaublich beeindruckend gefunden.

Erst jetzt erkannte ich, dass er dafür nur wenig hatte tun müssen. Ein einziges Telefonat, mehr nicht. Und hinterher die Rechnung begleichen.

Ich nahm einen Happen von dem Salat, den Stefan als Vorspeise serviert hatte. »Hm, köstlich. Sehr gutes Catering«, sagte ich und bemühte mich, ernst zu bleiben.

Er biss sich ebenfalls auf die Lippen. »Ja, ich musste gar nicht viel machen: lediglich den Salat vor deiner Ankunft auseinandersortieren und ihn anschließend in deiner Gegenwart wieder mischen.«

Wir aßen eine Weile schweigend weiter. Nachdem Stefan die Teller abgeräumt hatte und das Hauptgericht dampfend auf dem Tisch stand, musterte er mich ernst.

»Jet, ich möchte dir etwas sagen.«

Unwillkürlich zuckte ich zusammen.

Jet, ich möchte mit dir reden.

So hatte auch Olivier angesetzt, in einem anderen Leben, ehe meine Welt aus den Angeln geraten war.

Stefan wirkte verlegen, sein Blick zögernd. Er war nicht Olivier. Wie konnte ich nur auf die Idee kommen, dass er mich auf die gleiche rücksichtslose Weise überfallen könnte?
Stefan räusperte sich. »Als ich anfangs den Kontakt zu dir gesucht habe, geschah das aus Motiven, die nicht ganz uneigennützig waren. Ich konnte dich gut leiden, ich hab dich schon immer gemocht, aber … wenn ich ehrlich bin, habe ich vor allem nach einer Verbündeten gegen Olivier gesucht. Ich hatte während der ganzen Geschichte kaum darüber reden können und hoffte, dass du … dass du nach der Trennung genau wie ich das Bedürfnis hättest, über ihn herzuziehen.«
Eine Woge der Erleichterung durchströmte mich. »Und jetzt?«, fragte ich leise.
»Jetzt spielt das überhaupt keine Rolle mehr«, erwiderte er.
»Dann möchte ich dir auch etwas gestehen«, sagte ich und legte meine Hand auf seine. »Anfangs habe ich gehofft, durch dich irgendwelche Neuigkeiten über Olivier zu erfahren. Ich wollte wissen, wie es ihm geht. Ich … hoffte, dass es ihm schlechtgehen würde, dass du Anzeichen dafür erkennen würdest, dass er seine Entscheidung bereut.«
»Und jetzt?«
Ich stützte das Kinn auf die Hand und legte den Zeigefinger auf die Wange.
»Wie denken Sie denn selbst darüber?«, fragte ich.

50

Obwohl Stefan mich fragte, ob ich bei ihm übernachten wolle, und obwohl ich eigentlich nichts lieber getan hätte, kehrte ich am späten Abend in mein Zimmer zurück. Ich wollte mir Zeit nehmen, um über das, was zwischen uns passierte, in Ruhe nachzudenken. Vielleicht wollte ich es mit ihm aber auch langsamer angehen lassen und nicht so überstürzt, wie Olivier und ich unsere Beziehung begonnen hatten.

Zu Hause, in meinem eigenen Bett, als ich mit geschlossenen Augen dalag und mich nach ihm sehnte, erkannte ich plötzlich, dass Stefans Schlafzimmer maskulin gewirkt hatte. Nichts, aber auch absolut gar nichts erinnerte mehr an Mirjam – kein Frisiertisch, keine Fotos, kein Morgenmantel am Haken neben der Tür. Auch das Nachtschränkchen an seinem Bett nutzte Stefan eindeutig selbst: Neben dem Wecker und einem angebrochenen Päckchen Taschentücher lag ein aufgeschlagenes Buch, irgendein englischsprachiger Thriller. Auf dem anderen Nachtschränkchen standen lediglich ein paar Bastelarbeiten der Kinder. Diese hingen möglicherweise tatsächlich mit Mirjam zusammen – bestimmt handelte es sich um Muttertagsgeschenke, die die Zwillinge im Kindergarten gebastelt hatten, und die konnte Stefan natürlich nicht wegwerfen. Ansonsten hatte er Mirjam vollständig aus dem Schlafzimmer verbannt.

In den restlichen Räumen des Hauses war sie jedoch noch sehr präsent. Überall standen und hingen Fotos von ihr, und auch beim Einrichtungsstil der verschiedenen Räume erkannte ich hier und dort eine weibliche Hand. Zweifellos hatte er der Kinder wegen alles so gelassen. Das war ein gutes Zeichen, denn das bedeutete, dass er ihre Interessen vor seine eigenen stellte. Aber offenbar hatte er es sich selbst gestattet, im Schlafzimmer seinen eigenen Bedürfnissen zu folgen, und das gefiel mir.

Ich schlief ein und träumte von ihm – eine Art Wiederholung unseres gemeinsamen Abends. Als ich am nächsten Morgen noch ganz verschlafen im Bett lag und mir die vergangenen Stunden durch den Kopf gehen ließ, fiel mir auf, dass ich Olivier anfangs körperlich noch immer anziehender gefunden hatte als Stefan – selbst als er in meinen Augen schon von seinem Sockel gefallen war. Sogar zu der Zeit, als ich mich in Stefan zu verlieben begann, war dieses Urteil noch immer zu Oliviers Gunsten ausgefallen: Er war nun mal ein attraktiver, viriler Mann.

Nun war ich mir dagegen nicht mehr so sicher.

Olivier war ein leidenschaftlicher Liebhaber, daran lag es also nicht. Doch seine Leidenschaft wirkte abstrakt, irgendwie ungezielt, sie hing mit dem Sex an sich zusammen, einer von ihm ausgeübten Kunstform. Ganz zu Anfang unserer Beziehung hatten wir eine Nacht in einem Luxushotel verbracht, wo Olivier die Hochzeitssuite gebucht hatte. Gegenüber vom Bett hing ein riesiger Spiegel, und irgendwann entdeckte ich, dass Olivier unsere Bewegungen darin verfolgte. Damals hatte ich das als aufregend empfunden: Das gleichzeitige Vollziehen und Beobachten verlieh dem Geschlechtsakt eine zusätzliche Dimension, fast so, als befände sich eine dritte Person im Spiel. Als ich nun daran zurückdachte, war ich mir ziemlich sicher, dass Olivier nur sich selbst betrachtet hatte. Wenn er mich im Spiegel überhaupt wahrgenommen hat-

te, dann nur als eine Art Kulisse, die notwendig war, um die Szene erfolgreich umsetzen zu können.
Damals hatte es keine dritte Person gegeben. Damals hatte es nur zwei Menschen gegeben, die eine Rolle spielten – Olivier und sein Spiegelbild.

Das alles kümmert mich nicht mehr, dachte ich träge. Einst, in einem anderen Leben, hatte sich alles um Olivier gedreht. Doch nun, da ich Abstand dazu gewonnen hatte, da ich dank Stefan die Chance erhielt, mich auf eine ganz andere Weise gegenüber einem Mann zu verhalten, war diese Phase definitiv vorbei. Ich hatte mich selbst wiedergefunden, ich war jetzt viel stärker.
Konnte es sein, dass mir das grässliche Abenteuer mit Olivier dazu verholfen hatte?
Oder hatte ich das alles Stefan zu verdanken?
Ich grübelte noch immer über diese Frage, als das Telefon klingelte. Ich wusste sofort, dass er es war, und ich wusste auch, was er fragen würde.
»Ich komm rüber«, sagte ich unmittelbar nach dem Abnehmen des Hörers, noch bevor er sich melden konnte.

51

»Stefan, wann hast du eigentlich Mirjams Spuren in diesem Zimmer beseitigt?«, fragte ich später am Abend.
Wir lagen in seinem Bett, wo wir mehr oder weniger den ganzen Tag verbracht hatten. Stefan hatte sich auf den Bauch gedreht und das Kinn in die Hände gestützt.

»Also, Jet«, sagte er, »jetzt enttäuschst du mich aber. Ich dachte, du würdest deine Aufmerksamkeit ganz auf mich konzentrieren. Offensichtlich liegst du hier jedoch nur rum und siehst dich gemütlich um!«

Ich gab ihm einen Schubs. Er ließ sich auf den Rücken rollen und lag nun dicht neben mir.

»Okay«, sagte er, »bitte erschrick nicht. Am Tag nach Mirjams tödlichem Unfall, noch bevor sie beerdigt war, hab ich alle Sachen von ihr aus dem Zimmer geräumt. Das habe ich abends gemacht, als die Kinder schon schliefen, damit sie nichts davon mitbekamen. Im restlichen Haus habe ich alles so gelassen, wie es war, nur hier wollte ich Mirjam nicht mehr sehen. Ich wollte irgendwo ein Fleckchen, das nur mir gehört.«

»Was hast du mit ihren Sachen gemacht?«

»Einen Großteil habe ich weggeworfen, Make-up, Unterwäsche, die meisten Kleidungsstücke, Schuhe. Ein paar Dinge habe ich behalten, die liegen oben auf dem Speicher, gut verpackt zwischen Mottenkugeln. Ein paar Kleider, von denen ich annahm, dass Belle sie vielleicht eines Tages mal anprobieren möchte, und Mirjams Schmuck, den hab ich natürlich auch für Belle aufbewahrt.«

Stefan seufzte.

»Als ich den Schmuck einpackte, erhielt ich nachträglich noch einen üblen Schlag in die Magengrube. Eine goldene Kette fehlte, die ich ihr geschenkt hatte. Es war ein Erbstück. Die Kette hatte meiner Mutter und davor meiner Großmutter gehört. Zuerst dachte ich, dass Mirjam sie vielleicht getragen hatte, als sie starb. Ich habe sogar noch bei der Ambulanz nachgefragt, wo man sie hingebracht hatte, und auch beim Bestatter, wo sie aufgebahrt lag. Aber die Kette war nirgends zu finden. Im Grunde wusste ich, dass sie das Stück eigentlich nicht getragen haben konnte, als der Unfall passierte. Für Mirjam war die Kette so sehr mit mir und meiner Familie verbunden, dass sie sie zum Schluss ganz bestimmt nicht mehr um den Hals hatte haben wollen. Dabei wurmte mich gar nicht mal so sehr die Tatsache, dass Mirjam sie verloren hatte – obwohl ich mir natürlich gewünscht hätte, dass Belle sie eines Tages hätte tragen können. Nein, am meisten ärgerte mich, dass Mirjam sich offensichtlich nicht einmal die Mühe gemacht hatte, mir davon zu erzählen.«

Er seufzte erneut.

»Sie hatte mich nicht nur satt, sie war noch nicht einmal mehr bereit, mich weiterhin mit Respekt zu behandeln.«

Als ich nicht reagierte, hob er den Kopf. »Begreifst du, was ich meine?«, fragte er.

Ich nickte und drückte seinen Kopf an mich, als wollte ich ihm damit zu verstehen geben, dass ich volles Verständnis hatte. Es war ja auch so.

Im Grunde ging es mir jedoch gar nicht so sehr darum, ihn zu trösten – ich wollte vielmehr verhindern, dass er mich weiterhin ansah.

Ich wusste, wo die Kette war.

In dem Moment, als Stefan von dem Schmuckstück erzählte, war mir klargeworden, dass er von der Goldkette sprach, die hinter dem Nachtschränkchen in Oliviers Schlafzimmer zum Vorschein gekommen war und von der er Angela gegenüber behauptet hatte, sie gehöre mir. Zweifellos dachte Olivier das tatsächlich. Es war typisch für ihn, dass er nicht wusste, welchen Schmuck ich besaß. Als Angela von der Kette erzählt hatte, hatte ich angenommen, dass sie meiner Schwiegermutter gehören müsse, obwohl ich damals schon wusste, dass Olivier sich mit Angela noch während unserer Beziehung im Haus getroffen hatte. Warum war ich nicht auf die Idee gekommen, dass er das auch mit anderen Frauen getan haben könnte? Rasch verdrängte ich den Gedanken an Olivier, er spielte keine Rolle mehr. Jetzt ging es um Stefan. Dem ich bedauerlicherweise nicht sagen konnte, was ich wusste – was besonders unangenehm war, weil es ihn am meisten enttäuscht hatte, dass Mirjam ihm gegenüber nicht ehrlich gewesen war. Die Tatsache, dass ausgerechnet ich ihm wegen dieser Kette etwas verschwieg, war ein ziemlich unglückliches Zusammentreffen der Umstände.

Behutsam streichelte ich die empfindliche, schüttere Stelle auf seinem Kopf. Die Haare fühlten sich dünn und weich an, wie bei einem Baby. Die Haut seines Schädels war warm. Ich hob den Kopf und küsste ihn, küsste seinen Kopf, sein Gesicht, seine Augenlider, seine Lippen. Stefan stöhnte genussvoll und packte mich mit einer ungestümen Gier, die dafür sorgte, dass für Schuldgefühle wegen der Kette kein Raum mehr blieb.

Es ist nicht dasselbe, dachte ich später, als Stefan schon eingeschlafen war.
Es ließ sich überhaupt nicht miteinander vergleichen.

Mirjam hatte gelogen, um sich selbst zu schützen, weil sie auf seine Kosten mit dieser Geschichte davonkommen wollte.
Die Tatsache, dass ich etwas verschwieg, hing damit zusammen, dass ich *ihn* beschützen wollte. Er brauchte nichts von der Geschichte zwischen Angela und mir zu wissen. Es würde ihn bloß verunsichern, dass ich nach wie vor jede Woche mein ehemaliges Zuhause aufsuchte. Obwohl das inzwischen nichts, aber auch gar nichts mehr mit Olivier zu tun hatte.

Kurz bevor ich ebenfalls einschlief, fiel mir etwas ein, das ich tun konnte, um den Unterschied zwischen Mirjam und mir noch einmal mit Nachdruck deutlich zu machen. Sie hatte die Kette verloren, als sie sich heimlich im Haus ihres Liebhabers aufgehalten hatte. Ich würde meine heimlichen Aufenthalte dagegen dazu nutzen, um das Erbstück für Stefan zurückzuholen.
Mit dem warmen, wonnigen Gefühl, dass alles gut werden würde, sank ich in einen tiefen, traumlosen Schlaf. Im Nachhinein empfinde ich es als merkwürdig, wenn ich an das unerschütterliche Vertrauen in die Zukunft zurückdenke, das ich in der ersten Nacht in Stefans Haus verspürte.

52

Am Montagabend gegen acht, als ich gerade zu Stefan aufbrechen wollte, rief Hajo an.
»Na, Schwesterherz, wie geht's?«, fragte er.

»Gut«, erwiderte ich erfreut. »Sogar sehr gut. Und dir?«
»Auch gut«, sagte er. »Äh, darf ich aus der Tatsache, dass es dir gutgeht, schließen, dass du über den arroganten Widerling hinweg bist?«
»Ganz und gar.«
»Wie kommt das so plötzlich? Gibt es da vielleicht einen neuen Mann in deinem Leben?«
Ich seufzte amüsiert. Es war typisch für Hajo, Ursache und Wirkung geradlinig in Beziehung zueinander zu setzen, auch wenn es um Dinge ging, die erklärtermaßen komplizierter waren.
»Zufälligerweise ja«, erwiderte ich.
»Klasse! Ist es diesmal ein netter Kerl?«
»Ja, er ist phantastisch. Vollkommen anders als Olivier.«
»Das klingt schon mal gut. Erzähl, wie ist er? Ist er sportlich? Was macht er von Beruf?«
»Besonders sportlich ist er nicht, da muss ich dich enttäuschen. Und er ist Psychiater ... ein Kollege von Olivier. Ich kannte ihn schon eine ganze Weile, er wohnt hier bei mir in der Gegend. Wir sind uns zufällig auf der Straße begegnet und ...«
Während ich erzählte, konnte ich förmlich spüren, wie hoffnungslos das in Hajos Ohren klingen musste. Wahrscheinlich hörte er schon gar nicht mehr zu, zweifellos verdrehte er inzwischen die Augen und schüttelte den Kopf. Ich unterbrach mich, um ihm Gelegenheit zu seiner unvermeidlichen Reaktion zu geben.
»Jet, ich bin eigentlich nicht der Mensch, der sich ungefragt in anderer Menschen Leben einmischt, aber das muss ich jetzt loswerden: Denk bitte gut nach, ehe du

dich wieder mit so einem Seelenklempner einlässt. Diese Typen haben alle selbst einen Schaden – das weiß doch jeder! Das sind verklemmte Loser, die durch andere ihre eigenen Probleme zu lösen versuchen. Such dir doch endlich mal 'nen normalen Kerl!«

»Du bist lieb, Hajo«, sagte ich.

»Tu nicht so salbungsvoll. Ob ich lieb bin oder nicht, spielt überhaupt keine Rolle. Verdammt noch mal, du hast den einen Vollidioten noch nicht aus deinem System, da fängst du schon was mit dem nächsten an.«

Obwohl ich einerseits über die Vorhersehbarkeit von Hajos Reaktion lachen musste und es auch irgendwie rührend fand, dass er sich solche Sorgen um mich machte, gefiel es mir andererseits gar nicht, dass ihn meine Erzählungen über Stefan nicht interessierten. Warum konnte er sich nicht einfach für mich freuen?

Natürlich wird sich seine Stimmung schon wieder aufheitern, wenn er merkt, dass die Beziehung mit Stefan mir guttut, tröstete ich mich. Vielleicht sollte ich ihm vorläufig eine Weile aus dem Weg gehen. Den Rest des Gesprächs hielt ich ziemlich knapp, keine zehn Minuten später stand ich bei Stefan vor der Tür.

53

»Jet, ich möchte dir etwas sagen«, setzte Stefan an.

Wir saßen in einem Restaurant, der Kellner hatte gerade den Wein gebracht. Ein Nachbarsmädchen passte auf die Kinder auf, und es war das erste Mal, dass wir uns ohne

die Zwillinge außerhalb des Hauses trafen. Stefan hatte sich das ausgedacht und alles organisiert. Er wollte wahnsinnig gern ausgehen, während es für mich eigentlich nicht unbedingt nötig gewesen wäre. Mir reichte es völlig, den Abend bei ihm zu Hause zu verbringen, wenn die Kinder schon im Bett lagen. Diese gemeinsamen Stunden waren – sofern ich keinen Spätdienst hatte – fast eine Selbstverständlichkeit geworden: Gegen Viertel vor acht überquerte ich die Straße und klopfte an Stefans Fenster. Wir tranken erst zusammen Kaffee und redeten eine Weile. Irgendwann zwischen neun und zehn schlichen wir dann wie Teenager die Treppe hinauf, um in seinem großen Bett so leise wie möglich miteinander zu schlafen. Danach überquerte ich erneut die dunkle Straße, während Stefan mir von der Haustür aus nachsah, um sicherzugehen, dass ich auch wohlbehalten zu Hause ankam.
Eigentlich lief das Ganze erst ein paar Wochen auf diese Weise ab, genau genommen waren wir noch keine zwei Monate zusammen. Aber ich hatte mich bereits total darauf eingestellt, als ob es bereits seit Jahren so ginge und noch Jahre so weitergehen würde. Ich hatte sogar schon mit Astrid vereinbart, dass sie mir im Tausch gegen ein paar freie Abende mehr Nachtdienste geben durfte – was auch für sie angenehm war, weil die Nachtdienste nicht besonders beliebt waren. Mir machte es nichts aus, ob ich tagsüber zu Hause schlief oder im Krankenhaus arbeitete – Stefan konnte ich dann sowieso nicht sehen, denn er war entweder ebenfalls arbeiten oder zu Hause bei den Kindern. Da wir beide es für wichtig hielten, den Kontakt zu Belle und Bo ruhig aufzubauen, trafen wir uns – abge-

sehen von den Mittwochnachmittagen – nur abends, wenn die beiden bereits im Bett lagen.
Ich hatte unseren neuen Tagesablauf dermaßen schätzen gelernt, dass ich regelrecht erschrak, als Stefan vorschlug, einen Babysitter zu engagieren, damit wir zusammen essen gehen konnten. Sofort fragte ich mich, ob unsere Beziehung in seinen Augen schon zu einer Routineangelegenheit geworden wäre. Oder noch schlimmer – ob er sich lieber außer Haus verabreden wollte, weil er keine Lust mehr hatte, mit mir zu schlafen.
Doch gestärkt durch die Gespräche, die ich in den vorangegangenen Wochen mit ihm geführt hatte, rief ich mich selbst zur Ordnung und versuchte, die positiven Seiten von Stefans Vorschlag zu sehen. Offensichtlich hielt er mich für wichtig genug, einen Babysitter zu organisieren und einen Tisch in einem netten Restaurant zu reservieren. Außerdem bedeutete die Anwesenheit des Babysitters, dass wir die Gelegenheit haben würden, nach dem Essen in meine Wohnung zu gehen.
Das hielt ich mir ständig vor Augen. Ich sorgte dafür, dass mein Zimmer aufgeräumt und freundlich wirkte und das Bett einladend aufgeschlagen war, und ich verteilte überall Kerzen. Alles sollte so sein, wie ich es mir für einen Abend mit Olivier vorgestellt hatte. Ich empfand es als eine Art Exorzismus, Stefan auf die gleiche Weise zu empfangen, wie ich es einst für Olivier geplant hatte. Das gab mir ein gutes Gefühl.

»Jet, ich möchte dir etwas sagen.«
Er sah mich an, aufmerksam, zärtlich. Gleich wird er mich

bitten, seine Frau zu werden, dachte ich, wohlig müde vom Wein und der schlichten Tatsache, in seiner Nähe zu sein.

»Schieß los«, sagte ich hoffnungsvoll.

»Hast du schon mal darüber nachgedacht, eine Therapie zu machen?«

Stefan musterte mich immer noch auf die gleiche Weise wie vorher, doch ich spürte die Wärme nicht mehr. Ich sah ihn unverwandt an, aber offenbar veränderte sich mein Gesichtsausdruck, denn plötzlich wirkte er besorgt, nahm meine Hand, die wie ein gelähmtes Tier auf dem Tisch lag, und hielt sie fest. »Bitte erschrick jetzt nicht, ich meine doch nur …«

Ruckartig schob ich meinen Stuhl nach hinten, riss meine Hand los und floh. Am liebsten wäre ich sofort aus dem Restaurant gerannt, doch ich weinte, und ich wollte keine Szene machen, indem ich mit verheultem Gesicht an der überladenen Garderobe nach meiner Jacke suchte. Also flüchtete ich in die Damentoilette, verriegelte die Tür und setzte mich auf den geschlossenen WC-Deckel.

Er hat genug von mir und sucht jetzt nach einem halbwegs anständigen Weg, mich loszuwerden, dachte ich. Jetzt, da die erste Phase der Verliebtheit vorbei ist, sieht er, was auch Olivier gesehen hat – dass ich nicht gut genug bin, dass mit mir etwas Grundlegendes nicht stimmt.

Jemand klopfte an die Tür. Es gab nur eine Damentoilette, ich konnte dort nicht endlos sitzen bleiben. Aber ich weinte noch immer, ich weinte so sehr, dass ich mich unmöglich in der Öffentlichkeit zeigen konnte. Ich konnte nur hoffen, dass die Frau vor der Tür wieder zu ihrem Tisch zurückkehren oder in die Herrentoilette ausweichen würde. Krampfhaft versuchte ich, kein Geräusch zu machen, doch es gelang mir nicht.

Plötzlich ertönte ein metallisches Geräusch, als ob jemand mit einem Schlüssel hantierte. Ich erstarrte und blickte zur Tür. Sie schwang auf, und Stefan kam herein. Sofort verriegelte er die Tür hinter sich, kniete sich neben mich und nahm mich in die Arme. Er strich mir über die Haare, strich mir beruhigend über den Rücken und küsste mich auf die Wange.

»Entschuldige, Jet«, flüsterte er mir wieder und wieder ins Ohr.

Nach einer Weile beruhigte ich mich. Stefan streckte die Arme aus und nahm den Kopf etwas nach hinten, damit er mich ansehen konnte.

Noch nie zuvor hatte mich jemand auf diese Weise angesehen, so fürsorglich, so zärtlich.

»Du siehst ziemlich übel aus«, flüsterte er lächelnd.

Ich stand auf und betrachtete mich im Spiegel, um den Schaden zu begutachten. Mein Gesicht und meine Augen wetteiferten miteinander darum, wer röter war, und die Entscheidung war noch nicht gefallen. Mit einem angefeuchteten Papierhandtuch wischte ich die verschmierte Wimperntusche weg. Dann nahm ich ein weiteres Tuch und tupfte mir damit die Augen und das Gesicht. Leider nutzte es nicht viel. Im Spiegel warf ich Stefan einen Blick zu.

»Wie bist du hier eigentlich reingekommen?«, fragte ich.

»Damit«, sagte er und hielt einen Steckschlüssel hoch, der an seinem Schlüsselbund hing.

»Den hab ich bekommen, als ich in der Notaufnahme gearbeitet habe, für den Fall, dass sich jemand in der Toilette umbringen wollte. Ich habe ihn noch immer am Schlüsselbund.«
Er streckte den Arm aus und streichelte meine Wange. »Was ist dir lieber? Möchtest du bleiben und doch hier essen? Oder sollen wir besser gehen?«
»Was möchtest du denn?«, fragte ich.
»Ich möchte«, sagte Stefan, »dass du dich wohl fühlst. Das ist mir das Wichtigste.«
Fast wäre ich erneut in Tränen ausgebrochen.

54

Plötzlich hörten wir Schritte auf dem Flur.
»Hier können wir jedenfalls nicht bleiben«, flüsterte Stefan verschwörerisch.
Ich nickte. »Sollen wir an den Tisch zurückgehen?«, schlug ich vor.
»Okay«, sagte Stefan und trat mutig als Erster aus der Toilette.
Wir hatten Glück, es war niemand zu sehen. Ohne weitere Zwischenfälle erreichten wir unseren Tisch, wo bereits die Vorspeisen auf uns warteten. Wir setzten uns und aßen schweigend, es war angenehm, sich vollkommen auf das Essen zu konzentrieren.
»Darf ich versuchen, dir zu erklären, was ich eben gemeint habe?«, fragte Stefan, als unsere Teller leer waren.
»Gern«, sagte ich.
»Also«, setzte er an, »ich habe gemerkt, dass du dich noch

regelmäßig sehr intensiv mit Olivier beschäftigst. Mit den Dingen, die passiert sind, mit dem Groll, den du über die Art und Weise verspürst, mit der er dich behandelt hat«, Stefan zögerte, »und meines Erachtens auch mit der Frage, warum du es überhaupt so weit hast kommen lassen. Ich finde es gut, dass du dir diese Frage stellst, und ich würde dir auch gerne bei der Suche nach der Antwort helfen, aber manchmal denke ich, dass ich nicht der geeignete Ansprechpartner bin.«

»Weil du Olivier nicht ausstehen kannst?«, fragte ich.

»Ja, das ist einer der Gründe. Außerdem will ich unter allen Umständen vermeiden, mich dir gegenüber wie ein Arzt zu verhalten. Dazu kommt noch, dass ich … falls das, was ich mir erhoffe, Wirklichkeit wird … dass ich der nächste Mann sein werde, der eine wichtige Rolle in deinem Leben spielt. Ich will dir auf keinen Fall das Gefühl vermitteln, dass du auch bei mir dein Leben nicht mehr selbst in der Hand hast und mir die Kontrolle darüber überlassen musst.«

Ich sah ihn an, und in diesem Moment liebte ich ihn. Ich liebte ihn wahnsinnig.

»Du hast mich doch eben gefragt, was wir jetzt machen sollen, oder?«, fragte ich.

Er nickte.

»Würdest du dann bitte die Rechnung kommen lassen, damit wir hier wegkönnen? Ich möchte mit dir allein sein, so schnell und so lange, wie das heute Abend noch möglich ist.«

Stefan grinste breit. »Ich glaube, was die Kontrolle anbelangt, brauche ich mir keine Sorgen zu machen«, sagte er und winkte den Kellner heran.

Im Nachhinein betrachtet, weiß ich, dass Stefan diese Bemerkung als Scherz gemeint hatte, sozusagen als Ausgleich für die Intensität unseres Gesprächs und die heftigen Emotionen, die ihm vorangegangen waren. Eigentlich wusste ich das damals bereits, trotzdem redete ich mir ein, dass er damit noch mehr meinte. Ich wollte einfach glauben, er wäre bei näherer Betrachtung zu dem Schluss gekommen, dass alles nur halb so schlimm war und dass ich im Grunde nicht wirklich Hilfe brauchte. Doch letztendlich führte sein Rat bei mir nur zu einer Reaktion: Ich sorgte dafür, dass ich in Stefans Gegenwart nicht mehr über Olivier redete. Diese Maßnahme erschien mir ausreichend.

55

Angelas Bauch wuchs dermaßen, dass sie bald schon ihre normale Kleidung nicht mehr tragen konnte. Sie fragte mich, ob ich Lust hätte, mit ihr zusammen Umstandskleidung zu kaufen. Die Frage wunderte mich nicht sonderlich, denn mir war inzwischen klargeworden, dass es – wie ich von Anfang an vermutet hatte – tatsächlich aus irgendwelchen Gründen keine Menschenseele in ihrem Leben gab, mit der sie derartige Dinge hätte tun können.
In dem Geschäft für Umstandsmoden hatten wir eine Menge Spaß: Angela fand sämtliche Sachen schrecklich und machte jedes Mal, wenn sie in einem neuen Gewand aus der Umkleidekabine trat, irgendwelche Faxen. Die Hosen waren ihrer Meinung nach für Elefanten bestimmt,

und in den Kleidern konnte man zelten. Es tat mir gut, Angela so fröhlich zu sehen. Ihre kindliche Freude wirkte so ansteckend, dass ich irgendwann einen Lachkrampf bekam.

Auf mein Drängen hin kaufte sie schließlich zwei Hosen, die noch mitwachsen konnten, und ein paar weite Pullover. Um den Erfolg unserer Mission zu feiern, lud Angela mich zu einer Tasse Kaffee ein. Auf der gegenüberliegenden Seite des Coolsingel lag ein Café, das wir kurz darauf fröhlich betraten.

Wir hatten kaum Platz genommen, als ich einen Tisch weiter Lia entdeckte, die Empfangssekretärin der Poliklinik, in der Olivier und Stefan arbeiteten.

Ich hätte mich ohrfeigen können, dass ich nicht vorher überlegt hatte, wie gefährlich es war, mich mit Angela in der Öffentlichkeit zu zeigen. Schließlich war es sehr gut möglich, dass Lia Oliviers neue Partnerin inzwischen kennengelernt hatte. Vielleicht kannte sie Angela ja auch noch aus der Zeit, als sie bei Olivier in Behandlung gewesen war, und mich kannte sie natürlich seit vielen Jahren. Was sollte sie nur denken, wenn sie uns beide hier fröhlich sitzen und Kaffee trinken sah? Würde sie Olivier davon erzählen?

Ich versteckte mich hinter der Speisekarte. »Wollen wir auch ein Stück Kuchen bestellen?«, fragte ich.

»Das ist ja ein starkes Stück: Jetzt, da ich dich einlade, wirst du gierig«, erwiderte Angela mit gespielter Entrüstung.

»Natürlich, so bin ich nun mal. Das weißt du doch«, scherzte ich zurück.

Inzwischen war die Kellnerin an unseren Tisch gekommen, um die Bestellung aufzunehmen, und zu meiner großen Erleichterung bezahlte Lia bei einer anderen Kellnerin. Mit Absicht trödelte ich ein wenig herum, wählte erst die Schokoladentorte, schwenkte dann auf Apfelkuchen um und beratschlagte mich ausführlich mit mir selbst, ob ich den Kuchen mit oder ohne Sahne bestellen sollte. Mein Plan funktionierte. Als die Kellnerin ging, war die Gefahr vorüber: Lia war verschwunden.

Dieser Vorfall brachte mich zum Nachdenken. Wie sollte es zwischen mir und Angela weitergehen?
Es war ausgeschlossen, sie in diesem Stadium im Stich zu lassen. Aber wenn ich weiter in ihrem Leben präsent blieb, würde das Ganze früher oder später auffliegen. Im Grunde war es sogar erstaunlich, dass es nicht längst passiert war. So hatte Angela mich beispielsweise noch immer nicht nach meinem Nachnamen gefragt und auch nicht nach meiner Adresse. Irgendwann würde sie all diese Dinge sicher wissen wollen – und sei es auch nur, um mir nach der Geburt des Babys eine Geburtsanzeige schicken zu können. Wenn das Kind erst einmal da war, würde ich natürlich auch die Wöchnerin besuchen müssen. Was, wenn Olivier dann zu Hause war? Es war völlig normal, dass frischgebackene Väter Urlaub nahmen, um die ersten Tage mit Frau und Kind zu verbringen. Es würde merkwürdig erscheinen, wenn ich dann fernblieb und Angela erst besuchte, wenn er wieder arbeiten war. Wie sollte ich überhaupt herausfinden, wann die Luft rein war? Und was sollte ich tun, wenn Angela mich aus-

gerechnet dann sehen wollte, wenn er zu Hause war? Zweifellos würden nicht viele Menschen sie besuchen, und vielleicht fand sie es gerade deshalb schön, dass auch sie mal Besuch erhielt, wenn Olivier dabei war.

War es denkbar, einfach mit offenen Karten zu spielen? Angela saß mir gegenüber und plauderte eifrig. Allerdings hatte ich längst den Faden verloren.

»... manchmal denke ich, dass es für das Kind besser wäre, wenn ich es allein großziehe«, sagte sie in diesem Moment.

Vor Schreck setzte ich mich aufrecht hin.

»Was denkst du, Jessica?«

Was ich dachte?

Be careful what you wish for.

Dies war der Moment, den ich zu einem früheren Zeitpunkt sehnlich erwartet hatte, der Moment, in dem die Beziehung zwischen Olivier und Angela in die Brüche ging, damit ich mich wie ein Aasgeier auf die Überreste stürzen konnte.

Was sollte ich sonst noch denken?

Es war stark zu bezweifeln, ob Olivier einem Kind als Vater viel zu bieten hatte oder ob Angela in der Lage wäre, ein Kind allein großzuziehen. Dagegen sprach zunächst einmal die Tatsache, dass sie kein eigenes Einkommen besaß, außerdem würde Olivier sich bestimmt nicht großzügig gegenüber einer Frau erweisen, die ihn verließ – nicht einmal, wenn es sich dabei um die Mutter seines Kindes handelte. Darüber hinaus hatte sie außer mir keinerlei soziale Kontakte, und sie war psychisch alles andere als stabil.

»Schwierig, oder?«, fragte Angela, als hätte sie meine Gedanken gelesen. »Eigentlich darf ich dich mit diesen unmöglichen Fragen gar nicht belästigen. Aber das Ganze geht mir dauernd durch den Kopf. Du brauchst mir jetzt keine Antwort zu geben, für mich ist es schon eine Erleichterung, den Gedanken mal laut aussprechen zu können.«

Sie legte mir eine Hand auf den Arm.

»Ich fühle mich beschenkt, dass ich eine Freundin habe, der ich ausreichend vertrauen kann, um solch knifflige Dinge zu bereden.«

Ich nickte und legte meine Hand auf ihre. Es war eindeutig: Mit offenen Karten zu spielen kam nicht in Frage. Wie hätte ich ihr jetzt erzählen können, dass ich die Freundschaft, auf die sie so vertraute, einst aus purem Eigennutz angestrebt hatte und dass sie nur auf einer Lüge basierte? Wie sollte ich ihr erklären, dass ich Jet war, Oliviers Ex? Ich musste einfach abwarten und sehen, wie ich mich aus der Affäre ziehen konnte, falls das Ganze zu kompliziert wurde. Auf jeden Fall würde ich alles tun, um dafür zu sorgen, dass Angela die einzige Freundin in ihrem schwierigen Leben auch behalten konnte.

56

Meine doppelte Identität führte in der Tat zu Problemen – allerdings zu anderen, als ich erwartet hatte.

Je kürzer und kälter die Tage wurden, desto mehr Platz räumte ich Angela in meinem Leben ein. Es stand schlecht um die Beziehung zwischen ihr und Olivier, und es stand schlecht um sie selbst. Manchmal wurde ich fast verrückt angesichts der Tatsache, dass ich so schrecklich wenig für sie tun konnte. Ohne es zu bemerken, nahm sie immer mehr Raum in meinen Gedanken ein, was zunehmend zu Lasten anderer Dinge ging. Trotzdem hatte ich nicht den Eindruck, dass das irgendwelche Probleme mit sich bringen konnte, sondern vertraute auf den Rhythmus, der sich in den vorangegangenen Monaten eingependelt hatte. Meine Beziehung mit Stefan lief ohne großes Dazutun wie von selbst. Das überwältigende Gefühl der ersten Wochen war verblasst, aber das schien nur logisch. Schließlich waren wir keine Teenager mehr, die völlig ohne Verpflichtungen lebten. Wir übten beide einen verantwortungsvollen Beruf aus, wir mussten auf Belle und Bo Rücksicht nehmen – es war ganz normal, dass unsere Liebe ziemlich schnell zahmer wurde. Diese Entwicklung warf bei mir keine Fragen auf und auch keine Zweifel. In unserer gesamten gemeinsamen Zeit hatte es überhaupt nur einen einzigen Moment gegeben, in dem ich an Stefan und an meinen Gefühlen für ihn gezweifelt hatte. Er hatte von der Präsentation einer neuen psychotherapeutischen Methode erzählt, die in der Poliklinik stattgefunden hatte. Sie hatten einen Redner eingeladen, aber noch bevor dieser mit seinem Vortrag fertig war, hatte Olivier bereits die ersten überheblichen Kommentare dazu abgegeben. Seiner Meinung nach eignete sich die Methode nur für Modellpatienten und nicht für die »echten« Menschen, die er behandelte. Stefan hatte ihm widersprochen und aus seinem eigenen

Patientenkreis zwei oder drei Beispiele für »echte« Menschen genannt, die seines Erachtens sehr wohl von der neuen Methode profitieren konnten. Er bekam Beifall vom Redner, der natürlich einfach nur froh war, dass jemand Oliviers Kritik parierte. Aber Stefan interpretierte die Reaktion als Beweis dafür, dass er Olivier dieses Mal zweifellos übertrumpft hatte.
So, wie Stefan davon erzählte, erinnerte das Ganze eher an einen Machtkampf als an eine wissenschaftliche Diskussion. Es tat weh, zuhören zu müssen, wie er einem zweifelhaften Sieg eine solch große Bedeutung beimaß. In dem Moment fand ich ihn kleinlich. Aber das war nur ein winziger Vorfall, eine unbedeutende Kräuselung auf einer ansonsten glatten Wasseroberfläche. Ehe ich es mich versah, war der Moment auch schon vorüber, und kurze Zeit später hatte ich bereits Mühe, mich zu erinnern, worüber ich mich überhaupt geärgert hatte.

Die Probleme rund um Angela beschäftigten mich viel mehr. Die ganze Situation wirkte immer verfahrener, und es schien, als stecke sie in einem mittelalterlichen Foltergerät fest, das immer fester angezogen wurde.
Olivier weigerte sich beispielsweise weiterhin, ein Kinderzimmer einzurichten, seiner Meinung nach konnte man das auch irgendwann im letzten Monat der Schwangerschaft erledigen. Angela beunruhigte das sehr, weil sie befürchtete, dann vielleicht nicht mehr fit genug zu sein, um die Umgestaltung des Zimmers selbst durchführen zu können. Olivier begleitete sie auch nicht zu den Vorsorgeuntersuchungen, obwohl Angela angesichts ihrer Ver-

gangenheit große Angst vor jedem Termin hatte. Obendrein lehnte Olivier es ab, über einen Namen oder den Text der Geburtsanzeige nachzudenken – auch das konnte seines Erachtens bis zum letzten Monat warten. Dagegen beschwerte er sich nach wie vor, dass Angela keine Lust mehr auf Sex hatte, und äußerte wiederholt Bedenken über die negativen Folgen, die die Schwangerschaft für ihre Figur haben könnte.

Von den Stimmungsschwankungen, die ich vorher an Angela bemerkt hatte, war nicht mehr viel übrig geblieben – inzwischen gab es überhaupt keine guten Tage mehr. Ihr Bauch gedieh prächtig, sie selbst schien dagegen zu schwinden. Sie wirkte blass und klagte über allerlei Wehwehchen.

Am schlimmsten fand ich jedoch den Umstand, dass sie sich immer weniger auf das Baby zu freuen schien.

Ich machte mir große Sorgen um sie, war sauer auf Olivier und fühlte mich vollkommen ohnmächtig, weil ich tatenlos zusehen musste, wie sie immer weiter abmagerte. Es musste etwas passieren – daran bestand kein Zweifel. So, wie es momentan verlief, war ihr Leben die reinste Hölle, und das ihres Kindes würde nicht viel besser werden. Am liebsten hätte ich eingegriffen, aber ich wusste nicht, wie. Das Ganze ging mir ständig durch den Kopf, während der Arbeit, vor dem Einschlafen, an den Mittwochnachmittagen mit Belle und Bo. Selbst während der gemeinsamen Abendstunden mit Stefan musste ich unablässig daran denken.

Stefan fragte regelmäßig, ob mich irgendetwas bedrücke, doch ich ging nicht darauf ein. Stattdessen erzählte ich ihm irgendetwas vom Stress bei der Arbeit oder von Schlaflosigkeit aufgrund der wechselnden Dienstzeiten. Als ich mich eines Abends durch seine besorgten Fragen in Verlegenheit gebracht fühlte, führte ich sogar PMS als Erklärung für meine bedrückte Stimmung an, obwohl ich darunter noch nie gelitten hatte.

Ich dachte, ich wäre ziemlich überzeugend – bis er eines Abends, als ich neben ihm auf dem Sofa saß und las, nicht mehr aufhörte, mich zu löchern.

»Jet, was ist mit dir los?« Seine Stimme klang gereizt. »Du starrst jetzt schon mindestens eine halbe Stunde lang auf die gleiche Seite. Woran denkst du die ganze Zeit?«

»Nichts«, erwiderte ich erschrocken, »ich denke an nichts. Ich bin einfach nur müde, das ist alles.«

»Du bist in letzter Zeit so geistesabwesend. Es scheint, als ob du über irgendetwas grübelst. Du weißt doch, dass du mir alles erzählen kannst?«

Glücklicherweise klang Stefans Stimme nun milder, freundlicher. Er legte einen Arm um meine Schultern und zog mich an sich. Ich erstarrte. Nicht, weil ich nicht bei ihm sein wollte – ich hätte mir nichts mehr wünschen können. Aber ich wusste nicht, was ich ihm sagen sollte, ich wusste nicht, wie ich seine Frage beantworten sollte.

»Komm schon, erzähl es mir. Wenn es irgendetwas gibt, das dich traurig macht, möchte ich, dass du es mit mir teilst. Vielleicht kann ich dir ja helfen, aber auf jeden Fall kann ich dir zuhören«, sagte er.

Erneut schwang Ungeduld in seiner Stimme mit, was mir Angst machte.

»Es ist nichts, ehrlich«, log ich.

Kaum hatten die Worte meinen Mund verlassen, da spürte ich auch schon, wie er sich von mir entfernte. Er blieb zwar an derselben Stelle sitzen wie zuvor und sah mich mit denselben Augen an, doch ich fühlte, dass ich ihn verlor.

»Bist du dir ganz sicher?«, fragte er noch einmal.

Er gab mir eine letzte Chance, die ich allerdings nicht ergriff. Ich nickte.

Stefan rückte ein Stück von mir ab. »Weißt du, wovor ich Angst habe? Davor, dass dich etwas bedrückt, was du mir nicht erzählst, und dass dieses Etwas mit Olivier zusammenhängt. Ich habe Angst, dass dieser Mann es ein weiteres Mal hinbekommt, mir die Frau zu nehmen, die ich liebe.«

Seine großen, dunklen Augen brachten meine Wangen zum Glühen.

»Es hat nichts mit Olivier zu tun, glaub mir«, sagte ich.

»Also ist da doch irgendetwas?«, stellte Stefan mit tonloser Stimme fest.

Wenn ich die Chance dazu bekommen hätte, hätte ich ihm damals vielleicht alles erzählt. Aber ich war nicht schnell genug. Während ich noch nach Worten suchte und mich fragte, wie und wo ich anfangen sollte, war er bereits aufgestanden.

»Es wäre mir lieber, wenn du jetzt gehst«, sagte er.

Als ich reglos auf dem Sofa sitzen blieb, marschierte er aus dem Zimmer. An der Wohnzimmertür drehte er sich noch einmal um. »Ich geh jetzt nach oben. Du findest ja allein hinaus.«

Fast erwartete ich, dass er mir noch mitteilte, wie viel Zeit ich hätte, um aus seinem Haus zu verschwinden – so wie Olivier es damals gemacht hatte. Aber Stefan war nicht Olivier. Er sagte gar nichts mehr.

57

Der darauffolgende Tag war ein Mittwoch. Nach einem entmutigenden Besuch bei Angela hockte ich nachmittags geistesabwesend vor dem Fernseher. Stefan hatte mir in einem kurzen Brief mitgeteilt, er habe den Kindern erzählt, ich müsse arbeiten und könne daher in dieser Woche nicht zu ihnen kommen. Er könne sich noch nicht dazu überwinden, ihnen zu erklären, dass es zwischen uns beiden aus war, schrieb er, weil er dafür selbst noch viel zu aufgeregt sei. Deshalb hatte er sich an diesem ersten Mittwoch eine Ausrede ausgedacht. Um den Kindern eine verwirrende Situation zu ersparen, hatte ich beschlossen, sicherheitshalber den ganzen Nachmittag in der Wohnung zu bleiben, damit wir einander nicht unverhofft auf der Straße begegneten.
Das Herumsitzen im Zimmer war schrecklich. Natürlich gab es das eine oder andere, was ich hätte erledigen können – in den vergangenen Wochen hatte ich mich kaum mit meinem eigenen Haushalt beschäftigt –, doch mir fehlte einfach die Energie dazu. Apathisch zappte ich durch die Fernsehkanäle und landete in irgendeiner Seifenoper, in der eine bildhübsche Frau von ihrem betrunkenen Ehemann geschlagen wurde. Die Frau wimmerte und heulte, der Prototyp eines Opfers, das nicht die Kraft hat, einfach aufzustehen und zu gehen. Plötzlich konzen-

trierte sich die Kamera auf das Gesicht des Mannes. Er wurde bleich und schweißfeucht und machte ein Geräusch, als würde er gleich ersticken. Dann wankte er zwei Schritte nach hinten und sackte schließlich zusammen, die Hände gegen die Brust gedrückt. Selten hatte ich einen Herzinfarkt gesehen, der so überzeugend wirkte – nicht einmal auf der Intensivstation. Der Mann war tot, daran bestand überhaupt kein Zweifel. Während die Musik anschwoll, stürzte sich die Frau schluchzend auf den Leichnam.

Ich zappte weg. Während ich die Bilder auf dem Fernsehschirm anstarrte, ohne sie wahrzunehmen, spukte mir immer wieder diese eine Szene durch den Kopf, nistete sich irgendwo tief in meinem Inneren ein, bis das Gesicht des betrunkenen Ehemanns allmählich überging in ein anderes Gesicht.

In ein aristokratisches Gesicht.

In ein Gesicht, von dem ich jeden Zentimeter kannte.

In ein prachtvolles Gesicht.

In ein abscheuliches Gesicht.

Ich sah, wie es bleich und schweißfeucht wurde, sah, wie sich die Augen verwundert öffneten, sah, wie sich das Leben daraus verflüchtigte. Das Ganze war nicht begleitet von anschwellender Musik, sondern von einem Gefühl enormer Erleichterung.

So viele Probleme wären gelöst, wenn Olivier sterben würde.

Es war ein bizarrer Gedanke, und ich versuchte, ihn zu verdrängen, indem ich an andere Dinge dachte. Das

Problem war nur, dass es nicht so viele gefahrlose und angenehme Themen gab, über die ich hätte nachdenken können. Durch die Trennung von Stefan war mein Leben schal und leer. Ich war betäubt, gefühllos, nichts konnte mich noch glücklich oder traurig machen. Wo ich auch war und was ich auch tat, ich hatte ständig das Gefühl, dass irgendetwas wie eine Mauer zwischen mir und der Welt stand, wodurch mich die Dinge, die mich normalerweise berührten, nun nicht mehr erreichten. Der Gedanke an Oliviers Tod war das Erste, was diese Mauer durchbrach – er gab mir Luft, bot mir eine Perspektive. Ich hatte das Gefühl, dass sein Tod den gleichen Effekt haben könnte wie das Schließen einer gefährlichen Chemiefabrik oder die Ausrottung einer lebensgefährlichen Krankheit. Wenn Olivier nicht mehr lebte, entstünde genug Raum, um aus den Trümmerhaufen, die er um sich herum angerichtet hatte, wieder etwas aufzubauen.

58

Als Angela mir am darauffolgenden Mittwoch die Tür öffnete, war sie in Tränen aufgelöst.
»Was ist los?«, fragte ich besorgt. »Was ist denn passiert?« Ich ging ins Haus und schloss rasch die Tür hinter mir. Angela lehnte sich an mich, als hätte sie nicht mehr die Kraft zu stehen. Als ich sie in die Arme nahm, fühlte sie sich dünn und zerbrechlich an. Sie gab nicht den geringsten Laut von sich, und nur am Zucken ihres Körpers konnte ich erkennen, dass sie weinte.
»Komm«, sagte ich, »wir gehen in die Küche.«

Wie ein kleines Kind ließ sie sich zu ihrem Stuhl führen. Ich ging in die Hocke, damit ich sie weiterhin festhalten konnte, strich ihr über die Haare und wartete, bis sie sich etwas beruhigt hatte.

»Was ist passiert?«, fragte ich erneut.

»Olivier hat … wir haben einen schrecklichen Streit gehabt«, sagte sie.

Stockend kam die ganze Geschichte ans Licht. Bevor Olivier zur Arbeit musste, hatte Angela noch einmal über das Kinderzimmer reden wollen, mit dessen Einrichtung sie nun endlich anfangen wollte. Zumindest schien das der Streitpunkt zu sein, aber als Angela erzählte, was Olivier ihr daraufhin alles an den Kopf geworfen hatte, ehe er um Viertel vor neun aus dem Haus gestürmt war, wurde mir bewusst, dass die Beziehung der beiden inzwischen kurz vor dem Aus stand.

Er hatte ihr vorgeworfen, dass sie den Haushalt hoffnungslos vernachlässigte. Er hatte sie als eine dumme Gans und als Dreckstück bezeichnet. Er hatte gedroht, sie vor die Tür zu setzen, und er hatte ihr geschworen, im Falle einer Trennung dafür zu sorgen, dass er das Sorgerecht für ihr Kind erhielt.

Offenbar hatte Olivier allmählich genug von ihr. Es würde nicht mehr lange dauern, bis er sie mit einer anderen Frau betrog – wenn er das nicht ohnehin schon tat. Allerdings wurde die Situation durch die Schwangerschaft auch für ihn komplizierter: Er konnte Angela nicht so leicht abservieren, wie er es damals mit mir getan hatte.

»Ich weiß nicht, was ich tun soll«, sagte Angela. »Ich habe das Gefühl, dass es keinen Ausweg mehr gibt. Am liebsten würde ich ihn noch heute verlassen. Es ist mir völlig egal, dass ich dann arm wäre und in irgendeiner miesen Bruchbude hausen müsste. Ich glaube, ich würde mich nur wahnsinnig erleichtert fühlen, dass ich ihn los wäre.« Sie schüttelte den Kopf. »Aber ich traue mich nicht. Ich habe furchtbare Angst, dass er mir mein Kind wegnimmt, sobald es auf der Welt ist. Sag doch selbst: Wem würde ein Richter ein Kind eher zusprechen – einer arbeitslosen Mutter, die keinen Kontakt mehr zu ihrer Familie hat, dafür aber in ihrer Vergangenheit jede Menge Elend mitgemacht hat? Oder einem angesehenen Psychiater, der in einer feinen Gegend wohnt und dessen Mutter ganz bestimmt bereit ist, bei der Erziehung ihres ersten Enkelkindes tatkräftig mitzuhelfen?«

Nur, wenn es ein Junge wird, dachte ich zynisch, schwieg jedoch.

Plötzlich kam mir eine Idee. »Und wenn du einfach verschwindest? Wenn du dein Kind irgendwo anders bekommst, weit weg von hier? Was kann er dann schon machen? Ihr seid nicht verheiratet, und es wissen doch nur wenige Menschen, dass du hier eine Weile gewohnt hast, oder? Falls er dich dennoch finden sollte, kann er nicht beweisen, dass er irgendetwas mit dir und dem Kind zu tun hat.«

Olivier würde es sich bestimmt dreimal überlegen, ehe er einen komplizierten Rechtsstreit anzettelt, nur um zu beweisen, dass das Kind seiner ehemaligen Patientin von ihm ist, dachte ich.

Angela wirkte niedergeschlagen. »Ach, Jessica, wenn es doch nur so wäre«, sagte sie. Sie schüttelte den Kopf. »Wir

sind offiziell als Lebenspartner eingetragen, und er hat das Kind bereits als sein eigenes anerkannt.«
Sie lächelte – zum ersten Mal seit Wochen. Allerdings war es ein mutloses Lächeln, das ihr Gesicht nur noch trauriger erscheinen ließ.
»Von allen Dingen, um die ich ihn seit Beginn der Schwangerschaft gebeten habe, ist ausgerechnet das der einzige Wunsch, den er mir erfüllt hat.«

59

An diesem Tag blieb ich besonders lange bei Angela, ich musste schließlich nirgendwohin. Zuerst setzte ich sie vor den Fernseher, mit etwas Obst und Kräutertee, anschließend putzte ich das ganze Haus. Thea hatte zwei Wochen vorher gekündigt, das hatte Angela mir erzählt, ohne irgendwelche Details zu nennen. Sie selbst war jedenfalls absolut nicht in der Lage, die Arbeit zu übernehmen, die dadurch liegengeblieben war. Im Haus herrschte das reinste Chaos.
Als Erstes kümmerte ich mich um die Küche: Ich schrubbte den Herd, räumte Schubladen und Schränke auf und wischte den Boden. Nachdem ich auch die Toilette geputzt hatte, ging ich mit dem Staubtuch durchs Wohnzimmer. Angela saß noch immer vor dem Fernseher, sie hatte das Obst gegessen und trank nun den Tee, den ich für sie gekocht hatte. Sie sah schon ein wenig besser aus.
»Wie geht's dir?«, fragte ich.
»Geht schon wieder, danke«, sagte sie.

Sie streckte einen Arm aus, um meine Hand festzuhalten. »Du bist lieb, Jessica, wahnsinnig lieb.«
Ich drückte ihre Hand. »Schon gut«, sagte ich. »Soll ich dir noch irgendwas holen? Noch etwas Obst? Oder Gebäck?«
»Hm … nein danke, ich brauche nichts … oder doch! Könntest du mir vielleicht von oben eine Decke holen? Wenn ich hier so ruhig sitze, wird mir kalt.«
»Natürlich«, sagte ich.
Ich vergaß völlig zu fragen, wo die Decke lag, aber das war nicht schlimm. Jetzt, da ich mit dem Hausputz beschäftigt war, erschien es selbstverständlich, dass ich versuchte, mich ohne Hilfe im Haus zurechtzufinden. Nachdem ich die Treppe hinaufgestiegen war, holte ich die Decke zielstrebig aus dem Flurschrank und blieb anschließend noch einen Moment stehen, damit Angela nicht merkte, dass ich nicht danach hatte suchen müssen. Während ich dort stand, dachte ich plötzlich an die Kette von Stefans Mutter, die verloren in diesem Haus herumlag, in dem sie niemals hätte landen dürfen. Durch die ganzen Sorgen um Angela und die Trennung von Stefan hatte ich überhaupt nicht mehr daran gedacht. Dabei hatte ich mir doch fest vorgenommen, das Schmuckstück möglichst schnell für ihn zurückzuholen. Die Tatsache, dass ich es völlig vergessen hatte, war nur ein weiterer Beweis für meine Nachlässigkeit gegenüber Stefan. Er hatte vollkommen recht, ein derartiges Verhalten von mir nicht länger zu akzeptieren.
Leise legte ich die Decke an den oberen Treppenabsatz. Dies war eine ausgezeichnete Gelegenheit, nach der Kette

zu suchen. Auch wenn wir nicht mehr zusammen waren, bot sich mir jetzt die Chance, etwas für Stefan zu tun. Wenn ich dafür sorgte, dass er das Erbstück zurückbekam, konnte ich etwas von der moralischen Schuld tilgen, die ich ihm gegenüber empfand.

Auf Zehenspitzen schlich ich mich ins Schlafzimmer – was eigentlich absurd war, denn Angela dachte sicherlich, ich würde herumlaufen und nach der Decke suchen. Das obere Stockwerk war genauso unaufgeräumt wie das Erdgeschoss, wie ich sofort erkannte, als ich die Schlafzimmertür öffnete. Das Bettzeug, das mir wegen der schönen blaugrauen Farbe immer besonders gut gefallen hatte, war verwaschen und lag in einem traurigen Haufen auf dem Bett. Das Spannbetttuch auf der Matratze wirkte schmuddelig und hatte sich an einer Seite gelöst. Die Vorhänge waren noch zugezogen, und es roch muffig im Zimmer, als wäre die Luft verbraucht.

Die Kette lag nicht auf dem Schubladenschränkchen. Da mir die Frisierkommode als der geeignetste Aufbewahrungsort für Schmuck erschien, ging ich schnurstracks auf das Möbelstück zu, in dem ich einst meine Make-up-Utensilien aufbewahrt hatte. Jetzt standen Angelas Sachen darauf: knallroter Nagellack, ein offenes Döschen mit bröckligem blauem Lidschatten, zwei Fläschchen Mascara.

Keine Kette.

Ich zog eine Schublade nach der anderen auf, vielleicht hatte Angela die Kette ja dorthin gelegt. In der ersten Schublade befanden sich nur Utensilien für Angelas Haare: zwei Kämme, eine Bürste mit unglaublich vielen langen Haaren, diverse Haarbänder und Spangen. In der zweiten Schublade entdeckte ich einen von Oliviers Rezeptblöcken, was mir merkwürdig erschien, weil die Frisierkommode eindeutig Angela gehörte. Doch ich achtete nicht weiter darauf. Die Schublade war bis zum Rand mit einer unordentlichen Ansammlung unterschiedlicher Schmuckstücke gefüllt. Fieberhaft wühlte ich zwischen den Ohrringen, Armreifen und Ketten herum, auf der Suche nach dem Erbstück, das Angela und Stefan mir beschrieben hatten. Ganz am hinteren Ende der Schublade entdeckte ich die Kette schließlich. Ich wusste sofort, dass es sich um Stefans handelte, und es schien fast, als würde ich sie wiedererkennen. Ohne auch nur eine Sekunde zu zögern, ließ ich das Ding in die Tasche gleiten. Zufrieden wollte ich die Schublade schließen, als mein Blick erneut auf den Rezeptblock fiel.

Eigentlich war es schon sehr merkwürdig, dass er zwischen Angelas Sachen lag. Was wollte sie damit? Hatte sie vielleicht vor, sich heimlich irgendetwas selbst zu verschreiben? Fühlte sie sich so elend, dass sie glaubte, ohne Medikamente nicht mehr aus ihrem Tief herauszukommen?

Ich öffnete die unterste Schublade, in der hauptsächlich Unterlagen und Papiere lagen – eine Erinnerungskarte an einen Termin mit der Hebamme, eine Broschüre über den Nutzen von zusätzlicher Folsäure während der Schwangerschaft und ein halb ausgefülltes Bestellformular für ein Gratispaket mit Babyprodukten.

Während ich beim Durchwühlen des Schmucks nicht die geringste Hemmung verspürt hatte, überkam mich nun

beim Sichten von Angelas Unterlagen das Gefühl, etwas Verbotenes zu tun, etwas, das sich nicht gehörte. Mein Gesicht wurde schamrot, und die Hand, mit der ich die obersten Dokumente aus der Schublade nahm, zitterte ein wenig.
Ganz unten auf dem Boden der Schublade fand ich einen Schreibblock, auf dem jemand Oliviers Unterschrift geübt hatte.
Vorsichtig nahm ich den Block heraus. Auf den ersten Seiten wirkte die Unterschrift noch ziemlich ungelenk, aber als ich weiterblätterte, stellte ich einen deutlichen Fortschritt fest. Als ich die vierte Seite aufschlug, ließ sich die Handschrift kaum noch von Oliviers echter Unterschrift unterscheiden.
Offensichtlich war Angela mit dem Ergebnis ebenfalls zufrieden gewesen, jedenfalls hatte sie nicht weitergeübt. Auf dem fünften Blatt stand eine Liste von Medikamenten. Die meisten kannte ich – es handelte sich um Antidepressiva und Beruhigungsmittel. Am unteren Ende der Liste befand sich ein Name, der mir nichts sagte: Chloralhydrat. Er war dreimal unterstrichen. In Klammern stand »Trank« dahinter, gefolgt von einem Ausrufezeichen.

Ein Trank.
Vor etwa sechs oder sechseinhalb Jahren hatte ich am Empfangsschalter der Intensivstation neben Olivier gestanden. Damals hatte er mir erklärt, warum er Anorexiepatientinnen Beruhigungsmittel als Trank verschrieb.
»Sie haben Probleme beim Schlucken, Jet«, erläuterte er, »das kommt bei Essstörungen häufiger vor. Wenn ich ih-

nen das Mittel in flüssiger Form verschreibe, erleichtere ich ihnen die Einnahme.«
Ich nickte.
»Halt mal kurz still, Jet, du hast da eine Fluse am Auge.« Er legte eine Hand auf meine Wange und fuhr mit dem kleinen Finger der anderen Hand am Rand meines Auges entlang. »So, das ist besser«, sagte er zärtlich.
Bezaubernd.
Ich schmolz dahin.
Damals.
Im Nachhinein bezweifelte ich, ob ich tatsächlich eine Fluse am Auge gehabt hatte.

Mit dem Rezeptblock in der Hand ging ich zum Fenster und hielt ihn schräg, damit das Licht darauffallen konnte. Zu meiner Erleichterung war nichts zu sehen – keine vagen Spuren einer durchgedrückten Medikamentenverschreibung.
Hoffentlich kam ich noch rechtzeitig.
Einen Moment lang überlegte ich, den Block mitzunehmen, damit Angela keine Dummheiten machen konnte. Aber das hätte keinen Zweck gehabt. Wenn es ihr einmal gelungen war, einen Rezeptblock in ihren Besitz zu bringen, würde sie das auch ein weiteres Mal schaffen. Sorgfältig legte ich den Block wieder in die Schublade, genau an die Stelle, wo er vorher gelegen hatte.

60

Als ich wieder nach unten kam, saß Angela noch immer vor dem Fernseher. Sorgfältig geschminkte Damen führten ein Gespräch über Männer und Gefühle und verwendeten dabei Worte wie »intuitiv« und »Bindungsangst«. Allerdings klangen die Frauen so, als hätten sie stundenlang geübt, um die Begriffe ganz natürlich über die Lippen zu bringen – was ihnen jedoch nicht hundertprozentig gelang.

»Angela?«

»Ja«, reagierte sie, wobei sie weiterhin auf den Bildschirm starrte wie ein kleines Kind, das völlig in einen Zeichentrickfilm vertieft ist.

Trotz meiner Sorgen musste ich lächeln. Es war schön, zu sehen, dass sie wieder Freude an etwas hatte und dass sie für einen Moment von ihren Problemen abgelenkt wurde.

»Rufst du mich, wenn die Sendung vorbei ist? Dann kann ich in der Zwischenzeit weiterputzen. Anschließend können wir uns noch kurz unterhalten.«

Sie nickte geistesabwesend. Die Decke, die ich ihr reichte, legte sie zerstreut über die Armlehne ihres Sessels, offenbar war ihr im Moment nicht mehr kalt.

Ich räumte noch ein paar Dinge im Wohnzimmer auf und machte mich danach in der Küche an die Arbeit. Genau in dem Moment, als das Bild der beiden Schauspielerinnen bei einer dramatischen Wendung auf vorhersehbare Weise erstarrte und der Abspann einsetzte, hatte ich für uns beide ein Mittagessen zubereitet.

»Wow, Jessica, was ist es hier sauber«, sagte Angela erfreut, als sie die Küche betrat.

»Setz dich«, sagte ich. »Jetzt werden wir erst mal was essen, und danach würde ich gern ein paar Dinge mit dir besprechen.«
Angela ließ sich auf ihren Stuhl fallen und begann, ihre Suppe zu löffeln. Es tat mir gut, sie etwas essen zu sehen, zweifellos hatte sie das in der letzten Zeit stark vernachlässigt. Meine Suppe schmeckte ihr, denn sie nahm sogar noch einen zweiten Teller.
Als wir mit dem Essen fertig waren, schnitt ich ein Thema an, mit dem ich mich während des Putzens befasst hatte. »Ich habe über dich und deine Lage nachgedacht, Angela«, sagte ich. »Die nächsten Wochen, oder zumindest, solange du noch keine neue Putzfrau hast, würde ich dir an den Mittwochvormittagen gern beim Sauberhalten des Hauses helfen. Allerdings erscheint es mir besser, wenn du Olivier nichts davon erzählst, tu einfach so, als hättest du selbst alles geputzt. Die Spannungen zwischen euch beiden werden dann sicher ein wenig nachlassen.«
»Das ist echt lieb von dir.«
»Ja, aber ich erwarte dafür auch eine Gegenleistung.«
Ich gab meiner Stimme einen freundlichen Klang; man hätte ihr also anhören müssen, dass meine Worte scherzhaft gemeint waren, aber Angela erschrak heftig. Angesichts ihrer Vergangenheit war das Erbringen von Gegenleistungen für erwiesene Dienste zweifellos negativ beladen; ich hätte es besser wissen müssen und über so etwas keinen Scherz machen dürfen.
»Nur nicht erschrecken«, sagte ich rasch. »Ich möchte dich nur darum bitten, dass du gut auf dich achtgibst.

Ehrlich gesagt, denke ich, dass du in dieser schwierigen Situation durchaus etwas Hilfe gebrauchen könntest.«

Sie wirkte noch immer ängstlich, als erwartete sie, dass noch irgendetwas Schlimmes folgte.

»Hör mal, bevor ich im Labor angefangen habe, war ich Krankenschwester. Ich weiß, dass manche Frauen während der Schwangerschaft ziemlich durcheinander sein können, erst recht, wenn die Umstände nicht die besten sind. Natürlich spielen auch die Hormone eine Rolle. Ich denke, es wäre eine gute Idee, wenn du wieder zu einem Psychiater gehst, damit er dir helfen kann und dir gegebenenfalls ein Medikament verschreibt, das für das Kind nicht schädlich ist.«

Als sie bei dem Wort Medikament die Augen niederschlug, wusste ich, dass ich richtig geraten hatte. Sie schaffte es nicht mehr allein und wollte etwas nehmen – etwas, das ihr früher schon geholfen hatte. Wahrscheinlich zögerte sie noch, weil sie das Kind nicht in Gefahr bringen wollte, aber der Moment, in dem sie sich nicht länger würde zurückhalten können, rückte immer näher.

»Könntest du dir das vorstellen?«, fragte ich leise.

Sie nickte.

»Okay, soll ich mal schauen, ob ich das für dich regeln kann?«

Sie nickte erneut – glücklicherweise.

Ich war ungemein erleichtert, dass sie nicht selbst einen Termin regeln wollte, weil ich ihr in der Hinsicht nicht allzu sehr vertraute. Angesichts ihrer Erfahrung mit Olivier war es für sie nicht ganz einfach, sich an einen Psychiater zu wenden, und die Tatsache, dass Olivier die meisten seiner Kollegen in der Stadt persönlich kannte, machte das Ganze noch schwieriger. Wenn es ihr nicht einmal gelang, so etwas Überschaubares wie Staubsaugen auf die Reihe zu bekommen, dann wäre ein solches Unterfangen ganz gewiss von vornherein zum Scheitern verurteilt.

Von meinem Erfolg ermutigt, fuhr ich fort: »Da ist übrigens noch etwas. Als ich die Küche aufgeräumt habe, ist mir aufgefallen, dass du kaum etwas zu essen im Haus hast, obwohl du gerade jetzt besonders gut auf dich achten solltest. Ich habe mir überlegt, dass du vielleicht übers Internet Lebensmittel bestellen könntest. Dann brauchst du nicht aus dem Haus und musst keine schweren Taschen schleppen.«

Begeistert fragte sie: »So was geht?«

Ich nickte.

»Klasse. Weißt du vielleicht auch, wie das funktioniert?«

»Nein«, sagte ich, »aber wenn ihr hier einen Computer und eine Kreditkarte habt, dann werden wir das zusammen schon irgendwie hinbekommen.«

Ich wusste, wo der Computer stand, und ich wusste auch, dass Olivier die Nummer seiner Kreditkarte auf einem Zettel notiert hatte, den er unter seiner Tastatur aufbewahrte. Glücklicherweise stellte sich heraus, dass Angela ebenfalls davon wusste – ich brauchte den Zettel also nicht »zufällig« zu finden.

Wir bestellten Obst, Gemüse, Cracker, Käse und Aufschnitt, Milchprodukte – alles, was eine schwangere Frau nur benötigen konnte. Damit Olivier diese neue Einkaufsmethode mit gleicher Begeisterung aufnahm, coachte ich Angela auf subtile Weise, damit sie auch solche Dinge anklickte, die er besonders gern aß: verschiedene Käsesorten, Wurst, Baguette, seine Lieblingskekse. Als ich durch das Untermenü mit Suppen scrollte, die Angela offenbar besonders gern mochte, entdeckte ich eine fertig zubereitete Gazpacho und hielt einen Moment inne.

Gazpacho war eines von Oliviers Lieblingsgerichten, ich hatte diese Suppe regelmäßig für ihn zubereitet. Ob sie ihm aus der Dose ebenfalls schmecken würde? Natürlich war eine Fertigsuppe weniger schmackhaft als eine frisch zubereitete, doch das war immerhin besser als gar nichts, schloss ich messerscharf. Wie sich herausstellte, hatte Angela noch nie davon gehört – ein Glück, denn nun konnte ich ihr ausführlich erklären, wie sie die Gazpacho am besten servierte, mit einem Klacks Crème fraîche, exakt so, wie Olivier sie am liebsten mochte. Angela war derart begeistert von der Idee einer kalten Suppe, dass sie gleich fünf Dosen bestellen wollte.

Die Einkäufe sollten im Laufe des Nachmittags geliefert werden, und Angela war fest entschlossen, sich dann sofort an den Herd zu stellen. Olivier sollte bei seiner Heimkehr einen ordentlichen und normal funktionierenden Haushalt vorfinden.

Zufrieden machte ich mich am frühen Nachmittag auf den Heimweg. Angelas Probleme waren zwar längst nicht gelöst, aber heute Abend würde sie auf jeden Fall einen kurzen Moment zu Atem kommen.

61

Das zufriedene Gefühl verschwand in dem Moment, als ich mir die Situation zu Hause bei einer Tasse Tee noch einmal durch den Kopf gehen ließ. Meine Maßnahmen waren natürlich nur ein Tropfen auf den heißen Stein gewesen, eine rein kosmetische Aktion, Kleckerkram, mehr nicht. Angela war einfach zu schwach. Wenn sie es jetzt schon nicht schaffte, Olivier mit dem Nötigsten zu umsorgen, wie sollte das Ganze dann um Himmels willen funktionieren, wenn das Kind erst einmal da war?

Im Nu tauchte der Gedanke wieder auf. Wie ein Herbstblatt wirbelte er mir durch den Kopf, spielerisch und ungreifbar.

Wenn er doch nur tot wäre.
Wenn dieser scheußliche, egoistische Mann doch nur tot wäre – von den Gewichten erschlagen, die er im Fitnessclub so eifrig stemmte, oder von einem Bus überfahren. In Gedanken sah ich seinen sorgfältig gepflegten Körper in einem Sarg liegen, der Deckel fest verschraubt, seine Mutter theatralisch weinend daneben. Es schien fast, als erhielte ich einen Ausblick auf ein unerwartet befriedigendes Ende eines ansonsten beklemmenden Buchs.
Ich rief mich selbst zur Ordnung.
Olivier würde nicht sterben. Er war kerngesund, er trieb mindestens dreimal wöchentlich Sport, er ernährte sich außerordentlich bewusst, er rauchte nicht, und er achtete darauf, dass er ja nicht zu viel Alkohol trank. Wahrscheinlich würde er uns alle überleben.

Ich zuckte zusammen – draußen auf dem Bürgersteig glaubte ich, die Stimmen von Belle und Bo zu hören. Hoffnung keimte in mir auf. Hastig richtete ich mich auf und fuhr mir mit den Fingern durch die Haare. Würden sie klingeln? Bedauerte Stefan die Art und Weise, wie er unsere Beziehung beendet hatte? Vorsichtig drückte ich das Gesicht gegen die Fensterscheibe, um nachzusehen, ob sie vielleicht vor meiner Tür standen.

Doch das war nicht der Fall.

Sie waren es tatsächlich gewesen, ich hatte mich also nicht verhört. Die Kinder hüpften fröhlich vor Stefan den Gehweg entlang – wahrscheinlich kamen sie gerade vom Spielplatz, denn der Nachmittag war noch ziemlich schön gewesen. Doch sie hatten meine Haustür längst passiert.

Ich blieb noch einen Moment stehen und sah den drei Menschen nach, mit denen ich diesen Nachmittag wahnsinnig gern gemeinsam verbracht hätte. Dabei wurde mir bewusst, dass ich den ganzen Tag nicht an sie gedacht hatte. War das vielleicht der Grund dafür, warum ich mich so voller Hingabe auf Angela stürzte? Ging es mir im Grunde nur darum, auf diese Weise mein eigenes Elend zu vergessen?

Aus der Ferne beobachtete ich, wie Stefan seine Haustür aufschloss. Er hielt sie weit auf, damit Belle und Bo eintreten konnten. Ehe die Tür ins Schloss fiel, beobachtete ich noch, wie Stefan sich bückte und Bo einen Kuss auf den Scheitel gab. Bekümmert und niedergeschlagen ließ ich mich wieder in meinen Sessel sinken und brach in Tränen aus.

62

Gegen sechs aß ich vor dem Fernseher eine Tiefkühlpizza, ohne richtig zu registrieren, was sich auf dem Bildschirm abspielte. In Gedanken war ich bei Stefan. Er war zuverlässig und solide, lieb und fürsorglich. Gegen halb neun – also zu der Zeit, zu der ich normalerweise zu ihm ging – fühlte ich mich so unruhig, dass ich beschloss, noch eine Runde zu joggen. Beim Umziehen spürte ich die Kette in meiner Hosentasche und holte sie hervor. Es war ein schönes, klassisches Medaillon mit einem elfenbeinernen Schattenriss einer jungen Frau vor einem lachsfarbenen Hintergrund.

Auf welche Weise konnte ich die Kette ihrem ursprünglichen Besitzer am besten zukommen lassen? Da ich darauf noch keine Antwort wusste, legte ich sie auf mein Nachtschränkchen. Doch nachdem ich den Jogginganzug übergestreift hatte, nahm ich sie erneut in die Hand und steckte sie in eine der Hosentaschen und machte den Reißverschluss zu, damit ich sie nicht verlieren konnte.

Ich joggte etwa eine halbe Stunde am Aelbrechtskolk und an der Gracht entlang. Das Laufen fiel mir leicht, denn ich hatte in den vorangegangenen Monaten meine Kondition ordentlich verbessert. Als ich die Mathenesserlaan wieder erreichte, zog es mich wie an einer unsichtbaren Schnur zu Stefans Haus hin. Ich blieb davor stehen und klopfte gegen das Fenster.

Während ich darauf wartete, dass er die Tür öffnete, holte ich die Kette hervor.

»Hier, bitte«, sagte ich, als er mich mit einem teils erschrockenen, teils nicht zu deutenden Gesichtsausdruck an der Tür empfing.

Er streckte die Hand aus und hielt sie unter das Medaillon. Ich ließ die Kette los. Sie fiel nach unten und wurde in Stefans Handfläche zu einem glänzenden Häufchen.
»Ich war in Oliviers Haus und habe danach gesucht. Ihn selbst habe ich nicht gesehen. Ich will ihn auch nicht sehen, schon eine ganze Weile nicht mehr. Ich empfinde nichts mehr für ihn – außer Wut und Abscheu.«
Ich zögerte einen Moment, ehe ich fortfuhr, denn ich hatte Angst, Stefan könnte meine Worte falsch verstehen oder mich merkwürdig finden. Tränen liefen mir über die Wangen.

»In manchen Momenten geht mein Hass auf ihn sogar so weit, dass ich ihm den Tod wünsche.«

Ich versuchte, durch den Tränenschleier hindurch zu erkennen, was in Stefan vorging, aber es ließ sich nicht eindeutig sagen, ob er gerührt oder eher wütend war. Unvermittelt streckte er die Hand aus und wischte mir die Tränen von den Wangen. Er zog mich an sich und umarmte mich fest, und erst in dem Moment wusste ich mit Sicherheit, dass alles gut werden würde. Die Kette baumelte von seiner Hand herab, das Medaillon schlug sanft gegen meinen Hintern.

63

Es war bizarr, aber als Stefan in meinen Armen eingeschlafen war, ertappte ich mich dabei, wie ich an Olivier dachte. Oder, besser gesagt: wie ich an die

Ruhe dachte, die entstehen würde, wenn er nicht mehr da wäre. Anschließend ging ich in Gedanken noch ein paar Schritte weiter. Nur gut, dass Stefan schlief – wäre er wach gewesen und hätte mich gefragt, woran ich gerade dachte, hätte ich ihn erneut belügen müssen.

Vorsichtig zog ich meinen Arm unter seinem Körper hervor, glitt aus dem Bett, hob meine Kleider auf und schlich damit in den Flur, um mich anzuziehen.

Der Gedanke ließ mich nicht los, auch als ich in meinem eigenen Bett lag. Einerseits hatte ich deswegen ein schlechtes Gewissen, denn ich fand es nicht richtig, dass ich mich noch immer so sehr mit Olivier beschäftigte. Andererseits genoss ich es auch. Vor vielen Jahren hatte ich mir während meiner Ausbildung – als wir im Rahmen des Fachbereichs Psychologie eine Meditationsübung durchführten – vorgestellt, dass ich am Rand eines weiten, einladenden Sees saß, ein hoffnungsvoller Ort, an dem alles möglich war. Genau das gleiche Gefühl überkam mich nun, während ich heimlich im Bett befreiende Gedanken spann, von denen ich niemandem jemals erzählen konnte.

Warum war das Gefühl der Freiheit so überwältigend, wenn ich mir vorstellte, dass Olivier nicht mehr lebte? Das konnte unmöglich nur mit meinen Sorgen um Angela zusammenhängen. Hier ging es auch um mich.

Warum war Olivier nach wie vor so wichtig?

Über dieser Frage grübelte ich noch eine ganze Weile, ohne jedoch eine Antwort zu finden. Schließlich sank ich gegen drei in einen tiefen, traumlosen Schlaf. Erst am nächsten Morgen, als ich mich fertig machte, um zur Arbeit zu fahren, erkannte ich es.

Wenn Olivier nicht mehr da wäre, müsste ich Stefan nicht länger wegen meines Kontakts zu Angela belügen. Momentan wagte ich es nicht, mit ihm darüber zu reden. Zwar würde Olivier sein Privatleben sicher nicht mit Stefan erörtern, aber sie arbeiteten in derselben Abteilung, und falls Olivier jemals mit jemand anderem über die Situation bei ihm zu Hause reden sollte, bestand das Risiko, dass es Stefan früher oder später zu Ohren kam. Wenn er dann die Geschichten über meine Freundin mit dem kombinierte, was er in der Klinik von Olivier gehört hatte, konnte ich unsere Beziehung wohl endgültig vergessen.
Wenn Olivier tot wäre, würden meine Sorgen um Angela zwar nicht verschwinden, denn auch dann würde ihr Leben alles andere als mühelos verlaufen. Aber das scheußliche, erstickende Gefühl, das ich in letzter Zeit so gut wie immer empfand, wenn ich von einem Besuch bei ihr zurückkehrte, würde dann verschwunden sein. Falls ich mir ihretwegen doch noch den Kopf zerbrach, könnte ich das viel leichter mit Stefan besprechen. Angela wäre dann einfach eine schwangere Freundin, deren Partner unerwartet gestorben war. Solange sie einander nicht begegneten, gab es nicht das geringste Problem. Da Stefan durch die Kinder stark gebunden war, dürfte es nicht schwerfallen, eine derartige unangenehme Begegnung zu vermeiden. Obwohl wir uns seit Monaten näher kannten, hatte ich ihm noch keine einzige meiner Freundinnen vorgestellt – es hatte sich einfach nicht ergeben. Sollte es jemals dazu kommen, dass Stefan Angela bei irgendeiner Gelegenheit über den Weg lief, würde mir schon irgendetwas einfallen.

Außer der Tatsache, dass ich nicht länger zu lügen brauchte, würde Oliviers Tod Stefan und mir noch weitere Vorteile bringen. Stefan wäre für immer von seiner Eifersucht befreit, die ihn in letzter Zeit regelmäßig quälte. Wenn sein großer Konkurrent erst einmal tot und begraben war, brauchte er nicht mehr dieses kleinliche, rivalisierende Verhalten an den Tag zu legen, das ihm so gar nicht stand.

Olivier tot.
Angela frei.
Die Geheimnisse zwischen mir und Stefan beseitigt oder zumindest auf ein erträgliches Maß reduziert.
Der ewige Kampf zwischen Stefan und Olivier endgültig beendet.

Es war ein schöner Traum. Aber Träume brachten mich nicht weiter. Ich musste handeln, mein eigenes Leben wieder in den Griff bekommen und mich nicht vom Schicksal abhängig machen, das mir meine Hoffnungen ganz sicher nicht so einfach erfüllen würde.

64

Meine neuen Vorsätze ließen mich zur Ruhe kommen. Es war eine angenehme Vorstellung, dass es durchaus ein paar Dinge gab, die ich tun konnte, um die Situation zu verbessern.
Am Donnerstagabend, als die Kinder schon im Bett lagen und Stefan und ich mit einem Glas Wein auf dem Sofa saßen, erzählte ich ihm, dass ich mir um eine gute Freun-

din große Sorgen machte, doch dass ich aus bestimmten Gründen, die nichts mit ihm oder meinen Gefühlen für ihn zu tun hatten, nicht weiter darüber reden konnte. Während ich ihm das mitteilte, blieb er sehr ernst. Einen Moment lang befürchtete ich, er könnte sauer werden. Als ich ausgeredet hatte, schien er einen Augenblick zu zögern, aber dann nickte er. Es war okay, stellte ich erleichtert fest. Obwohl das, worüber ich nicht sprechen wollte, natürlich fast greifbar zwischen uns stand, hatte ich auf jeden Fall die Gewissheit, dass ich dieses Mal ehrlich gewesen war.

Am Freitag machte ich mich auf die Suche nach professioneller Hilfe für Angela. In den Gelben Seiten hielt ich nach einem Psychiater Ausschau, bis mir plötzlich einfiel, dass Olivier einst eine eigene kleine Praxis gehabt hatte. Das war vor meiner Zeit gewesen, damals hatte er an ein oder zwei Abenden in der Woche Klienten in seinem Arbeitszimmer empfangen. Zwar gab er das Ganze ziemlich schnell wieder auf, weil es ihm unangenehm war, Patienten im eigenen Haus zu haben, aber während dieser kurzen Phase war er Mitglied in einer Rotterdamer Vereinigung für niedergelassene Psychiater gewesen. Ich wusste davon, weil Olivier noch jahrelang Beitragsrechnungen bekommen hatte, offenbar hatte er vergessen, seine Mitgliedschaft zu kündigen.

Die Tatsache, dass Olivier dieser Vereinigung angehört hatte, konnte natürlich bedeuten, dass jeder niedergelassene Psychiater ihn kannte. Zudem wusste ich nicht, mit wem er gute Kontakte gepflegt hatte oder wer möglicherweise noch eine alte Rechnung mit ihm zu begleichen hatte. Wenn Angela zufälligerweise an den Falschen geriet und wenn der es mit den Regeln nicht ganz genau nahm, konnte eine Reihe hässlicher Gerüchte in Umlauf gebracht werden, und dann würde sie durch mein Zutun nur in noch größere Schwierigkeiten geraten.

Das Risiko, einfach blind einen Namen aus den Gelben Seiten auszuwählen, war viel zu groß.

Einen Moment lang dachte ich daran, für sie einen Termin bei einem Psychologen zu vereinbaren, aber die Namensliste stellte ein ähnliches Minenfeld dar, da Olivier während der Phase mit der eigenen Praxis auch mit niedergelassenen Psychologen zusammengearbeitet hatte.

Also dann zum RIAGG?

Was Angela von diesem regionalen Institut für ambulante Psychiatrie hielt, wusste ich nicht. Bei meiner Arbeit hatte ich festgestellt, dass manche Patienten absolut nichts damit zu tun haben wollten. Wenn auf der Intensivstation Menschen lagen, die einen Selbstmordversuch begangen hatten, kostete es uns manchmal größte Mühe, sie davon zu überzeugen, die ambulante Hilfe anzunehmen. Letzten Endes beschloss ich, einfach beim Institut anzurufen. Falls ich Angela nicht motivieren konnte, dorthin zu gehen, ließ sich der Termin immer noch absagen. Zuerst rief ich beim RIAGG Süd an, weil das Risiko, dort auf Bekannte von Olivier zu treffen, kleiner war als im nördlichen Teil der Stadt. Leider entpuppte sich das allerdings als Trugschluss, da man mir natürlich sofort mitteilte, dass Angela aufgrund ihrer Anschrift nicht in ihren Zuständigkeitsbereich fiel. Anschließend telefonierte ich notgedrungen doch mit dem RIAGG Nord, doch zu meinem

Entsetzen war ein Aufnahmegespräch frühestens in vier Wochen möglich. Daran schloss sich eine weitere Wartezeit an, bis endlich mit der Behandlung begonnen werden konnte.
So viel Zeit hatte Angela nicht.

Da kam mir eine Idee. Warum konnte Stefan sie nicht einfach behandeln?
Zwar kannte er Olivier, aber ich hegte nicht den geringsten Zweifel daran, dass er mit diesem Wissen nicht sorgfältig umgehen würde. Es würde ihn höchstens noch geeigneter für diese Aufgabe machen, denn wenn Stefan erkannte, dass Olivier Angelas Partner war, würde er ihre Geschichten sofort richtig einzuschätzen wissen. Ein anderer Psychiater würde womöglich unnötig Zeit vergeuden, weil er annahm, dass sie übertrieb oder manche Dinge einfach falsch interpretierte, aber Stefan kannte Olivier in- und auswendig und würde sofort verstehen, woher der Wind wehte. Wunderbarerweise hielt er donnerstags eine Sprechstunde an einem Ort außerhalb der Poliklinik ab, der Olivier nicht interessierte. Wenn ich Angela dort anmeldete, bestand nicht das geringste Risiko, dass Olivier ihr im Flur über den Weg lief oder zufällig ihre Patientenakte auf irgendeinem Stapel entdeckte.
Während ich die Telefonnummer heraussuchte, fiel mir ein, dass Stefan – falls er Angela behandelte – herausfinden würde, dass ich sie jede Woche besuchte. Im nächsten Moment wurde mir jedoch bewusst, dass die Geschichten, die Angela möglicherweise über mich erzählte, keinerlei Probleme darstellten. Sie würde nicht von Jet re-

den, sondern von Jessica. Welchen Nachnamen hatte ich noch mal gewählt? Jessica de Jong, genau. Absolut kein Problem.

Zufrieden tippte ich die Nummer ein, die ich inzwischen gefunden hatte.

»Hallo, hier spricht Jessica de Jong«, meldete ich mich, als der Hörer abgenommen wurde. »Ich rufe an, um jemanden für ein Aufnahmegespräch bei Doktor Goudswaard anzumelden. Wäre das möglich?«

»Sie sind die Hausärztin?«, fragte die Stimme am anderen Ende der Leitung.

»Nein, ich … ich bin Krankenschwester. Es geht um eine schwangere Frau mit Depressionen.«

»Darf ich zuerst die persönlichen Daten notieren?«, fragte die Stimme.

»Natürlich«, erwiderte ich.

Das lief ja wunderbar, meiner Bitte wurde ohne Umschweife entsprochen. Ich hatte mich schon darauf vorbereitet, darum kämpfen zu müssen, um als Freundin jemanden anmelden zu dürfen. Aber nun wurde ich einfach so als Mitglied des medizinischen Berufsstands akzeptiert, als jemand, der jedes Recht hatte, eine hilfesuchende Patientin zu überweisen. Also nannte ich die Daten, die für das Anmeldeformular erforderlich waren – Geburtsdatum, Adresse, Krankenversicherungsnummer. Ich hatte alles sorgfältig notiert, als ich bei Angela war.

»Hat die Patientin schon einmal psychiatrische Hilfe erhalten?«, fragte die Stimme nun.

»Ja, sie war bei Ihnen in der Poliklinik in Behandlung, bei Doktor Crispijn. Aber sie hat viel Gutes über Doktor

Goudswaard gehört und würde gern zu ihm wechseln. Der Behandlungsort ließe sich zudem für sie gut mit ihrer ehrenamtlichen Tätigkeit kombinieren.«
Souverän saugte ich mir diese Angaben aus den Fingern. Ich wusste, dass die Dame am Telefon nur halb zuhörte und lediglich das notieren würde, was in die Felder des Formulars passte.
»Lassen Sie mich mal sehen«, sagte sie nun. »Doktor Goudswaard hat zufällig nächste Woche Donnerstag einen Termin für einen neuen Patienten frei. Um elf Uhr. Wäre das in Ordnung?«
»Das klappt sicher. Ich werde die Patientin entsprechend informieren. Herzlichen Dank«, sagte ich.
Zufrieden legte ich auf. Am nächsten Mittwoch würde ich Angela von dem Termin erzählen, und dann konnte sie ihn donnerstags wahrnehmen. Besser ging's gar nicht.

65

In den darauffolgenden Tagen fühlte ich mich wie beseelt. Die Kinder sah ich am Freitag nach der Schule, so konnten wir den verpassten Mittwochnachmittag doppelt und dreifach nachholen. Weil es an diesem Tag sehr regnerisch war, gingen wir nicht auf den Spielplatz, sondern blieben zu Hause und spielten etliche Runden »Mensch ärgere dich nicht«. Später machte ich Pfannkuchen, und Belle und Bo verputzten so viele davon, dass sie Bauchweh bekamen. Am Samstagmorgen brachte Stefan die Zwillinge zu ihren Großeltern, das hatte er spontan vereinbart, um uns etwas Zeit zu zweit zu verschaffen.

Sechsunddreißig herrliche Stunden lang würden wir das Reich für uns alleine haben. Es fühlte sich wie eine Wohltat an, eine halbe Ewigkeit, genügend Zeit, um davon noch Jahre zehren zu können. Das dachte ich zumindest.
Am Samstagnachmittag, als ich im Bett vor mich hin döste, bemerkte ich auf einmal, dass Stefan nicht mehr neben mir lag. Ich rief nach ihm, aber er reagierte nicht, und als ich ihn suchen ging, stellte sich heraus, dass er nicht mehr zu Hause war. Zuerst erschrak ich, doch dann kam ich schnell zu dem Schluss, dass er wahrscheinlich irgendeine Überraschung für mich organisierte. Ich ging wieder ins Bett, wo ich im Licht der Nachmittagssonne, die durch den halb geöffneten Vorhang schien, auf goldenen Wolken vor mich hin träumte und einschlief.
Plötzlich stand Stefan neben dem Bett.
»Jet?«, flüsterte er.
Ich öffnete schläfrig die Augen.
»Sieh mal.« Stefan hielt meinen Schlüsselbund hoch. Daran hing ein neuer Schlüssel mit einer knallroten Schlüsselkappe. »Für meine Haustür«, sagte er, »als Zeichen, dass du hier immer willkommen bist.«
Ich brachte keinen Ton hervor. Ich nahm nur seine Hand und zog ihn zu mir ins Bett, wo wir den Rest des Nachmittags verbrachten.

Bedauerlicherweise hatte ich nach dem Wochenende mehrere Tage Spätdienst, weshalb Stefan und ich auf unsere gemeinsamen Abende verzichten mussten. Für mich fühlte sich das an, als müsste ich mich einer Amputation unterziehen. Am Montagabend vermisste ich ihn

so sehr, dass ich ihn nach dem Dienst anrief. Bevor ich ihn fragen konnte, ob ich nicht doch noch kurz vorbeikommen solle, hatte er mich schon darum gebeten. Als ich mit dem roten Schlüssel die Haustür öffnete, stand er bereits im Flur und wartete auf mich. Es wurde drei Uhr morgens, ehe er einschlief und ich nach Hause ging. Für mich war das nicht so schlimm, ich konnte ausschlafen, aber Stefan musste am nächsten Tag arbeiten. Deshalb hinterließ ich auf seinem Nachtschränkchen einen kleinen Brief. *»Liebling«*, schrieb ich, *»ich habe den Abend wirklich genossen. Und obwohl er durchaus wiederholungswürdig ist, schlage ich vor, eine kurze Pause einzulegen, bis ich den letzten Spätdienst hinter mir habe. Denn sonst könnte es passieren, dass ich dich vollkommen aufreibe!«*
Ich zögerte einen Moment und setzte dann *»Deine Jet«* darunter. Wieder zu Hause, schlief ich zum letzten Mal wie ein Murmeltier.

Als ich am nächsten Abend nach Dienstschluss durch die dunklen Straßen nach Hause fuhr, bereute ich meinen Brief enorm. Ich sehnte mich so sehr nach Stefan, dass es fast schon weh tat.
Natürlich konnte ich, als ich schließlich im Bett lag, nicht schlafen, ich fühlte mich rastlos, leer und einsam. Ich stand auf, ging zum Fenster und spähte zwischen den mittlerweile fast kahlen Zweigen der Kastanien hindurch zu Stefans Schlafzimmerfenster hinüber. In Gedanken malte ich mir aus, wie er dalag und schlief, auf dem Rücken, das rechte Bein angezogen, ein Knie nach außen gedrückt. Als jemand mit einem Knall eine Autotür zu-

warf, zuckte ich erschrocken zusammen. Eine dunkle Gestalt lief über die Straße, in Richtung von Stefans Haus. Einen Moment lang dachte ich, es sei Stefan selbst, denn der Mann hatte die gleiche Statur, und im spärlichen Licht des Monds glaubte ich zu erkennen, dass er genau wie Stefan eine Haarsträhne über den Kopf gekämmt hatte. Das war selbstverständlich Unsinn, Stefan lag natürlich zu Hause im Bett, doch ich sehnte mich nach ihm und glaubte deshalb, ihn dort auf der Straße zu sehen.

Mit einem Seufzer ließ ich den Vorhang wieder zufallen und ging zurück ins Bett. Aber ich konnte noch immer nicht schlafen. Ich war von einem vagen Gefühl der Unruhe erfasst, von einer unbestimmten Angst, so, als ob irgendetwas Schreckliches passieren würde. Als ich endlich eingeschlafen war, träumte ich, dass mich jemand in dem Haus in Kralingen eingesperrt hätte. Alle Fenster und Türen waren verriegelt, und ich konnte nicht weg. Als ich versuchte, Stefan anzurufen, um mich zu befreien, musste ich feststellen, dass die Leitung tot war. Wie lange ich auch wartete und was ich auch tat – ich bekam kein Freizeichen.

Gegen vier Uhr wachte ich schweißgebadet auf, in der festen Überzeugung, dass ich in Oliviers Schlafzimmer läge. Es dauerte erstaunlich lange, bis ich zu glauben wagte, dass ich wirklich zu Hause war, in meinem eigenen Zimmer, in meinem eigenen Bett. Selbst nachdem ich das erkannt hatte, blieb das Gefühl zurück, dass etwas Schlimmes passieren würde – etwas, das mein gerade erst wiedergefundenes Glück aufs Spiel setzte.

66

Nachts hatte ich mir vorgenommen, rechtzeitig aufzustehen, damit ich Stefan auf der Straße abfangen konnte, wenn er die Kinder zur Schule brachte. Ich wollte die drei ein Stück begleiten, kurz mit Stefan reden und kurz bei ihm sein, ehe ich den beklemmenden Vormittag bei Angela anging. Aber irgendwann gegen sechs fielen mir die Augen zu, und ich schlief wie ein Stein bis neun, als ich mit rasenden Kopfschmerzen und einem unangenehmen Geschmack im Mund aufwachte. Ich hatte nicht nur die Chance vertan, Stefan noch zu sehen – wenn ich mich nicht beeilte, würde ich auch viel später bei Angela eintreffen, als sie es von mir gewohnt war. Ich sprang rasch unter die Dusche, schmierte mir ein Brot für unterwegs und brach auf.

Als Angela die Tür öffnete, erschrak ich fürchterlich – sie wirkte wie ein Gespenst. Ihr Gesicht war leichenblass, und ihre Augen glänzten unnatürlich, als hätte sie Fieber. Ihre Handgelenke, die aus dem viel zu großen Morgenmantel ragten, waren spindeldürr, als hätte sie in der vorangegangenen Woche keinen einzigen Bissen gegessen. Sie sah deutlich schlechter aus, als ich gedacht hatte. Wenn sie so weitermachte, brachte sie das Kind in ernsthafte Gefahr. Vielleicht wäre es das Beste, wenn Stefan sie am nächsten Tag direkt in die Klinik einwies, zur Not auch gegen ihren Willen.

Wenn das passierte, würde Olivier sie sicher sofort fallenlassen. Eine von ihm selbst geheilte ehemalige Psychiatriepatientin war als Partnerin kein Problem. Wie ich Olivier kannte, war er darauf sogar noch stolz, er prahlte gern mit seinen Erfolgen. Je kränker Angela einst gewesen war, desto besser, denn umso beeindruckender war seine eigene Leistung. Das, was sie mir über ihre Kindheit erzählt hatte, konnte man nicht gerade als Lappalie bezeichnen, zweifellos hatte sie mit solch einem schrecklichen Hintergrund ziemlich tief im Elend gesteckt. Olivier war der Held, der ihr geholfen hatte, alles wieder in Ordnung zu bringen, den Trümmerhaufen ihrer Vergangenheit hinter sich zu lassen und ein neues Leben anzufangen. Das hatte zweifellos einen Teil der Anziehungskraft ausgemacht, die sie auf ihn ausgeübt hatte, erkannte ich nun. Sie war sein Projekt, der lebende Beweis für seine Überlegenheit als Psychiater.

Aber wenn Angela so weitermachte, würde sie nicht länger sein Vorzeigefall sein. Nichts würde ihn stärker abstoßen als eine Frau, die in ihren alten Zustand zurückfiel, nachdem sie von ihm geheilt worden war. Wenn sie es, depressiv und ausgemergelt, auf eine Zwangseinweisung ankommen ließ, wäre das für ihn eine furchtbare Blamage. Das konnte er unmöglich ertragen. Er würde sie wie eine heiße Kartoffel fallen lassen – daran hegte ich nicht den geringsten Zweifel.

Aber was noch schlimmer war: Ihre Chance, unter diesen Umständen einen eventuellen Rechtsstreit um das Sorgerecht für das Kind zu gewinnen, lag bei null.

Ich musste versuchen, zu ihr vorzudringen, sie davon zu überzeugen, dass es so nicht weiterging, dass sie sich wirklich anstrengen musste.

»Angela …«, setzte ich an, doch sie fiel mir ins Wort.

»Jessica«, sagte sie.

Ihre Stimme klang seltsam, matt und tonlos, fast so, als käme sie aus einer Maschine. Sie sah mich an, und ich hatte das Gefühl, dass sie mich im Grunde gar nicht wahrnahm. Es schien fast, als würde sie durch mich hindurchstarren, den Blick auf einen Punkt gerichtet, der zwei Meter hinter mir lag.

»Komm, ich muss dir etwas zeigen.«

Erneut diese schreckliche Stimme. Sie streckte die Hand aus und fasste mich am Ärmel. Die Finger, die meinen Arm umklammerten, waren eiskalt.

Ich trat über die Türschwelle und zog die Haustür hinter mir zu. »Was willst du mir denn zeigen?«

Sie hatte sich bereits halb abgewendet, um hineinzugehen, doch jetzt warf sie mir über die Schulter einen forschenden Blick zu, als wolle sie mich zur Ordnung rufen. Schlagartig wurde mir bewusst, dass ich unbeabsichtigt den freundlichen, aber distanzierten Ton angeschlagen hatte, den ich normalerweise für meine Patienten reservierte.

Angela blickte wieder nach vorn, legte träge eine Hand auf das Treppengeländer und stieg mühsam die Stufen hinauf. Schweigend folgte ich ihr nach oben.

Was wollte sie bloß von mir?

Einen bangen Moment fragte ich mich, ob sie womöglich gemerkt hatte, dass die Kette verschwunden war, ob sie mir entrüstet die leere Stelle im hinteren Bereich der Schmuckschublade zeigen würde, ob sie mich beschuldigen würde, das Ding gestohlen zu haben – was natürlich ein absurder Gedanke war. Sie hatte die Realität kaum

noch im Griff, da hatte sie den Inhalt der verschiedenen Schubladen in ihrer Frisierkommode sicher längst aus den Augen verloren.
Quälend langsam schleppte sie sich vorwärts, und mit einem Mal begriff ich, dass es nicht nur an ihrer körperlichen Schwäche lag. Sie hatte Angst. Angela fürchtete sich vor dem, was uns am oberen Ende der Treppe erwartete.

67

Das Schlafzimmer war dunkel, die Vorhänge noch zugezogen. Es dauerte einen Moment, ehe meine Augen sich daran gewöhnt hatten, denn das schummrige Licht färbte alles grau. Angela war neben der Tür stehen geblieben und starrte in Richtung Bett. Meine Augen folgten ihrem Blick.

Es schien, als ob ich in die beklemmende Atmosphäre meines nächtlichen Traums zurückgezogen würde. Zwischen den grauen Laken lag Olivier, das Gesicht versteinert, die Augen geschlossen.
Er war tot, das war mir sofort klar.
Wie ein Roboter ging ich zu seinem Bett und fühlte seinen Puls. Sein Handgelenk war noch kälter als Angelas, und seine Haut fühlte sich unnatürlich straff an. Auf seinem Gesicht lag ein friedlicher, vielleicht ein wenig überraschter Ausdruck, als ob etwas geschehen wäre, was er nicht erwartet hatte. Abgesehen von der Tatsache, dass sein Gesicht eine bläuliche Farbe angenommen hatte, war nichts Besonderes an ihm zu erkennen.

Ich handelte, ich nahm alles wahr, doch ich fühlte nichts. Kein Grauen oder Panik, keine Erleichterung oder Freude. Das Einzige, was ich an mir feststellte, war ein vages Schuldgefühl, als ob ich diese Situation verursacht hätte, schlichtweg dadurch, dass ich sie mir herbeigewünscht hatte.

Ich starrte Angela entgeistert an. »Was ist passiert?«
Ich gab mir größte Mühe, meine Stimme so normal wie möglich klingen zu lassen.
»Woher soll ich das wissen?«
Angela schrie fast, als ob sie sich angegriffen fühlte und sich gegen eine vollkommen unberechtigte Anschuldigung wehren müsste.
»Seit wann liegt er schon so da?«, fragte ich, nun mit neutraler Schwesternstimme.
Obwohl es im Zimmer noch nicht wirklich übel roch, rechnete ich mit der Möglichkeit, dass Olivier schon eine ganze Weile tot war. Angela war dermaßen außer sich, dass es mich nicht überrascht hätte, wenn ihr unter dem Druck der Umstände nichts Besseres eingefallen wäre, als auf mein Eintreffen zu warten, selbst wenn bis dahin noch ein oder zwei Tage vergangen wären.
»Heute Morgen. Ich ...« Sie starrte vor sich hin, auf einen Punkt in der Luft, der irgendwo in der Mitte des Zimmers lag. »Er hat nicht auf den Wecker reagiert. Das war sehr nervig, denn das Ding hat nicht aufgehört zu piepsen. Irgendwann hab ich ihn dann selbst ausgestellt. Danach bin ich wieder eingeschlafen, du weißt ja, wie müde ich in letzter Zeit bin.«

Ich sah es förmlich vor mir: Angela, die sich verärgert über den toten Körper des Vaters ihres ungeborenen Kindes beugte, um dem Wecker einen Hieb zu verpassen.
»Und dann?«
»Dann?« Benommen zuckte sie die Achseln.

Ich ließ Oliviers Handgelenk los. Mit einem leisen Geräusch plumpste die Hand auf die verwaschene Bettdecke.
»Komm«, sagte ich, »komm mit in die Küche. Ich mach dir einen Kaffee, dann kannst du mir alles in Ruhe erzählen.«
Gemeinsam stiegen wir die Treppe hinunter, ich stützte sie, um sicherzugehen, dass sie nicht fiel.
»Hast du schon was gegessen?«, fragte ich, nachdem ich sie an den Küchentisch gesetzt hatte.
Ich redete jetzt nur noch im Krankenschwesternton, aber es schien Angela nicht länger zu stören. Sie schüttelte den Kopf.
»Worauf hast du Lust? Etwas Obst?«
Sie nickte träge.
Ich füllte Wasser und Kaffeepulver in die Kaffeemaschine, und während das Gerät lief, schnitt ich einen Apfel und eine Banane in kleine Stückchen. Erst als ich damit fertig war, wurde mir klar, dass ich kurz zuvor Oliviers Leichnam berührt hatte. Hinter Angelas Rücken wusch ich mir rasch die Hände und spülte auch das Obst ab.

68

Angela aß alles, was ich ihr hingestellt hatte. Sie kaute sorgfältig, wie ein kleines Kind, das sich große Mühe gibt, die ihm erteilten Anweisungen genauestens einzuhalten. Jemand anderes hätte es vielleicht als bizarr empfunden, dass sie überhaupt etwas essen konnte, aber ich wusste aus Erfahrung, dass Menschen auf die unterschiedlichste Weise auf den Tod einer nahestehenden Person reagieren konnten.
»Schmeckt's?«, fragte ich.
Glücklicherweise hörte man meiner Stimme die Ungeduld nicht an, denn das hätte genau die entgegengesetzte Wirkung erzielt. Doch innerlich konnte ich kaum noch ruhig sitzen. Es war schon viel zu viel Zeit verlorengegangen, ich musste dringend handeln. Ein Arzt musste hinzugezogen werden, jemand musste die Familie informieren.
Ich spürte, wie sich mein Magen verkrampfte.
Der Arzt.
Der Hausarzt kannte mich, natürlich kannte er mich. Was würde er denken, wenn er mich hier antraf, an Angelas Seite?
Und was wäre, wenn Angela mich bat, an ihrer Stelle mit Oliviers Mutter zu telefonieren?
Am liebsten wäre ich sofort aus dem Haus verschwunden.
Als hätte sie das gespürt, begann Angela leise zu weinen.
Natürlich konnte ich jetzt hier nicht fort. Ich konnte höchstens versuchen, die schlimmste Konfrontation – die mit Oliviers Mutter – zu vermeiden. Das würde mir wahrscheinlich sogar gelingen. Wenn wir einen Schritt nach dem anderen machten und sie erst anriefen, nachdem

der Hausarzt da gewesen war, konnte ich mich mit einer Ausrede aus dem Staub machen. Ich würde behaupten, ich müsste die Kinder einer Freundin von der Schule abholen, das ließ sich schlecht aufschieben. Dann hatte ich ein Alibi, um vor dem Auftauchen der Schwiegermutter zu verschwinden.

»Kannst du mir genau erzählen, was passiert ist? Was hast du bemerkt, als du wieder aufgewacht bist?«

Sie starrte mich an. Ihr Gesicht schimmerte tränenfeucht, und ihre Augen besaßen noch den gleichen irrsinnigen Glanz, der mir an der Haustür schon aufgefallen war.

»Ich war überrascht, dass er noch da war, eigentlich hätte er längst in der Klinik sein müssen. Ich dachte, dass er sich vielleicht nicht gut fühlte, dass er sich krankgemeldet hatte. Ich habe ihn danach gefragt, aber er reagierte nicht. Als ich ihn anfasste, da spürte ich … Er war eiskalt, Jessica, eiskalt.«

Sie schien beim Erzählen in sich zusammenzusacken. Tröstend legte ich eine Hand auf ihre Schulter. »Ist gestern irgendetwas vorgefallen? Fühlte er sich nicht gut? Hatte er irgendwelche Beschwerden?«, fragte ich leise.

Angela schüttelte den Kopf. »Nein«, sagte sie, »nicht, dass ich wüsste. Wir haben zusammen gegessen, ich habe deine Suppe, diese Gazpacho, gemacht. Du weißt schon, die, die wir letzte Woche zusammen bestellt haben. Diese kalte Suppe, wunderbar einfach. Mit einem Klacks Crème fraîche … ich habe sie genau so zubereitet, wie du gesagt hast. Olivier fand sie superlecker, er hat sogar zwei Teller davon gegessen. Nach dem Essen hab ich noch ein bisschen gelesen, aber nicht mehr lange. Ich war müde und bin früh ins Bett gegangen. Olivier ist noch eine Weile unten geblieben, so wie fast immer. Er hat ferngesehen, denke ich.«

Sie zog fragend die Augenbrauen hoch, als hoffte sie, dass ich mit ihrer Antwort zufrieden wäre. Obwohl mir ihre Auskünfte nicht wirklich weiterhalfen, schenkte ich ihr ein freundliches Lächeln. »Okay, prima«, sagte ich.

Mit bleiernen Gliedern zählte ich anschließend auf, was nun alles getan werden musste.

69

»Als Erstes rufen wir einen Arzt.«

»Wieso?«, fragte Angela. Schuldbewusst blickte sie mich an. »Ich hab doch was gegessen. Der Apfel und die Banane … wenn du willst, esse ich noch mehr.«

Ich versuchte, aufmunternd zu klingen. »Das ist schön, Süße. Wenn du noch etwas essen möchtest, ist das natürlich prima. Aber ich meinte eigentlich, dass wir für Olivier einen Arzt rufen müssen, der muss feststellen …«

»Oh«, sagte sie, »ja, natürlich, wie dumm von mir.«

Sie wirkte so hilflos.

»Würdest du ihn bitte anrufen, Jessica?«

»Klar«, erwiderte ich mit einer ruhigen Entschlossenheit, die ich überhaupt nicht verspürte.

Ich musste mich förmlich zwingen, zum Telefon zu gehen. Die Liste mit Namen, die ich einst, in einem anderen Leben, angefertigt hatte, hing immer noch über dem Apparat an der Wand.

Meine Finger zitterten, als ich die Nummer des Hausarztes wählte. Wie um Himmels willen sollte ich Dr. Bakker meine Anwesenheit im Haus erklären? Oder wäre es das Beste, einfach gar nichts zu sagen, nichts zu erklären? So, wie man manchmal etwas am besten dadurch verstecken kann, dass man es offen und unverhüllt präsentiert?

Eine mir unbekannte Arzthelferin nahm den Hörer ab. Mein Herz überschlug sich beinahe, aber meine Stimme klang glücklicherweise ziemlich normal. »Hallo, hier spricht Jessica de Jong. Ich rufe an, um einen Todesfall zu melden. Olivier Crispijn ist im Schlaf gestorben. Könnte Doktor Bakker bitte vorbeikommen?«

»O Gott, wie furchtbar. Mein herzliches Beileid. Doktor Bakker ist diese Woche leider nicht da, aber ich werde seine Vertretung selbstverständlich sofort zu Ihnen schicken. Wie lauten das Geburtsdatum und die Adresse des Verstorbenen?«

Obwohl Angela in Hörweite war, gab ich die erforderlichen Informationen einfach durch. Ich ging davon aus, dass sie es sowieso nicht mitbekommen würde. Denn wenn ich sie in meiner Rolle als Jessica danach gefragt hätte, wäre sie in ihrem derzeitigen Geisteszustand zu einer adäquaten Antwort wahrscheinlich nicht in der Lage gewesen.

Nachdem die Arzthelferin auch die Adresse notiert und mir versichert hatte, dass der stellvertretende Arzt innerhalb von zwanzig Minuten vorbeikomme, legte sie auf.

»Der Doktor ist unterwegs«, sagte ich, »kann ich noch irgendetwas für dich tun?«

Sie nickte. So saß sie kurze Zeit später da, wartete auf das Eintreffen des Arztes, der den Tod des Vaters ihres ungeborenen Kindes feststellen würde, und aß mit Appetit einen zweiten Apfel.

70

Der stellvertretende Arzt entsprach sämtlichen Vorurteilen: Er war jung, nervös und unbeholfen. Als es an der Haustür klingelte, blieb Angela in der Küche sitzen, worüber ich wirklich froh war, denn die beiden hätten einander nicht gerade weitergeholfen. Stattdessen ging ich mit dem Arzt nach oben. Nachdem ich ihn ins Schlafzimmer geführt hatte, zog ich mich auf den Flur zurück, um ihn nicht in Verlegenheit zu bringen, während er den Leichnam untersuchte.

Er brauchte ziemlich lange.

Unwillkürlich versuchte ich, mit gespitzten Ohren mitzubekommen, was sich hinter der Tür abspielte, doch die einzigen Geräusche kamen aus der Küche, wo Angela aus irgendeinem Grund verschiedene Schubladen öffnete und wieder schloss. Da ich nicht darauf vertrauen konnte, dass sie keine Dummheit beging, kehrte ich zu ihr zurück.

Mit gerunzelter Stirn stand sie vor der geöffneten Besteckschublade.

»Wonach suchst du?«, fragte ich.

»Ich weiß es nicht mehr«, sagte sie mit glasigem Blick.

»Wolltest du vielleicht noch etwas essen, ein Stück Brot oder so?«

»Ja, das war es. Danach habe ich gesucht … nach der Brotdose.«

»Setz dich einfach wieder hin, ich kümmere mich darum«, sagte ich.

Ich zog für sie einen Stuhl hervor und machte mich an die Arbeit. Da ich es prima fand, dass sie nun offenbar nicht nur essen *wollte*, sondern auch *konnte*, servierte ich ihr gleich vier Scheiben Brot: zwei mit Käse, eins mit Marmelade und eins mit Schokostreuseln, von allem etwas. In dem Moment, in dem ich den Teller vor ihr auf den Tisch stellte, fiel sie darüber her wie ein hungriges Tier, das es kaum erwarten kann, bis der gefüllte Fressnapf auf dem Boden steht. Während ich ihr zusah, hörte ich Schritte auf der Treppe.

»Ich bin gleich wieder da«, sagte ich und ging in den Flur hinaus. »Jetzt müssen Sie sicher die Sterbeurkunde ausstellen«, wandte ich mich an den Arzt. »Wenn Sie wollen, können Sie im Wohnzimmer Platz nehmen und alles in Ruhe eintragen. Möchten Sie vielleicht eine Tasse Kaffee?«

»Gern«, erwiderte er.

Er ließ sich am großen Esstisch nieder und kramte in seiner Arzttasche herum. Als ich mit dem Kaffee zurückkehrte, suchte er noch immer. Schweißperlen standen ihm auf der Stirn, und seine Hände zitterten leicht.

»Hier, das sind die Vordrucke«, sagte ich und deutete auf einen Formularblock zwischen einem Stoß Papiere, den er inzwischen auf den Tisch gelegt hatte.

Verlegen musterte er mich, als hätte ich ihn mit der Hand in der Hose erwischt. »O ja, da sind sie ja, danke.«

»Ich bin Krankenschwester, ich kenne diese Formulare nur zu gut«, sagte ich, um ihn ein bisschen zu beruhigen.

Insgeheim hoffte ich, er würde mich bitten zu bleiben und ihm beim Ausfüllen des Formulars zu helfen, aber er saß mit dem Vordruck in der Hand reglos da und wartete darauf, dass ich ihn wieder allein ließ.
»Rufen Sie mich einfach, wenn Sie irgendetwas brauchen«, sagte ich deshalb.
Er nickte, während ich aus dem Zimmer ging und zu Angela zurückkehrte.

71

Sie hatte gerade die vierte Scheibe Brot in der Hand, als ich mich zu ihr setzte. »Na, schmeckt's?«, fragte ich.
»Hm«, erwiderte sie kauend.
Mehr sagte sie nicht – nicht einmal, als sie alles aufgegessen hatte. Sie fragte auch nicht nach dem Arzt oder danach, was er gesagt hatte und womit er gerade beschäftigt war. Sie sagte einfach gar nichts. Ihr Blick wirkte benommen, als wäre sie nicht ganz bei sich.
»Angela«, setzte ich vorsichtig an, »der Arzt stellt gerade die Sterbeurkunde aus. Wenn er damit fertig ist, sollten wir wohl die Familie deines Freundes informieren. Verstehst du, was ich meine?«
»Die Familie informieren«, wiederholte sie, »die Familie informieren, wenn der Arzt fertig ist.«
»Was meinst du: Wen müssen wir anrufen?«
Einen Moment lang schien es, als würden ihre Augen lebendiger werden. Doch nach wenigen Sekunden verschwand der Ausdruck wieder, und ihr Blick war so glasig

wie zuvor. Aber ich hätte schwören können, dass ich einen Funken Hass in ihren Augen bemerkt hatte.

»Seine Mutter … die muss informiert werden«, erwiderte sie.

»Meinst du, dass du das schaffst?«, fragte ich und hoffte inständig, sie würde mit Ja antworten – was sie natürlich nicht tat.

»Würdest du das übernehmen, Jessica? Würdest du sie anrufen?«

Ihre Stimme brach, und es klang theatralisch, als hätte sie absichtlich übertrieben, um mich davon zu überzeugen, dass das Telefonat mit ihrer Schwiegermutter sie wirklich überforderte. Ich konnte es ihr nicht verübeln, sie wusste nicht, dass dieses Gespräch auch für mich extrem kompliziert und unangenehm werden würde. Doch mir blieb nichts anderes übrig, ich musste es einfach tun.

Mit etwas Glück würde Oliviers Mutter von ihren Gefühlen überwältigt werden und meine Stimme vielleicht nicht erkennen. Darauf setzte ich zumindest. Ich nahm mir vor, mich als eine Freundin Angelas vorzustellen. Wenn die niederschmetternde Nachricht erst einmal zu ihr durchgedrungen war, würde sie für Misstrauen keine Zeit mehr haben, so hoffte ich.

Die Wohnzimmertür öffnete sich. Rasch nahm ich den Teller mit den restlichen Brotkrümeln fort. Womöglich würde der Arzt es vielleicht merkwürdig finden, dass Angela einfach dasaß und aß.

Doch ich hätte mir keine Sorgen machen müssen – der Mann wollte das Haus offensichtlich so schnell wie möglich verlassen.

»Alles erledigt, Herr Doktor?«, fragte ich.
»Ja, ich wollte noch … mein herzliches Beileid.« Ungelenk streckte er mir die Hand entgegen, die sich warm und klamm anfühlte. »Ich geh dann mal wieder, um meine Sprechstunde fortzusetzen«, fügte er hinzu.
»Woran ist er denn gestorben, Herr Doktor?«
Der Arzt errötete, als ihm bewusst wurde, dass er von sich aus etwas über die Todesursache hätte sagen müssen.
»Das Herz«, murmelte er, »das Herz Ihres Mannes hat versagt. Leider. Nochmals mein Beileid.«
Ich wollte ihm gerade mitteilen, dass Olivier nicht mein Mann war, als ich erkannte, dass er damit eigentlich recht hatte.
»Danke«, sagte ich.
Der Arzt schüttelte mir erneut die Hand.
Soweit ich wusste, hatte er sich die Hände nach Oliviers Untersuchung noch nicht gewaschen. Nachdem ich ihn hinausbegleitet hatte, stürzte ich zur Toilette und ließ mir das eiskalte Wasser eine ganze Weile über die Finger laufen.

72

»Der Arzt ist wieder aufgebrochen, Angela. Er geht davon aus, dass Oliviers Herz die Todesursache war, dass er einen Herzinfarkt erlitten hat.«
Ich war gespannt, wie sie die Nachricht wohl aufnahm. Aber es schien sie nicht zu berühren.
»Oh«, sagte sie tonlos, »eigentlich auch logisch, oder?«
Genau das war es eben nicht. Olivier war fit gewesen, er hatte fast fanatisch Sport getrieben. Es war alles andere als

logisch, dass er im Schlaf einen tödlichen Herzinfarkt erlitten hatte. Es war natürlich im Bereich des Möglichen, keine Frage. Nur logisch war es nicht. Trotzdem hatte es überhaupt keinen Sinn, mit Angela darüber zu diskutieren.

»Sollen wir dann mal seine Mutter anrufen?«, schlug ich deshalb vor.

Sie nickte.

Ich ging ins Wohnzimmer, wo das Telefon lag. Angela blieb in der Küche, worüber ich erleichtert war – das Gespräch würde auch ohne ihre Anwesenheit schwierig genug werden.

Es dauerte lange, bis jemand den Hörer abnahm, so lange, dass ich schon fürchtete, nur den Anrufbeantworter zu erreichen. Doch ich wollte meine Stimme nicht auf einem Band hinterlassen, das bis in alle Ewigkeit wieder und wieder abgespielt werden konnte. Glücklicherweise nahm Oliviers Mutter etwa nach dem zehnten Klingeln den Hörer ab.

Oh, diese widerliche, arrogante Stimme! Ich erwischte mich dabei, dass es mir fast Freude bereitete, ihr den Boden unter den Füßen wegzuziehen.

»Frau Crispijn, hier spricht Jessica de Jong, eine Freundin Ihrer Schwiegertochter Angela. Es tut mir leid, aber ich habe sehr schlechte Nachrichten. Leider ist Ihr Sohn Olivier heute Nacht im Schlaf gestorben.«

»NEEEEEIIIIIN! NEEEEEIIIIIN! Neeeeeiiiiin!«

Sie schrie wie ein verwundetes Tier. Ein Tier mit einem hervorragenden Gespür für Theatralik.

Wenn es irgendetwas gab, das mich bei meiner Arbeit immer berührt hatte, dann war es die Reaktion einer Mutter auf den Tod ihres Kindes. Selbst wenn die betreffende Frau unausstehlich war, wenn sie sich auf fürchterlichste Art und Weise ausließ, wenn sie sämtlichen Ärzten und Schwestern vollkommen unberechtigt Fahrlässigkeit oder schlimmere Dinge vorwarf – selbst dann noch fühlte ich mit ihr und spürte ihren Kummer, als wäre ich selbst betroffen.

Jetzt dagegen fühlte ich nichts, absolut gar nichts. »Der Arzt war gerade hier und hat festgestellt, dass Ihr Sohn einen Herzinfarkt erli…«

»NEEEEEIIIIIN!«

Ich hielt den Hörer etwas vom Ohr entfernt.

»NEEEEEIIIIIN!«

Sie schrie noch eine ganze Weile, dann brach sie lautstark in Tränen aus, mit unheimlichen, heulenden Schluchzern. Es dauerte lange, bis sie sich etwas beruhigte.

»Ich komme zu ihm, ich will ihn sehen«, schluchzte sie.

»Natürlich, Frau Crispijn, selbstverständlich«, erwiderte ich, während ich auf meine Armbanduhr sah. »Ich werde Angela sagen, dass Sie sofort kommen.«

Es würde mindestens fünfundvierzig Minuten dauern, bis sie hier sein konnte. Wahrscheinlich sogar noch länger, wenn sie zuerst ihr Make-up auffrischte, aber sicherheitshalber ging ich von einer Dreiviertelstunde aus. Rasch kehrte ich in die Küche zurück, wo Angela an der Spüle stand und ein großes Glas Wasser trank.

»Deine Schwiegermutter ist unterwegs. Leider muss ich gleich gehen, ich habe versprochen, die Kinder einer

Freundin von der Schule abzuholen. Aber ich hätte noch einen Moment Zeit, um gemeinsam mit dir den Bestatter anzurufen. Wäre dir das recht?«
Verständnislos starrte sie mich an.
Durch meine Arbeit wusste ich, wie in solch einem Fall vorzugehen war, aber Angela hatte natürlich von Tuten und Blasen keine Ahnung.
»Ein Bestatter, der ihn vorbereitet und dafür sorgt, dass er sich bis zum Begräbnis oder zur Feuerbestattung hält.«
»Oh, natürlich«, sagte sie, »klar. Wenn du das vielleicht erledigen könntest, Jessica, das wäre sehr nett. Sag ihm einfach, dass er ihn einäschern kann.«
Sie wirkte irgendwie geistesabwesend, und es schien, als dachte sie, dass sich das alles mit einem einzigen Telefonat regeln ließe. Als ich aus der Küche ging, um erneut im Wohnzimmer zu telefonieren, ließ sie sich ein weiteres Glas Wasser ein.
Zuerst rief ich bei der Auskunft an und fragte nach der Nummer eines Bestatters, den ich durch meine Arbeit kannte. Er versprach, so schnell wie möglich nach Kralingen zu kommen. Nachdem ich aufgelegt hatte, ging ich nach oben, zurück ins Schlafzimmer. Aufgrund meiner Arbeit im Krankenhaus war ich es gewohnt, dafür zu sorgen, dass der Verstorbene ordentlich zurechtgemacht wirkte, wenn die Familie kam, um ihn noch einmal zu sehen. Also zog ich die Vorhänge auf und öffnete die Balkontüren, um frische Luft hereinzulassen, sammelte einige Kleidungsstücke vom Boden auf und hängte sie sorgfältig über den Stuhl neben dem Bett. Zum Schluss zupfte ich noch die Daunendecke gerade. Die Bettwäsche

war schmuddelig, auf Höhe von Oliviers Brust saß ein brauner Kaffeefleck. Eigentlich hätte sie gewechselt werden müssen, aber das ging mir dann doch zu weit. Weder Olivier noch seine Mutter hatte es verdient, dass ich mir derartig viel Mühe machte.
Wieder unten, sah ich noch einmal nach Angela. Während ich im Schlafzimmer beschäftigt gewesen war, hatte sie sich noch ein paar Brote geschmiert, die sie gerade verzehrte. Dabei summte sie eine tonlose Melodie. Ich fragte sie, wie es ihr gehe, doch sie reagierte kaum – als Antwort erhielt ich lediglich ein vages Lächeln und ein Nicken. Ich teilte ihr mit, dass ich nun gehen müsse. Hoffen wir das Beste, dachte ich, als ich die Haustür hinter mir zuzog.

73

An diesem Abend hatte ich Spätdienst, aber da Stefan und ich es für wichtig hielten, den Kontakt zu Belle und Bo nach der vorherigen abrupten Unterbrechung möglichst vorhersehbar zu gestalten, hatten wir vereinbart, dass ich zwischendurch kurz vorbeikam. Wir wollten zum Mittagessen gemeinsam Pfannkuchen backen, das ließ sich in der Zeit zwischen ihrer Rückkehr aus der Schule und meinem Aufbruch in die Klinik gerade noch einschieben.
Aufgrund von Oliviers Tod kehrte ich allerdings sehr viel später nach Hause zurück als geplant, außerdem war ich durch die Ereignisse des Vormittags dermaßen angespannt und unruhig, dass ich davor zurückschreckte, Stefan und die Kinder zu besuchen. Bei ihnen würde ich über das,

was ich gerade mitgemacht hatte, nicht reden können, sondern so tun müssen, als wäre nichts geschehen. Wenn mir das nicht gelang, würde Stefan Fragen stellen, auf die ich ihm keine ehrliche Antwort geben konnte.

Es war besser, erst gar nicht hinzugehen, weder die Kinder noch Stefan oder ich hätten etwas von einem hastigen und angespannten Besuch, schloss ich. Während ich die vertraute Nummer wählte, um das Treffen abzusagen, verspürte ich eine seltsame Mischung aus Bedauern und Erleichterung.

»Belle Goudswaard. Mit wem spreche ich?«

Trotz meines Vorsatzes überkamen mich Zweifel. Allein die Stimme des Mädchens berührte mich und nahm mir etwas von meiner Anspannung.

»Hallo, Belle, hier ist Jet.«

»Hallo, Jet. Wann kommst du? Papa sagt, dass wir heute eine Party machen.«

»Eine Party, das ist ja schön. Gibt es denn etwas zu feiern?«

»Ja. Wann kommst du denn?«

Sollte ich vielleicht doch kurz hinübergehen?

Aber zuerst wollte ich duschen, ich wollte den Vormittag, den Tod von mir abwaschen. Außerdem mussten die einzigen sauberen Sachen, die ich noch hatte, erst gebügelt werden. Wenn ich das alles erledigt hatte, blieb mir höchstens eine halbe Stunde für den Besuch.

»Also … äh, nein, deshalb rufe ich auch an, Süße, ich kann nicht kommen.«

»Warum nicht? Du hast es doch versprochen!«, rief Belle empört.

Ich musste ihr eine Erklärung dafür geben, warum ich unsere Vereinbarung nicht einhielt. Sie sollte nicht den Eindruck bekommen, dass ich einfach ohne Grund nicht auftauchte.
»Also, ich … ich muss ganz überraschend einer Freundin helfen«, sagte ich.
Es schien fast, als könnte ich die Enttäuschung durch das Telefon hindurch spüren. Um sie abzulenken, redete ich rasch weiter. »Was wollt ihr denn eigentlich feiern?«
»Das sage ich dir nur, wenn du auch kommst.«
Entschlossen, kräftig. Belle ließ nicht mit sich spaßen.
»Jet, bist du das? Was ist los?«
Stefan.
»Hallo, Schatz. Tut mir leid, aber ich muss absagen, weil ich ganz überraschend einer Freundin helfen muss. Du weißt schon, die Frau, von der ich dir erzählt habe.« Glücklicherweise kann er mein Gesicht nicht sehen, dachte ich, während ich ihm die Lüge auftischte.
»Wo bist du denn im Moment?«, fragte Stefan.
Ich zögerte kurz, dachte an eine weitere Notlüge, aber das war mir angesichts der Tatsache, dass ich gleich hinaus auf die Straße musste, dann doch zu riskant.
»Zu Hause.«
»In zwei Stunden musst du im Krankenhaus sein. Wie willst du da in der Zwischenzeit noch jemandem helfen? Wobei willst du ihr überhaupt helfen?« Stefan klang misstrauisch.
»Schatz, ich hab dir doch gesagt, dass ich dir nicht alles von ihr erzählen kann. Bitte, bedräng mich nicht weiter«, erwiderte ich.

Während ich die Worte aussprach, verkrampfte sich etwas bedrohlich in meiner Brust. Es war nicht gut, ihn derart auf Distanz zu halten, das war mir bewusst, denn dadurch hatte ich ihn schon einmal fast verloren. Nur, wie sollte ich ihm sagen, dass ich völlig durcheinander war, weil ich den Vormittag damit verbracht hatte, mich um den Leichnam seines Rivalen zu kümmern? Wenn ich es ihm doch sagte, wie sollte ich ihm dann von dem bizarren Gefühl erzählen, dass ich mich irgendwie für Oliviers Tod mitverantwortlich fühlte?

»Du hast recht, das hatten wir so vereinbart«, sagte Stefan. »Ich wünsch dir viel Kraft, Jet. Bis bald.«

Sein Ton war freundlich.

Einen kurzen Moment war ich beruhigt. Noch bevor sich die Verkrampfung in meiner Brust lösen konnte, wurde mir allerdings klar, dass seine Kinder sicher neben ihm gestanden hatten und dass er wahrscheinlich deshalb versucht hatte, möglichst normal zu klingen.

74

Mutlos ging ich unter die Dusche, bügelte mir ein T-Shirt und zog mich an. In meinem Kopf herrschte das reinste Chaos. Einen Moment lang dachte ich an Angela, Oliviers Mutter und den Bestatter und ob sie es wohl schaffte, sich irgendwie zwischen ihnen durchzulavieren. Im nächsten Augenblick drang der Gedanke an Stefan durch meine Überlegungen, und ich fragte mich verzweifelt, ob ich zum zweiten Mal innerhalb kürzester Zeit einen schwerwiegenden, möglicherweise nicht wie-

dergutzumachenden Fehler begangen hatte. Die zwei Stunden, die mir für einen Besuch bei Stefan und den Kindern als zu kurz erschienen waren, zogen sich nun endlos hin. Ich verspürte eine enorme Erleichterung, als es endlich Zeit war, zur Arbeit aufzubrechen.
Impulsiv nahm ich eine andere, etwas längere Route und machte mir selbst weis, es täte mir gut, die Strecke zu Fuß zurückzulegen. Dabei wusste ich ganz genau, dass ich das nur tat, um nicht an Stefans Haus vorbeizumüssen.
Als ich von dem kleinen Weg vor meinem Haus auf den Bürgersteig trat, hatte ich das Gefühl, dass er mir von seinem Erkerfenster aus kopfschüttelnd hinterhersah.

Während meines Dienstes gelang es mir, das unangenehme Gefühl des erneuten Versagens gegenüber Stefan abzuschütteln. Natürlich war er enttäuscht, dass ich nicht vorbeigekommen war. Wir hatten einander seit Montagabend nicht gesehen, und ich fehlte ihm, so, wie er mir fehlte. Aber darüber würde er bestimmt hinwegkommen, schließlich hatten wir zusammen schon Schlimmeres überstanden. Die schemenhafte Gestalt, die ich aus den Augenwinkeln wahrzunehmen geglaubt hatte, als ich zur Arbeit aufbrach, war sicher nichts als Einbildung gewesen. Stefan hatte Besseres zu tun, als mich zu kontrollieren. Wer weiß: Vielleicht wartete zu Hause ja schon ein Brief auf mich, in dem er sich entschuldigte, dass er sich am Telefon so angestellt hatte, und mich fragte, ob ich nach der Arbeit noch kurz bei ihm vorbeikommen wolle. Als ich das Krankenhaus verließ, hoffte ich so inständig auf diesen Brief, dass ich das Papier des

Umschlags förmlich in den Händen spüren konnte. Zu Hause lag kein Brief, und der einzige an mich adressierte Umschlag im Poststapel enthielt nur Kontoauszüge.
Einen kurzen Moment lang war ich traurig. Doch dann stieg Zorn in mir auf.
Vielleicht hatte Hajo ja recht, vielleicht war Stefan letztendlich genauso mit sich selbst beschäftigt wie Olivier. Er warf mir vor, ihm gegenüber nicht vollkommen offen zu sein – dabei konnte man ebenso gut behaupten, dass er selbst die Ursache für die Probleme in unserer Beziehung war, da er unsere Liebe mit seinem ewigen Misstrauen besudelte. Ich hatte ihm vorher ehrlich gesagt, dass ich über bestimmte Dinge nicht mit ihm reden könne. Warum wollte er das nicht akzeptieren?
Ohne darüber nachzudenken, war ich zum Fenster gegangen, um einen Blick auf sein Schlafzimmerfenster zu werfen. Wenn dort noch Licht gebrannt hätte, wäre ich sofort hinübergegangen, aber das ganze Haus war dunkel. Verloren starrte ich auf die schwarzen Scheiben. Einen kurzen Moment fragte ich mich, ob ich mich nicht doch einfach rüberschleichen sollte, auch wenn er wahrscheinlich schon schlief. Wäre es nicht besonders romantisch, ihn im Schlaf zu überraschen? Wäre das nicht der perfekte Weg, den Abstand zwischen uns zu überbrücken, und zwar möglichst schnell und vollständig? Während ich noch dastand und zweifelte, schreckte mich das Geräusch einer Autotür auf, die jemand mit lautem Knall zuschlug.

Auf einmal spukte mir die Gestalt, die ich am Abend zuvor schon auf der Straße gesehen hatte, wieder durch den Kopf und brachte einen schrecklichen Gedanken mit sich.

Mal angenommen, mein erster Eindruck hatte gestimmt, und es war tatsächlich Stefan gewesen, der heimlich fortgegangen war, wohl wissend, dass ich an diesem Abend nicht bei ihm vorbeikommen würde? Wo war er dann gewesen? Was führte er im Schilde? Hatte er eine andere, genau wie Olivier? Wurde ich zum zweiten Mal von einem Mann betrogen? Das konnte ich mir beim besten Willen nicht vorstellen. Stefan wusste wie kein anderer, wie sehr das schmerzte, er würde mir das niemals antun.
Aber von Olivier hatte ich auch immer gedacht, dass er mir so etwas niemals antun würde. Ich hätte meine Hand dafür ins Feuer gelegt, stärker noch, mein Leben dafür verwettet – so sicher war ich meiner Sache gewesen, so sehr hatte ich ihm vertraut.
Vielleicht lag Stefan ja in diesem Moment mit einer anderen Frau im Bett, dort, hinter den dunklen Vorhängen. Vielleicht liebten sie sich gerade in diesem Moment, leise, sehr leise, damit die Kinder nichts hörten.
Stefan liebte mich, er würde mir das nicht antun, hielt ich mir wieder und wieder vor. Aber die Worte blieben nicht hängen, sondern wurden von anderen Worten überspült – jenen, die er verwendet hatte, als er mir gestand, warum er den Kontakt mit mir gesucht hatte.
Er glaubte, in mir eine Verbündete im Kampf gegen Olivier zu finden – allein darum war es ihm gegangen. Im Grunde lief es darauf hinaus, dass ich als Mensch für ihn

keine Rolle spielte, jedenfalls nicht in dem Moment, als er das erste Treffen mit mir vereinbart hatte. Er wollte mich nur in seinem ewigen Ringen mit Olivier benutzen, darum schien sich in seinem Leben letztendlich alles zu drehen. Als er mir später davon erzählte, hatte er das vermutlich nicht so empfunden. Anfangs war sie jedoch unverkennbar präsent gewesen, die schlichte Tatsache, dass ich selbst keine Rolle spielte. Das war die Basis gewesen, auf die ich willentlich gebaut hatte. Zuerst hatte ich mich unwissentlich jahrelang von Olivier missbrauchen lassen, dann hatte ich mich wie ein verschlissener Gebrauchsgegenstand von ihm abservieren lassen, um mich kurze Zeit später Hals über Kopf in die Arme des erstbesten Mannes zu stürzen, der mich auch nur benutzen wollte.

Was war nur mit mir los? Hatte ich denn so wenig Selbstachtung, dass ich mir nichts anderes vorstellen konnte, als dass ein Mann mich wie ein Objekt behandelte? Verzweifelt, zutiefst niedergeschlagen und den Blick noch immer auf das dunkle Haus auf der anderen Straßenseite gerichtet, ließ ich mich in den Sessel sinken.

75

Obwohl ich mir größte Mühe gab, die Situation zu relativieren, gingen mir die Gedanken nicht mehr aus dem Kopf, und es kamen immer neue dazu: jene schrecklichen, beunruhigenden Grübeleien, die der Nacht vorbehalten sind. Ich schenkte mir ein großes

Glas Wein ein und trank es in einem Zug leer, aber das entspannte mich auch nicht, und die aufdringlichen Gedanken bahnten sich durch den Schwips hindurch ihren Weg. Nach drei Gläsern Wein sank ich schließlich in einen unruhigen Schlaf, aus dem ich gegen fünf Uhr wie gerädert erwachte.

Sofort waren sie wieder da, die quälenden Gedanken.

In dem Versuch, sie zu unterdrücken, dachte ich an meine Arbeit. Der Spätdienst vom Vortag war ausgesprochen anstrengend gewesen, vielleicht hatte mich das ja aus dem Gleichgewicht gebracht. Wahrscheinlich hing es damit zusammen, dass ich mir alles Mögliche einbildete. Während meines Dienstes waren zwei Patienten völlig unerwartet gestorben, in beiden Fällen Menschen, von denen ich angenommen hatte, dass sie es schaffen würden. Zuerst starb eine junge Frau, die wir bereits eine Woche lang versorgt hatten. Sie war mit Komplikationen nach einer Blinddarmentzündung eingeliefert worden, und es folgte eine Verkettung unglücklicher Umstände. Der Chirurg hatte während der Operation ein Stück gesunden Darm verletzt, wodurch sie eine Bauchfellentzündung bekam. Gerade, als es ihr wieder etwas besserging, bildete sich eine Thrombose in einem Bein. Ehe wir jedoch darauf reagieren konnten, riss sich ein großer Blutpfropfen los und verschloss die Blutzufuhr zur Lunge. Die Frau hatte keine Chance – sie starb praktisch sofort.

Als ihr Mann mit den beiden kleinen Kindern auf der Station eintraf, fand der nächste Patient den Tod: Ein Mann mittleren Alters, der eigentlich schon auf die Abteilung für Innere Medizin zurückverlegt werden sollte, erlitt einen Herzinfarkt, der so schlimm war, dass wir auch ihm nicht mehr helfen konnten.

Drei Tote an einem Tag. Olivier, die junge Frau, der Mann …

Letztere hatte ich zusammen mit einem Kollegen gewaschen und hergerichtet. Im Gegensatz zu vielen anderen Krankenschwestern und Pflegern übernahm ich diese Aufgabe gern, vor allem, wenn ich die Betreffenden länger gekannt hatte oder während der letzten Stunden vor ihrem Tod intensiv mit ihnen beschäftigt gewesen war. Für mich war das eine Art Übergangsritual, das es leichter machte, loszulassen und zu akzeptieren, dass es vorbei war.

Ich war froh, dass ich die tote Frau nicht allein waschen musste, denn die Tatsache, dass sie so jung gestorben war, machte die Aufgabe besonders schwer. Außerdem sah sie wirklich schlimm aus: Ihr Gesicht wirkte blau angelaufen und schmerzverzerrt. Den älteren Mann übernahm ich dagegen allein, was jedoch kein Problem war: Er lag ruhig da, bleich und still – fast als hätte er geahnt, was passieren würde, und als hätte er seinen Frieden damit geschlossen. Während ich das Gesicht des Mannes in Gedanken vor mir sah, gingen die Grübeleien wieder los. Irgendetwas nagte tief in meinem Inneren. Es dauerte eine Weile, bis ich begriff, was mich tatsächlich beschäftigte. Als die Erkenntnis erst einmal zu mir durchgedrungen war, verwandelte sich das Nagen in einen schrecklichen Schock, der sich vom Bauch bis in Arme und Beine ausbreitete und mich zittern ließ. Mir wurde auf einmal ganz schwindlig.

Oliviers Gesicht war nicht bleich gewesen, sondern bläulich verfärbt. Genau wie bei der jungen Frau. Er hatte gar keinen Herzinfarkt erlitten. Der junge Arzt hatte sich bei der Bestimmung der Todesursache geirrt, und ich, die ich Hunderte Menschen an Herzversagen hatte sterben sehen, hatte es nicht einmal bemerkt.

Woran war er dann gestorben?

Oder hatte ich mich getäuscht? Möglicherweise hatte es am gedämpften Licht im Schlafzimmer gelegen, dass Oliviers Gesicht blau wirkte, während es in Wahrheit nur bleich war – so, wie es sich gehörte.
Ich verspürte einen enormen Drang, ihn noch einmal zu sehen, um zu überprüfen, ob ich mich vielleicht geirrt hatte. Es war noch zu früh, um sofort nach Kralingen aufzubrechen, aber ich nahm mir vor, dem Haus einen Besuch abzustatten, sobald es sich einigermaßen vertreten ließ. Es war mir egal, wem ich dort möglicherweise begegnete, es interessierte mich nicht, was die Trauernden von meiner Anwesenheit halten würden. Ich musste Olivier ein letztes Mal sehen.

76

»Jessica!«, rief Angela in dem Moment, in dem sie die Tür öffnete.
Sie strahlte. Zum ersten Mal seit Monaten sah sie wieder gut aus. Sie hatte sich perfekt zurechtgemacht und trug ein modisch geschnittenes dunkelblaues Kostüm mit

einer adretten weißen Bluse. Ihre schmutzig rosa Pantoffeln bildeten den einzigen Misston in ihrem ansonsten tadellosen Erscheinungsbild.

Sie riss die Tür weit auf, um mich hereinzulassen. »Wie schön, dass du da bist. Musst du denn nicht arbeiten?«

»Noch nicht, ich habe heute Spätdienst«, sagte ich wahrheitsgemäß.

Sie ging vor mir her in Richtung Küche, wo ich mit einem Chaos rechnete. Aber der Raum war auffällig sauber und ordentlich. Bis auf einen Frühstücksteller mit Krümeln war die Anrichte vollkommen aufgeräumt, offenbar hatte Angela sogar schon etwas gegessen.

»Kaffee?«, fragte sie.

Ich nickte.

»Du siehst gut aus«, sagte ich, an ihren Rücken gewandt, während sie Wasser in die Maschine goss. »Fühlst du dich denn auch besser?«

Sie drehte sich mit funkelnden Augen um und grinste breit. »Dir kann ich es ja sagen, Jessica. Du weißt, was ich in der letzten Zeit alles durchgemacht habe. Seit Monaten habe ich mich nicht mehr so gut gefühlt. Ich bin einfach wahnsinnig erleichtert. Das Wissen, dass Olivier mir und dem Baby das Leben nicht mehr schwermachen kann, verleiht mir eine unbeschreibliche Gelassenheit.«

Sie drehte sich wieder um und füllte mit schwungvoller Geste Kaffeepulver in den Filter. »Ich habe das Gefühl, ich könnte Bäume ausreißen«, sagte sie und drückte auf den Knopf, der die Kaffeemaschine in Gang setzte.

Ich betrachtete ihren geraden Rücken, ihren stolz gereckten Kopf, die anmutig hochgesteckten Haare. Und ich

spürte, wie Angelas Worte einen Zorn in mir aufsteigen ließen, der heftige Kopfschmerzen auslöste.
»Findest du es denn nicht schlimm, dass dein Kind seinen Vater niemals kennenlernen wird?«, fragte ich.
Kaum hatte ich den Satz ausgesprochen, bereute ich ihn auch schon. Was tat ich hier? Die Tatsache, dass ich die ganze Geschichte ziemlich kompliziert fand, bedeutete nicht, dass ich das Recht hatte, ihr mit allen möglichen Fragen lästig zu fallen. Warum ließ ich sie nicht einfach in Ruhe? Okay, sie gab sich übertrieben fröhlich, aber sie stand doch noch halb unter Schock, und durch den Stress am Vortag und die schrecklichen Wochen davor schoss sie jetzt natürlich übers Ziel hinaus. Es war vollkommen normal, dass sie sich so anders als üblich verhielt, dass sie seltsam reagierte. Schließlich war sie mit einem toten Mann an ihrer Seite aufgewacht, sie hatte stundenlang neben einer Leiche gelegen. Es war ein Wunder, dass sie das Erlebnis nicht vollkommen aus der Bahn geworfen hatte.
Wenn es ihr nun gelang, die Wirklichkeit zu meistern, indem sie Oliviers Tod etwas Positives abgewann, dann musste ich das respektieren. Und zwar nicht nur um ihrer selbst willen – auch für das Kind war es das Beste. Angelas geistige Stabilität war nun das Einzige, was zählte, daran durfte ich mit meinem deplazierten Schuldgefühl gegenüber einem Mann, dessen Tod ich herbeigesehnt hatte, auf keinen Fall rütteln.

Aber meine Sorge war vollkommen überflüssig: Meine Frage brachte Angela überhaupt nicht aus der Fassung.

Ihre Augen funkelten vergnügt, als würden wir über einen lustigen Film reden, den wir beide gesehen hatten.
»O nein«, erwiderte sie, »ganz im Gegenteil! Mein Kind wird jetzt, da er tot ist, einen viel besseren Vater kennenlernen, als wenn es Olivier persönlich erlebt hätte.«
Sie klang triumphierend. »Aus den Trümmern meiner Beziehung zu Olivier werde ich für mein Kind einen prachtvollen Vater zimmern, einen Helden, den es für den Rest seines Lebens im Herzen tragen kann. Ich werde ihm erzählen, dass sein Vater sich sehr auf die Geburt gefreut hatte, dass er stundenlang das Ohr auf meinen Bauch gelegt hatte, um das kleine Herzchen schlagen zu hören, dass er vor Plänen für die Einrichtung des Kinderzimmers förmlich übersprudelte und es unbedingt perfekt einrichten wollte. Mein Kind wird in der Überzeugung aufwachsen, dass seine Eltern einander von ganzem Herzen geliebt haben und dass sein Vater – wenn er noch leben würde – es auf Händen getragen hätte.«
Sie neigte den Kopf und holte tief Luft.
»Jetzt sag selbst, nach allem, was ich dir über Olivier erzählt habe, ist mein Kind mit einem toten Vater nicht wesentlich besser dran?«

Sie hatte recht.
Sie hatte vollkommen recht.
Dennoch verspürte ich den Drang, ihr zu widersprechen, weil ich der Meinung war, dass Angela diese Worte und Gedanken eigentlich erst in ein paar Wochen oder sogar Monaten nach Oliviers Tod hätte aussprechen und denken dürfen.

Trotzdem hielt ich mich zurück. »Vielleicht findest du es ja verrückt, aber ich würde deinen Freund gern noch einmal sehen. Hättest du was dagegen?«, fragte ich.
Es war logisch, dass ich diese Frage stellte, deswegen war ich schließlich gekommen. Aber noch während ich die Worte formulierte, merkte ich, dass ich es tief in meinem Inneren auch genoss, sie mit der harten Realität zu konfrontieren: Im oberen Stockwerk lag immerhin ein Toter.
Angelas elegante Augenbrauen bildeten erstaunte Halbkreise auf ihrer Stirn. »Warum um Himmels willen?«
Eigentlich war ich gekommen, um nachzusehen, ob Olivier tatsächlich so blau im Gesicht war, wie er am Vortag gewirkt hatte. Doch nun merkte ich, dass es noch einen weiteren Grund gab. Es ging mir nicht nur darum, seine Hautfarbe zu überprüfen – ich wollte ihn auch ein letztes Mal sehen, noch einen Moment bei ihm sein. Ihn trösten … vielleicht. Den Kummer über Angelas harte Worte lindern, ihm sagen, dass es in seinem Leben auch ein paar positive Dinge gegeben hatte.
Angela betrachtete mich noch immer abwartend.
»Einfach so«, erwiderte ich zögernd, »es … es kam gestern alles so plötzlich. Ich weiß auch nicht, es war alles so unwirklich. Wenn ich ihn noch einmal sehen könnte, würde ich es vielleicht besser begreifen.«
»Also, ich selbst hätte nichts dagegen, aber er ist nicht mehr hier. Ich habe ihn gestern direkt mitnehmen lassen. Ich wusste gar nicht, dass das möglich war. Der Bestatter hat mich gefragt, ob ich ihn hier zu Hause behalten wolle oder ob er woanders aufgebahrt werden solle. Natürlich

fand ich die letztere Möglichkeit viel angenehmer – je eher der Leichnam fort war, desto besser!«

Sie hielt kurz inne und schüttelte den Kopf. Ein seltsamer Ausdruck huschte über ihr Gesicht, den ich nicht deuten konnte. »Er sah übrigens ganz furchtbar aus«, sagte sie, nun mit leiserer Stimme. »Du hast ihn ja nicht gekannt, aber seine Mutter war völlig am Ende. Sie fand es so schrecklich, wie er dalag, dass sie vorgeschlagen hat, den Sarg bei der Beerdigung verschlossen zu lassen. Das hätte Olivier ihrer Meinung nach auch nicht anders gewollt.«

Einen kurzen Moment lang glaubte ich, Trauer in Angelas Augen zu sehen – Trauer um den prachtvollen Mann, den sie einst geliebt hatte. Es schien, als würde sie wanken.

Die Abscheu, die ich für sie empfunden hatte, verschwand mit einem Schlag. Ich ging einen Schritt auf sie zu und legte ihr eine Hand auf den Arm. »Also, ich glaube, das hast du ganz richtig gemacht. Je eher du dich auf die Zukunft mit deinem Kind konzentrieren kannst, desto besser.«

Das meinte ich auch tatsächlich so. Sobald sie litt, war alles in Ordnung und ich konnte meine Rolle ihr gegenüber wieder einnehmen – sie stützen, beschützen, ihr helfen. Angela brauchte mich, und ich würde für sie da sein. So einfach war das.

Ich nahm sie in die Arme, drückte sie fest und streichelte ihr über die wundervollen dunklen Locken. Es fühlte sich gut an, ihren warmen Körper zu spüren und zu wissen, dass ich wieder hundertprozentig für sie da sein konnte, jetzt und in Zukunft. Ich würde da sein, für sie,

für Oliviers Kind. Ein warmes, hoffnungsvolles Gefühl durchströmte mich.
In dem Moment klingelte es an der Haustür.

77

Das angenehme Gefühl verschwand schlagartig.
»Wer kann das sein?«, fragte ich. Meine Stimme klang schrill.
»Keine Ahnung«, sagte Angela, die sich inzwischen aus meiner Umarmung befreit hatte und sich mit beiden Händen durch die Haare fuhr. »Ich seh mal nach.«
»Warte, lass mich gehen. Vielleicht bekommst du ja Besuch«, erwiderte ich und machte einen Schritt zur Küchentür. »Ich werd dann einfach verschwinden.«
»Sei nicht albern, du hast noch nicht mal den Kaffee getrunken«, erwiderte Angela. »Außerdem bist du mir in den vergangenen Monaten eine große Hilfe gewesen. Du brauchst dich vor niemandem zu verstecken.«
Sie wirkte fast amüsiert.
»Oder hast du vielleicht keine Lust auf eine Konfrontation mit anderen Trauernden? Willst du deswegen so schnell verschwinden?«
Die Türschelle klingelte erneut, diesmal laut und lang.
»Ich komme schon«, rief Angela und verschwand in Richtung Flur.
Ein bleiernes Gefühl überkam mich, es lähmte meine Arme und Beine, sogar der Atem stockte mir. Dieses aufdringliche, ungeduldige Klingeln kannte ich nur zu gut.
Die Tür öffnete sich, und ich hörte, wie sie einander

begrüßten. Dann schlurften Angelas Pantoffeln über das Parkett, gefolgt vom hastigen Klicken hoher Absätze.
Kurz bevor sie die Küche erreichten, erwachte ich aus meiner Starre. Eilig drückte ich auf die Klinke der Hintertür, doch sie ließ sich nicht öffnen, offenbar war sie verschlossen. Panisch blickte ich mich nach dem Schlüssel um, aber es war zu spät – die Tür zwischen dem Flur und der Küche schwang auf.

Sie wirkte verhärmt und angegriffen, ihr Gesicht wirkte aufgedunsen, ihre Augen waren rot. Sie starrte mich entgeistert an. Ich versuchte, an ihrem Gesichtsausdruck abzulesen, was sie wohl dachte, konnte jedoch nichts als Trauer erkennen. Sie kam um den Küchentisch herum, den Blick starr auf mich gerichtet. Mein Herz schlug wie wild. Ich streckte ihr die Hand entgegen und öffnete den Mund, um etwas zu sagen, um meine Anwesenheit irgendwie zu erklären, um ihr mein Beileid auszusprechen, aber meine Zunge war trocken und klebte am Gaumen fest. Oliviers Mutter nahm meine ausgestreckte Hand und zog mich an sich. Dann schlug sie auch den anderen Arm um mich und drückte mich. »Ohhhh«, heulte sie, »ohhh.«
Rotlackierte Nägel bohrten sich in meinen Rücken, ihre Haare strichen mir durchs Gesicht. Eine Woge aus Haarspray und Parfüm umwaberte sie, und instinktiv drehte ich den Kopf beiseite.
Angela war inzwischen ebenfalls in die Küche gekommen und lachte leise in sich hinein, die Hand vor den Mund geschlagen.

»Ohhh!«, wimmerte Oliviers Mutter erneut.
Unbeholfen legte ich die Arme um sie und tätschelte ihr den Rücken. Auf der anderen Seite des Küchentischs presste Angela zuerst beide Hände aufs Herz und hielt sie dann mit einem Ausdruck in die Luft, als würde sie von einem grenzenlosen Schmerz innerlich zerrissen. Beim zweiten »Ohhh« formte sie das Wort leise mit. Es sah so lustig aus, dass ich mir Mühe geben musste, um nicht loszuprusten. Aber das lag natürlich auch an der angespannten Situation, und das Lachen, das ich krampfhaft unterdrückte, hatte nichts Fröhliches an sich.
Dann tippte Angela sich mit einem Funkeln in den Augen an die Stirn, während ich Oliviers Mutter noch immer behutsam den Rücken tätschelte.
»Ohhh«, jammerte sie erneut, diesmal etwas leiser.

Möglicherweise komme ich ja doch noch mal davon, dachte ich.
Oliviers Mutter schien anzunehmen, dass ich einen Beileidsbesuch abstattete, vermutlich dachte sie, ich würde Angela kennen. Vielleicht dachte sie aber auch gar nichts – das war genauso gut möglich. Sie hatte sich nie sonderlich für mich oder mein Leben interessiert, und es bestand überhaupt kein Grund zu der Annahme, dass sie jetzt damit anfangen würde.
Je länger ich dastand, mit der Mutter meines Ex in den Armen, desto sicherer wusste ich, dass sie mich rein gar nichts fragen würde. Während sie noch immer seufzend und wimmernd um meinen Hals hing, fiel mir nur eine Situation ein, die riskant werden könnte: wenn sie mich beim Na-

men nannte. Doch selbst dann war die Chance groß, dass dies ohne Folgen blieb. Angela würde es wahrscheinlich nicht einmal hören oder es dem jämmerlichen Zustand zuschreiben, in dem sich ihre Schwiegermutter befand.
Der Gedanke, dass diese äußerst unglückliche Begegnung vielleicht doch noch gut verlaufen konnte, machte mir Mut. »Kommen Sie«, sagte ich resolut.
Ich schob meine ehemalige Schwiegermutter behutsam ein Stück von mir weg, nahm sie am Arm und führte sie zu einem Stuhl. »Setzen Sie sich doch. Wir wollten sowieso gerade eine Tasse Kaffee trinken. Die können Sie jetzt bestimmt auch gut gebrauchen.«
Die einst so imposante Frau ließ sich folgsam führen. Angesichts der Umstände war das nicht unlogisch, trotzdem fühlte es sich seltsam an. Sie hatte mir nie richtig zugehört, und es wäre mir früher auch nie in den Sinn gekommen, in diesem Ton mit ihr zu sprechen. Aber nun redete ich auf diese Weise mit ihr, nun hörte sie zu und folgte mir gehorsam wie ein zahmes Lämmchen.
Während ich ebenfalls am Küchentisch Platz nahm, sah ich sie mit neuen Augen. Zu meiner Überraschung stellte ich fest, dass ihr äußerst gepflegtes Erscheinungsbild, in dessen Gegenwart ich mich immer schäbig gefühlt hatte, im Grunde ein wenig ordinär wirkte. Der grelle Rotton ihrer Fingernägel passte beispielsweise überhaupt nicht zu einer Frau ihres Alters. Und ihre Frisur, dieser weiße, toupierte Haarturm auf dem Kopf, wirkte furchtbar steif und künstlich – nicht mal ein Orkan hätte auch nur ein Härchen davon lockern können.
Warum hatte ich das nicht schon viel früher erkannt?

Die Antwort war überraschend einfach.
Diese Frau war im Normalzustand derart dominant, dass sie es verstand, die Brille, durch die sie sich selbst betrachtete, anderen aufzudrängen. Sie hielt sich für den Inbegriff von Stil und Eleganz, und ich hatte dieses Urteil immer kritiklos übernommen. Erst jetzt, da sie es wegen ihrer Trauer um Olivier nicht mehr schaffte, die Menschen um sich herum zu manipulieren, konnte ich sie so sehen, wie sie wirklich war.

Olivier und seine Mutter – was das betraf, glichen sich die beiden wie ein Ei dem anderen. Verrückt, dass ich auch das nicht schon viel eher erkannt hatte.

78

Nach einer Weile sank Oliviers Mutter langsam in sich zusammen. Sie weinte noch immer, allerdings viel leiser, woraufhin ich zum ersten Mal Mitleid mit ihr empfand. Erneut legte ich einen Arm um sie und zog sie an mich, bis ihr Kopf auf meiner Schulter ruhte. Über die runden Konturen ihrer Frisur hinweg zwinkerte Angela mir amüsiert zu, und obwohl ich ihre Reaktion eigentlich für nicht angebracht hielt, musste ich dennoch darüber lachen. Doch dieses Mal handelte es sich nicht um das überspannte Lachen, das ich nur mit Mühe hatte unterdrücken können. Das Ganze erinnerte mich eher an eine Situation, bei der man über ein ungezogenes Kind schmunzeln muss, während man genau weiß, dass man eigentlich ernst und missbilligend reagieren sollte.

»Er hat ausgesehen, er hat ausgesehen …«, murmelte Oliviers Mutter nun.
Ihr Ton wurde wieder theatralischer. Ohne darüber nachzudenken, tätschelte ich ihr erneut den Rücken.
»Er war einfach nicht mehr er selbst.«
Mechanisch wechselte ich von Tätscheln zu Reiben.
»Er hat ausgesehen, als könnte er selbst nicht glauben, was mit ihm passiert ist.«
Angela führte hinter ihrem Rücken eine Pantomime auf. Mit übertrieben traurigem Blick schüttelte sie händeringend den Kopf.
»Er war total blau angelaufen.«
Meine Hand erstarrte.
Angela machte noch immer irgendwelche Gebärden, doch ich bemerkte sie nicht mehr. Oliviers Mutter hatte es auch gesehen – er war blau gewesen. Ich hatte mich also nicht getäuscht.

»Das kann doch nicht sein, es kann einfach nicht sein, dass so ein gesunder, sportlicher Mann an Herzversagen stirbt.«
Auf der anderen Seite des Küchentischs schüttelte Angela so übertrieben den Kopf, dass ihre prächtigen braunen Locken hin und her flogen. Vage drang der Gedanke zu mir durch, dass ich zum ersten Mal seit Menschengedenken mit Oliviers Mutter einer Meinung war.
Es konnte in der Tat nicht sein.
Noch ein Gedanke, den ich allerdings nicht genauer fassen konnte, schwirrte mir durch den Kopf. Ich zwang mich, die trauernde Frau erneut zu tätscheln und zu

reiben, zwang mich, mich wieder auf meine Umgebung zu konzentrieren – auf den Rücken von Oliviers Mutter, die Kaffeetassen auf dem Tisch, Angela.

Angela.

In kindlicher Unschuld machte sie sich noch immer über ihre drollige Schwiegermutter lustig, ihr schwante nichts Böses. Einstweilen war das wahrscheinlich auch das Beste. Sie wäre nicht in der Lage, mit dem umzugehen, was für mich unumstößlich feststand: Der Vater ihres Kindes war keinesfalls des natürlichen Todes gestorben, der auf der Sterbeurkunde vermerkt war. Sein Herz hatte keineswegs versagt. Im Gegenteil: Es hatte sogar tapfer weitergeschlagen und Blut durch die Adern gepumpt, selbst als dieses kaum noch Sauerstoff enthielt.

Wenn das Herz als Ursache ausschied – woran war er dann gestorben? Woran konnte ein gesunder Mann seines Alters so unvermittelt sterben, ohne dass ihm irgendetwas Ungewöhnliches anzusehen war?

Oliviers Mutter hatte inzwischen wieder zu wimmern begonnen. Am liebsten hätte ich sie losgelassen und sie von mir weggeschoben, aber ich nahm mich zusammen. Tapfer tätschelte und rieb ich weiter und versuchte gleichzeitig fieberhaft, die Fakten, wie sie sich mir nun präsentierten, miteinander in Einklang zu bringen.

»Ohhh«, rief Oliviers Mutter wieder.

Im nächsten Moment drang es mit einer schrecklichen Gewissheit zu mir durch, und ich erkannte, was sich wirklich abgespielt haben musste.

»Ohhh«, klang es erneut.

Es dauerte einen Augenblick, ehe ich begriff, dass ich diesen Laut ausgestoßen hatte. Wie durch einen Schleier sah ich, dass Angela mir erneut schelmisch zuzwinkerte. Wahrscheinlich dachte sie, auch ich würde Oliviers Mutter nun nachäffen, und wollte mich zum Weitermachen ermutigen.

Da klingelte das Telefon.

»Ich bin gleich wieder da«, sagte Angela, mit einem bedeutungsvollen Nicken in Richtung ihrer Schwiegermutter, die noch immer ungeniert vor sich hin jammerte. Als sie hinausging, warf sie die Flurtür unbeabsichtigt laut zu. Oliviers Mutter, die weder das Läuten des Telefons noch Angelas Bemerkung gehört zu haben schien, schreckte durch den Knall hoch. »Wo geht sie hin?«, fragte sie.

»Nur kurz ins Wohnzimmer – das Telefon hat geklingelt«, erwiderte ich geistesabwesend.

»Ach so«, sagte sie.

Sie legte eine Hand auf meinen Arm und beugte sich verschwörerisch zu mir herüber.

»Weißt du, was ich gestern Abend, als ich im Bett lag, gedacht habe? Ich habe gedacht, dass diese Angela vielleicht irgendetwas damit zu tun hat … mit dem Tod von …«

Erneut begann sie zu wimmern und enthob mich dadurch glücklicherweise der Pflicht, auf ihre geistlose Bemerkung zu reagieren.

Nicht nur das Erscheinungsbild von Oliviers Mutter war weniger imposant, als ich früher gedacht hatte – sie war offensichtlich auch geistig weniger brillant, als sie ihre Umgebung glauben machen wollte. Bei jeder sich bietenden Gelegenheit hatte sie mir erzählt, sie habe Jura studiert, ehe sie

sich Oliviers armen Vater geangelt hatte. Sie war an der Universität gewesen, sie hatte deutlich mehr auf dem Kasten als eine einfache Krankenschwester – so hatte ich diese Botschaft immer verstanden. Wahrscheinlich hatte sie damals ein paar Kurse belegt, wenn auch einzig und allein, um einen geeigneten Mann zu finden. Oder sie war früher mal intelligent gewesen und baute mit zunehmendem Alter gewaltig ab. Das war natürlich auch möglich.
Im Grunde konnte mir das alles herzlich egal sein. Ich wollte nur eines: möglichst schnell verschwinden. Weg von Oliviers dummer, egozentrischer Mutter, weg von Angelas aufgesetzter Fröhlichkeit. Ich musste in Ruhe nachdenken, versuchen, die Fakten systematisch zu sortieren und das Chaos in meinem Kopf zu ordnen.

Als Angela in die Küche zurückkam, schob ich meinen Stuhl entschlossen nach hinten. »Es tut mir leid, Angela, Frau Crispijn, ich muss gehen.«
Oliviers Mutter reagierte nicht.
»Alles Gute«, sagte ich an ihren gekrümmten Rücken gewandt.
»Ich bring dich noch zur Tür«, erwiderte Angela.
So schnell ich konnte, ging ich durch den Flur zur Haustür, riss sie auf und stürzte ins Freie.
»Du hast es ja wirklich eilig, hier wegzukommen«, sagte Angela. »Schade – obwohl ich das gut verstehen kann. Meine reizende Schwiegermutter hat auf mich auch immer diese Wirkung: Wenn sie kommt, würde ich am liebsten gehen. Leider kann ich mich in diesem Fall nicht so einfach davonmachen wie du.«

»Tut mir leid«, sagte ich.
Sie lächelte.
»Nicht so schlimm. Ich mache einfach das Beste daraus, wie du ja sicher schon gemerkt hast. Sehen wir uns bei der Einäscherung? Sie ist am Montag, die Zeremonie beginnt um zwei Uhr in irgend so einem Institut ... einem Bestattungsinstitut am Crooswijksesingel. Oder sehe ich dich erst wieder nächsten Mittwoch?«
Die Einäscherung. Olivier sollte also tatsächlich verbrannt werden. Glücklicherweise würde die Bestattung erst am Montag stattfinden, das schenkte mir etwas Zeit. Bis dahin musste ich mir noch über so viele Dinge klarwerden.
»Ich ... weiß es noch nicht. Ich ruf dich an, okay?«, erwiderte ich.
»Ja, prima!«, entgegnete Angela heiter.
Sie winkte mir von der Haustür aus fröhlich nach, bis ich um die Ecke bog.

79

Irgendjemand hatte beschlossen, dass es genug sei, dass Olivier keine Chance bekommen sollte, noch mehr Leben zu zerstören, als er ohnehin schon auf dem Gewissen hatte.
Nur wer?
Fieberhaft versuchte ich auf dem Heimweg, die einzelnen Alternativen für eine Antwort auf diese Frage durchzugehen, andere Namen zu nennen als denjenigen, der sich mir eben in der Küche aufgedrängt hatte. Es musste

jemand sein, der von dem Schaden wusste, den Olivier bis dahin angerichtet hatte – in meinem Leben, in Stefans, in Mirjams, im Leben der Kinder. Jemand, der außerdem darüber informiert war, dass Olivier im Begriff gestanden hatte, weiteres Elend zu verursachen.

In dem Moment erinnerte ich mich an das unbehagliche Gefühl, das mich vor ein paar Tagen auf dem Weg zu Angela überkommen hatte. War er mir da gefolgt … an jenem Mittwochmorgen? Waren es seine Augen gewesen, die ich im Rücken gespürt hatte, während ich mir mehrfach einzureden versuchte, das sei alles nur Einbildung? Hatte er an jenem Morgen entdeckt, dass ich noch immer in Oliviers Haus ein und aus ging?

Und später, als ich mit Angela vor die Tür trat, war er noch immer dort gewesen? Hatte er sich in der Nähe des Hauses postiert, bis ich wiederauftauchte und mit Angela durch den Park spazierte? Hatte er in dem Moment bemerkt, dass sie schwanger war?

Er wusste, dass Olivier ein Kind als persönliches Eigentum betrachten würde, das notfalls sogar gegen die leibliche Mutter verteidigt werden musste. Er wusste auch, dass sowohl das Leben des Kindes als auch das der Mutter die reinste Hölle werden würde – so erging es schließlich jedem, der längere Zeit mit Olivier zu tun hatte.

Eine weitere Erinnerung schoss mir durch den Kopf. Ich sah die dunkle Mathenesserlaan wieder vor mir, hörte das Zuschlagen der Autotür, sah die vertraute Gestalt über die Straße laufen – und zwar zu einem Zeitpunkt, wo er eigentlich zu Hause bei seinen Kindern hätte sein sollen.

Sosehr ich mich auch bemühte, mir fiel keine andere Möglichkeit ein. Wie in Trance verharrte ich vor einer Ampel, die längst auf Grün gesprungen und danach wieder rot geworden war, vielleicht sogar schon zum zweiten oder dritten Mal. Mein Körper fühlte sich schwach und schlaff an, als hätte ich keine Knochen mehr in den Beinen. Ich wankte und umklammerte den schwarz-weißen Ampelpfosten mit dem Druckknopf für die Fahrradampel. Mit einem Gefühl abstrakter Nüchternheit stellte ich fest, dass jemand eine benutzte Damenbinde darübergeklebt hatte – genau über den Druckknopf, so dass ein eiliger Radfahrer direkt hineingegriffen hätte. Das Blut in der Binde wirkte braun und war in einem wabenartigen Muster aus weißen Linien versickert, das ich aus Fernsehwerbespots kannte. Glücklicherweise berührte ich die Binde nicht, aber es hätte nicht viel gefehlt. Einen kurzen Moment fragte ich mich, warum jemand so etwas Ekliges tat, doch dann verblasste die Frage angesichts der anderen Gedanken, die in meinem Kopf herumwirbelten.

Sein Hass war natürlich von der Tatsache geschürt worden, dass ich noch immer in Oliviers Haus verkehrte. Er hatte Mirjam an Olivier verloren und fürchtete, ein weiteres Mal eine Frau an seinen Erzfeind zu verlieren. Es passte alles zusammen: der Groll. Die krankhafte Eifersucht, die schon an Obsession grenzte. Die Neigung, bei jeder sich bietenden Gelegenheit über Olivier zu reden. Die

kindische Art und Weise, in der er ihn zu überflügeln versuchte. Das Misstrauen mir gegenüber. Die Angst, ich würde mich noch immer mit Olivier beschäftigen, auch als das längst nicht mehr der Fall war.
Er hatte Olivier umgebracht.
Der Gedanke machte mich rasend. Nicht wegen der Tatsache, dass Olivier nicht mehr lebte, sondern vielmehr deshalb, weil das ständige Wetteifern mit ihm für Stefan offenbar so wichtig war, dass er mich deswegen sogar belog. Trotz allem, was uns in den vergangenen Monaten verbunden hatte, trotz des Platzes, den ich in seiner Familie eingenommen hatte – für Stefan hatte der ewige Rivale immer an erster Stelle gestanden. Ich hätte es wissen müssen. Er hatte mich sogar selbst gewarnt, als er mir eingestand, dass sein Kampf mit Olivier der Grund für die Kontaktaufnahme zu mir gewesen war. Aber ich war derart verzweifelt auf der Suche nach jemandem gewesen, der mich haben wollte, nach jemandem, zu dem ich gehören konnte, dass ich mich geweigert hatte zuzuhören. Alles, was nicht ins Bild passte, hatte ich verdrängt oder mir schöngeredet. Ich hatte es verschleiert, bis nur noch die Dinge übrig blieben, die ich sehen wollte. Darin war ich nämlich ganz hervorragend: Nach sechs Jahren mit Olivier war mir das zur zweiten Natur geworden.

80

Ein Radfahrer zischte fluchend an mir vorbei – ich stand hoffnungslos im Weg. Vorsichtig drückte ich mich von dem Pfosten ab und fuhr weiter.

Das Ganze war wahrscheinlich nicht einmal so schwierig, überlegte ich, während ich durch Crooswijk fuhr. Stefan war Arzt und wusste alles über Medikamente, unter anderem, welche sich am besten eigneten. Nur, wie hatte er es geschafft, Olivier das Medikament zu verabreichen? Hatte er es ihm in der Klinik heimlich untergeschoben, in einer Tasse Kaffee oder Tee? Diese Vorgehensweise wäre vermutlich nicht ganz unproblematisch gewesen, weil das Risiko bestand, dass Olivier noch vor dem Schlafengehen Symptome gezeigt hätte. Wenn Angela dadurch beunruhigt den Notarzt gerufen hätte, wäre Olivier zweifellos ins Krankenhaus eingeliefert worden. Selbst wenn man ihn dort nicht mehr hätte retten können, wäre man garantiert dahintergekommen, dass er an einer Vergiftung gestorben war.
Nur wenn Olivier nachts in seinem Bett starb, bestand die Chance, dass der Arzt eine natürliche Todesursache feststellte. Um das zu erreichen, hatte Stefan dafür sorgen müssen, dass Olivier das Gift erst abends einnahm – was wiederum auf schreckliche Weise mit der Tatsache zusammenpasste, dass ich ihn spätabends über die Straße hatte laufen sehen.
Wie hatte er es bloß angestellt? War er einfach unter irgendeinem Vorwand bei Olivier aufgetaucht? Hatte er das Gift während seines Besuchs in Oliviers Getränk gekippt? Oder hatte er ihn mit einer Flasche von Oliviers Lieblingsportwein überrascht, dem er schon zuvor etwas beigemischt hatte?
Vielleicht hatte er aber auch einen Weg gefunden, ungesehen in das Haus einzudringen und das Mittel heimlich in

Oliviers eigenen Portwein zu geben. Möglicherweise hatte er sich anschließend irgendwo im Haus versteckt, bis Olivier und Angela ins Bett gegangen waren – bis Olivier neben seiner schwangeren Freundin im Sterben lag –, und hatte dann sämtliches Beweismaterial eingesammelt und mitgenommen. Plötzlich fiel mir mein Schlüsselbund ein, an dem noch immer der Schlüssel zu Oliviers Haus hing. Stefan hatte den Schlüsselbund am Wochenende in der Hand gehabt, er hatte ihn mitgenommen, angeblich, um einen Zweitschlüssel von seinem eigenen Haus daran zu befestigen. Dabei hatte er reichlich Gelegenheit gehabt, auch den Schlüssel zu Oliviers Haus nachmachen zu lassen.

Ich musste mit ihm reden und ihn mit dem konfrontieren, was ich wusste.

Eigentlich hoffte ich wider besseres Wissen, er möge mir eine Erklärung liefern, aus der hervorging, dass seine Liebe zu mir eine wichtige Rolle gespielt hatte bei seinem Beschluss, Olivier zu töten. Trotz allem hoffte ich, er könnte mich davon überzeugen, dass er mich im Gegensatz zu Olivier nicht einfach achtlos beiseitegeschoben hatte und ich ihm tatsächlich etwas bedeutete.

Wie eine Besessene fuhr ich weiter, während meine Gedanken genauso schnell rotierten wie meine Räder. Hatte Stefan vielleicht gespürt, wie tief ich in der Klemme steckte und zwischen ihm und meiner Freundschaft mit Angela hin- und hergerissen war? Hatte er Olivier umgebracht, um mich aus diesem Dilemma zu befreien? Hatte ich an dem Abend, als ich ihm die Kette zurückbrachte, nicht selbst gesagt, dass ich Olivier manchmal den Tod wünschte? Doch, doch, genau das hatte ich gesagt. Hatte er es deshalb getan? Wenn das der Fall war, konnte ich dann weiterhin mit ihm zusammen sein – wohl wissend, dass Blut an seinen Händen klebte? Oder blieb mir unter diesen Umständen nichts anderes übrig, als zur Polizei zu gehen? Nur, was würde dann mit Belle und Bo geschehen?

Meine Gedanken nahmen mich derart in Beschlag, dass ich nicht mehr auf den Verkehr achtete. Ohne mich umzusehen, rollte ich über eine vielbefahrene Kreuzung. Ein Auto hupte. Ein junger Mann konnte ein kleines Mädchen gerade noch rechtzeitig am Arm packen und vom Fahrradweg reißen. »Du dämliche Kuh«, brüllte er, »pass gefälligst auf!«

»'tschuldigung«, rief ich über die Schulter, wodurch ich einen Moment nicht nach vorn blickte und fast einen weiteren Fußgänger gestreift hätte – eine ältere Dame, die mit ihrem Rollator mühsam über die holprige Straße navigierte.

Sie schaute jedoch nicht einmal auf, sondern starrte konzentriert auf den unebenen Straßenbelag.

Ich versuchte, mich wieder aufs Fahren zu konzentrieren. Es war mir zwar egal, ob mir selbst etwas zustieß, aber ich wollte anderen keinen Ärger bereiten. Im nächsten Moment wurde mir jedoch klar: Wenn mir etwas zustieß, bedeutete das automatisch auch Ärger für andere. Ich hatte eine Verantwortung gegenüber Belle und Bo – jetzt, da ich während der vergangenen Monate zu einem festen Bestandteil ihres Lebens geworden war. Wenn mir etwas passierte, bedeutete das für die beiden eine Katastrophe. Schließlich hatten sie bereits ihre Mutter durch einen Unfall verloren.

Durch einen Unfall.

Das Bild des jungen Mannes, der das Mädchen vom Fahrradweg gezogen hatte, schoss mir durch den Kopf. Mit einem raschen Griff hatte er einen Unfall verhindert. Unter sorgfältig gewählten Umständen würde eine ebenso einfache Bewegung genügen, um einen Unfall zu verursachen. Ein kleiner, strategisch plazierter Schubs genau in dem Moment, in dem ein Bus oder ein Lastwagen heranbrauste – mehr brauchte es nicht.

Hatte er Mirjam ebenfalls ermordet?

Die möglichen Motive für eine solche Tat konnte ich gewissermaßen nachvollziehen. Als ich in dem Zeitungsinterview von der Frau gelesen hatte, deren eifersüchtiger Ex ihrem Leben ein vorzeitiges Ende gesetzt hatte, galt meine Sympathie eher dem Täter als dem untreuen Opfer. Mirjam dagegen war die Mutter seiner Kinder. Dass er sie hasste, konnte ich verstehen. Dass er in einem Anfall von Wut die Beherrschung verloren hatte, konnte ich mir auch noch vorstellen. Ein gezielter, wohlüberlegter Mord dagegen ging dann doch etwas zu weit.
Konnte ich ihn überhaupt noch lieben, wenn ich mit Sicherheit wusste, dass er diese Tat begangen hatte? Dass er seinen Kindern willentlich die Mutter genommen hatte?

Inzwischen hatte ich den Teil der Poliklinik erreicht, in dem Stefan donnerstags arbeitete. Obwohl ich das Gebäude noch nie betreten hatte, erwartete ich keine Probleme beim Einlass, weil ich wusste, wie diese Orte funktionierten. Ich lehnte mein Fahrrad achtlos an eine Mauer und eilte, ohne das Rad abzuschließen, in die Klinik, wobei ich so tat, als ginge ich hier täglich ein und aus. Die Dame am Empfang telefonierte gerade und reagierte nicht, als ich wortlos an der Pförtnerloge vorbeimarschierte. So unauffällig wie möglich studierte ich die Namenstafeln an den Türen, bis ich das Schild mit Stefans Namen gefunden hatte.

Meine Hand zitterte, als ich anklopfte.

»Herein«, rief er mit kräftiger, warmer Stimme.

Ein heftiger Schmerz durchfuhr meine Brust, als ich die Tür öffnete. Er war allein, ich brauchte keine Patienten mit irgendwelchen Geschichten von angeblichen Notfällen zu verscheuchen.

»Jet!«, rief er überrascht. »Was führt dich denn hierher?«

Behutsam zog ich die Tür hinter mir zu. Stefan war eindeutig irritiert. In seiner Miene lag eine Mischung aus Distanziertheit und Hoffnung, die exakt das widerspiegelte, was ich selbst empfand.

»Olivier ist tot«, sagte ich.

»Ja«, erwiderte er, »ich weiß. Er ist gestern nicht zur Arbeit erschienen. Zuerst ist wohl niemand ans Telefon gegangen, aber als Lia es später nochmals versuchte, hat ihr seine … seine Freundin erzählt, dass er gestorben sei. Ein Herzinfarkt, laut Aussage des Hausarztes. Lia hat mich daraufhin sofort zu Hause angerufen, und eigentlich

hatte ich es dir gestern Mittag erzählen wollen, doch als du nicht aufgetaucht bist …«
Er stockte. Hätte ich es nicht besser gewusst, dann hätte ich angenommen, dass er sich schämte, weil er mir die Nachricht vorenthalten hatte.
»Wie hast du denn davon erfahren? Hat seine Mutter dich vielleicht informiert?«, fragte er nun.
Ich lachte. Der Gedanke, dass Oliviers Mutter sich die Mühe machen würde, mich über irgendetwas zu informieren, war absurd. Mein Lachen klang schrill und brach genauso schnell wieder ab, wie es begonnen hatte. Meine Augen bohrten sich in Stefans.

»Du hast ihn umgebracht«, sagte ich.

Stefan starrte mich bestürzt an – er konnte natürlich nicht glauben, dass ich ihn durchschaut hatte. Im nächsten Moment zauberte er einen anderen Ausdruck auf sein Gesicht.
Unverständnis.
Und dann Wut.
Mir sank der Mut. Dies war die Reaktion eines Menschen, der sich dumm stellte, eines Menschen, der jede Beteiligung standhaft leugnen wollte. In Filmen und Krimiserien hatte ich so etwas schon zahllose Male gesehen: die hervorragend gespielte Überraschung, die empörte Wut, das Distanzieren von demjenigen, der die Anschuldigung äußerte. Meine Hoffnung, die ich wider besseres Wissen gehegt hatte, schwand. Stefan würde mir keine mildernden Umstände präsentieren, er würde mir nicht sagen,

dass er es für mich getan hatte. Es war genau so, wie ich es befürchtet hatte: Der Hass und der Neid, die seit Jahren sein Leben beherrschten, hatten ihn dazu gebracht, Olivier zu töten.

Auch für ihn spielte ich überhaupt keine Rolle.

»Du hast ihn kaltblütig und vorsätzlich ermordet!«, rief ich fuchsteufelswild. »Du bist vorgestern Abend zu ihm gefahren und hast ihn vergiftet!«
»Jet, wovon redest du? Ich war zu Hause bei den Kindern.«
»Wie kannst du es wagen, dich hinter deinen Kindern zu verstecken, nach allem, was du ihrer Mutter angetan hast? Woher nimmst du die Unverfrorenheit, Stefan Goudswaard! Es hat übrigens keinen Zweck, zu leugnen – ich habe dich gesehen. Ich habe beobachtet, wie du spätabends über die Straße geschlichen bist, während du angeblich bei Belle und Bo warst.«

Während ich diese Worte hervorstieß, verspürte ich eine vage Unruhe. Irgendetwas nagte tief in mir, aber ich konnte nicht sagen, was.

»Du bist durcheinander, Jet. Du brauchst Hilfe«, sagte Stefan.
Ich schüttelte den Kopf. »Du machst es dir ja leicht«, erwiderte ich, »verdammt leicht. So was behauptet ihr Psychiater doch gern, wenn euch der Boden unter den Füßen zu heiß wird – auf einmal ist der andere halt verrückt!«

Meine Stimme wurde immer lauter, und zum Schluss schrie ich förmlich, als wollte ich meine wachsenden Zweifel damit übertönen.

In Gedanken löste ich mich aus dem Sprechzimmer. Lediglich Stefans Augen, die seine Besorgnis ausdrückten, nahm ich mit. Ich schwebte durch die Zeit – zurück zu einem Moment an einem der beiden kostbaren Wochenenden, an denen die Kinder bei ihren Großeltern waren, zurück zu jenem Sonntagmittag, als wir am Kralingse Plas zusammen gepicknickt hatten. Stefan hatte den Wagen auf dem Parkplatz hinter den Windmühlen abgestellt, und als wir ausstiegen, drückte er die Fahrertür ganz leise ins Schloss. Das war mir deshalb aufgefallen, weil ich von Olivier das genaue Gegenteil gewohnt war: Ungeachtet der jeweiligen Tages- oder Nachtzeit warf er die Wagentür immer dermaßen laut zu, dass es den Anschein hatte, als wolle er seine Anwesenheit im gesamten Umkreis publik machen. Damals hatte ich Stefan über das Dach des Wagens angelächelt – wahnsinnig froh über die simple Tatsache, dass er nicht Olivier war.

Die schemenhafte Gestalt, die ich abends auf der Straße gesehen hatte, war in meinem Kopf zu einem heimlichtuerischen, hinterhältigen Stefan geworden. Die Transformation war so überzeugend, dass ich es sicher zu wissen glaubte. Doch derjenige, den ich gesehen hatte, hatte die Wagentür heftig zugeschlagen, ohne sich im Geringsten darum zu kümmern, dass er damit Aufmerksamkeit auf sich lenkte.

Stefan knallte nie mit irgendwelchen Türen, nicht einmal am helllichten Tag und an Orten, an denen es niemand stören würde. Also warum sollte er es ausgerechnet dann tun, wenn er ungesehen nach Hause zurückkehren wollte? In der Nacht, in der Olivier starb, war er keineswegs verstohlen über die Mathenesserlaan geschlichen. Stefan hatte nicht das Geringste damit zu tun, dass Olivier, der stets überpräsent gewesen war, nun nicht mehr existierte. Stefan war kein Mörder, natürlich war er das nicht. Wie hatte ich nur so dumm sein können, so etwas von ihm anzunehmen?

81

Da klopfte es an der Tür, und das Bild von Stefan auf dem Parkplatz bei den Mühlen verblasste. Ich kämpfte, um es noch einen Augenblick festzuhalten. Kurz gelang es mir: Ich sah das Wasser hinter ihm, den Wind in seinen Haaren, die Sonne auf seinem Gesicht, das Licht in seinen Augen.

»Stefan?«, rief jemand durch die geschlossene Tür.

Er reagierte nicht, auf seinem Gesicht lag noch immer diese schmerzvolle Mischung aus Unverständnis, Abscheu und Trauer.
Erneut klopfte es, diesmal deutlich lauter. Im nächsten Moment steckte die Frau, die am Empfang gesessen und telefoniert hatte, den Kopf durch die Tür.
»Entschuldige die Störung, aber hast du eine Sekunde

Zeit? Sander würde gerne mit dir über die Medikation eines seiner Patienten sprechen.«

Stefan sah sie kurz an und wandte sich dann wieder zu mir. »Bitte sag ihm, dass ich gleich komme, Evelyn«, erwiderte er leise.

»Okay«, sagte sie und zog den Kopf zurück. Die Tür fiel wieder ins Schloss.

Stefan stand auf, ging um den Schreibtisch herum und stellte sich vor mich. »Wartest du bitte einen Moment? Es dauert nicht lange. Ich komme so schnell wie möglich zurück.«

Die Art und Weise, in der er mich ansah, schnitt mir tief in die Seele. Seine Augen wirkten freundlich und besorgt, wenngleich anders, als ich von ihm gewohnt war. In seinem Blick lag eine ungewohnte Distanziertheit, etwas, was ich sofort erkannte: Er musterte mich so, wie ich es bei meinen Patienten immer tat.

Meine Wangen begannen zu glühen, während ich nickte. Eine Sekunde später war er verschwunden.

Meine Beine zitterten dermaßen, dass ich Angst hatte hinzufallen. Sicherheitshalber setzte ich mich auf den Sessel vor seinem Schreibtisch.

Ich hatte es ruiniert. Alles total ruiniert.

Wie hatte ich um Himmels willen so dumm sein können, von ihm anzunehmen, dass er Olivier ermordet hatte? Wie hatte ich so idiotisch sein können, ihn zu beschuldigen – ohne sorgfältig darüber nachzudenken? Und zu allem Überfluss auch noch anzudeuten, dass er die Mutter seiner Kinder ebenfalls umgebracht hatte?

82

Stefan blieb lange fort, was ich allerdings nicht schlimm fand – ich schämte mich so sehr, dass ich ihm am liebsten gar nicht mehr unter die Augen getreten wäre. Einen Moment lang dachte ich sogar daran, einfach zu gehen, doch irgendetwas hielt mich zurück. Vielleicht die Tatsache, dass ich ihm versprochen hatte zu bleiben?

Nein, das war nicht der Grund – oder zumindest nicht der einzige Grund. Tief in meinem Inneren hoffte ich, den Schaden vielleicht wiedergutmachen und meine unglaubliche Torheit irgendwie ungeschehen machen zu können. Aber am meisten hoffte ich, dass zwischen Stefan und mir alles wieder so werden würde wie vorher. Möglicherweise gab es ja eine winzige Chance. Wenn ich mich bei seiner Rückkehr sofort bei ihm entschuldigte, meine Worte zurücknahm und ihm sagte, dass ich eine Therapie machen würde …

Ich blickte auf die Armbanduhr – wann war er eigentlich aus dem Raum gegangen? Und wann würde er zurückkommen? Das Warten machte mich allmählich vollkommen wahnsinnig, meine Nerven lagen blank. Es war nicht zum Aushalten. Ich zitterte am ganzen Körper, und mein Magen hatte sich derart verkrampft, dass ich fürchtete, mich übergeben zu müssen. Um mich auf andere Gedanken zu bringen, stand ich auf und ging im Zimmer auf und ab.

An der Wand hing ein verblasster Druck von Monets Seerosen. Auf dem Beistelltisch neben der Sitzgruppe standen eine Schachtel mit Papiertüchern und ein Zebra aus

Holz, das sich als unglaublich leicht erwies, als ich es in die Hand nahm. Aus den Augenwinkeln entdeckte ich ein Foto von Belle und Bo auf Stefans Schreibtisch. Wie von einem Magneten angezogen, ging ich darauf zu, griff danach und drückte es mir ans Herz. »Vielleicht besteht ja noch Hoffnung«, flüsterte ich mit geschlossenen Augen. »Vielleicht wird ja alles wieder gut.«
Vom Flur drang das Geräusch sich nähernder Schritte durch die Tür. Ich erstarrte, das Foto noch immer schuldbewusst an mich gedrückt. Aber es war nicht Stefan – die Schritte gingen an der Tür vorbei.
Als ich das Foto schnell wieder an seinen Platz zurückstellen wollte, fiel mein Blick auf den Namen der Patientenakte, in der Stefan gelesen hatte, als ich hereingeplatzt war.

Angela Bouvy.

Natürlich, sie hatte ja heute Vormittag einen Termin für ein Aufnahmegespräch. Allerdings wusste sie nichts davon, denn aufgrund der ganzen Ereignisse hatte ich natürlich nicht mehr daran gedacht, es ihr zu erzählen.
Die Akte war ziemlich dick. Ich nahm sie in die Hand – weniger aus Neugierde, sondern um die unerträgliche Leere auszufüllen. Langsam begann ich, darin zu blättern. Olivier hatte eine erstaunliche Menge von Seiten in seiner unleserlichen Handschrift beschrieben. Anhand der Datumsangaben am Rand ließ sich erkennen, dass er Angela über einen langen Zeitraum ein- oder zweimal wöchentlich behandelt hatte. Da mir die Geduld fehlte, sein

Gekrakel zu entziffern, blätterte ich weiter bis zur Korrespondenz. Dort entdeckte ich einen Brief, den Olivier vor sechseinhalb Jahren verfasst hatte. Das Schreiben handelte von den Therapiegesprächen, die er mit Angela geführt hatte, als sie mit ernsthaften Anzeichen von Unterernährung auf der Intensivstation lag. Während ich mit angehaltenem Atem den Brief las, sah ich Olivier in Gedanken vor mir. Er lehnte nonchalant an der Empfangstheke, eine Locke halb über die Augen. Er streckte die rechte Hand aus, um einen weißen Plastikbecher mit Kaffee entgegenzunehmen, und ich beobachtete fasziniert, wie er seine kräftigen Finger um den weißen Kunststoff legte. Das Datum in der Kopfzeile des Briefs stimmte.
Angela war von Anfang an dabei gewesen.

Nachdem ich den Brief gelesen hatte, nahm ich mir den nächsten vor – ich konnte nicht anders. Es schien, als würde ich willenlos in die Patientenakte hineingesogen und könnte erst damit aufhören, wenn ich alles gelesen hatte.
Der zweite Brief stammte aus der Klinik für Essstörungen, in die Olivier Angela im Anschluss an ihren Aufenthalt auf der Intensivstation hatte verlegen lassen. In der Spezialklinik hatte sie schnell zugenommen, und der behandelnde Arzt überwies sie nun zur ambulanten Therapie zurück an Olivier. Und zwar auf ihren ausdrücklichen Wunsch hin, wie in der Einleitung des Schreibens vermerkt stand – als hege der Verfasser Zweifel an der Klugheit ihrer Wahl.
Es war ein langer Brief, der sich ausführlich mit Angelas Lebensgeschichte befasste. Im Alter von zehn Jahren

hatte man sie aus dem Elternhaus genommen, als unmittelbare Reaktion darauf, dass sie die Katze der Nachbarn – von deren Kindern sie zuvor schikaniert worden war – gequält hatte. Schon damals stand sie unter Aufsicht des Jugendamts, weil sie mehrere kleine Brände gelegt und diverse Ladendiebstähle begangen hatte. Aber das Foltern der Nachbarskatze brachte das Fass zum Überlaufen, und man wies sie in eine Erziehungsanstalt ein.
Als dort kurz nach ihrer Ankunft in einem der Schlafsäle ein Brand ausbrach, verdächtigte man sie, das Feuer gelegt zu haben. Obwohl es keine Beweise gab, brachte man sie in ein anderes Heim, wo man ihr offensichtlich Respekt einflößte. Denn abgesehen von diversen Konflikten mit ihren Altersgenossen waren über einen Zeitraum von drei Jahren keinerlei besondere Vorkommnisse verzeichnet.
Im vierten Jahr ihres Aufenthalts ließ Angela sich mit einem der Gruppenleiter ein, einem älteren Mann, der behauptete, sie habe ihn verführt. Er zog natürlich den Kürzeren und wurde entlassen, doch Angela war danach nicht mehr zu bändigen. Sie schikanierte die anderen Gruppenleiter permanent und bezichtigte sie, ebenfalls von Sex mit ihr zu phantasieren. Jedes Mal, wenn sie auch nur kurz mit einem Mann allein in einem Raum gewesen war, brachte sie anschließend schwere Beschuldigungen gegen ihn hervor. Irgendwann konnte und wollte man nicht mehr mit ihr weiterarbeiten, und sie wurde erneut verlegt – dieses Mal in eine Hochsicherheitseinrichtung, wo sie sich bis zu ihrem achtzehnten Geburtstag vorbildlich verhielt.
Danach geschah eine Weile gar nichts, offenbar wusste sie

sich auf die eine oder andere Weise zu helfen. Erst zwei Jahre später kam sie erneut mit den Behörden in Berührung, als sie nach einem eskalierten Nachbarschaftsstreit versucht hatte, ihre Nachbarin über das Geländer des Laubengangs zu stoßen. Auf Anordnung des Gerichts musste Angela sich einer Therapie unterziehen. Von nun an wiederholte sich die Geschichte: Angela versuchte, den behandelnden Psychologen zu verführen, und als ihr das nicht gelang, bezichtigte sie ihn des sexuellen Missbrauchs. Doch dieses Mal zog sie den Kürzeren, weil der Psychologe sich schon sehr früh mit Kollegen besprochen und ihnen berichtet hatte, was sich während der Therapie abspielte – und das nahm Angelas Geschichte jegliche Glaubwürdigkeit.

Der Brief ging noch eine ganze Weile in diesem Stil weiter, aber ich hatte genug gelesen. Ich ließ die Patientenakte auf den Schreibtisch sinken und starrte vor mich hin.

83

Angela.

Die herzergreifende, rührende, kindliche Angela.

Erinnerungsfetzen von gemeinsam erlebten Momenten wirbelten mir durch den Kopf.

Die mitleiderregenden Geschichten, mit denen sie mich an sich gebunden hatte.

Die Hilflosigkeit, mit der sie mich so weit gebracht hatte, dass ich für sie das Haus putzte, während sie vor dem Fernseher saß.

Sie hatte mich benutzt.
Sie hatte mich um den kleinen Finger gewickelt, mich untrüglich dazu verleitet, die Rolle zu übernehmen, die am besten zu mir passte, die Rolle, die ich niemals ablehnen würde, die Rolle, mit der ich meine gesamte Existenz rechtfertigte.
Während die Erinnerungen einander in einem rasenden Tempo abwechselten, überlief es mich kalt.
Ihr amüsierter Blick, als ich am Morgen beim Läuten der Türklingel zusammengefahren war, ihr offensichtliches Vergnügen, als Oliviers Mutter weinend in meinen Armen lag.
»Jet.«
So hatte sie mich vor ein paar Wochen einmal genannt – angeblich zufällig. Aber aus der Patientenakte ging mit erschreckender Deutlichkeit hervor, dass die darin beschriebene Frau nichts dem Zufall überließ.
Sie hatte mit mir gespielt. Sie wusste genau, wer ich war, und sie hatte mich an der Nase herumgeführt.
Im nächsten Moment erkannte ich mit einem Schock, dass sie genau dasselbe mit Olivier gemacht hatte. Genau wie ich hatte auch er sich Angela überlegen gefühlt. Er hatte geglaubt, er hätte sie durchschaut und wäre der Stärkere. Genau wie ich war er auf sie hereingefallen. Allerdings wog sein Fehler um vieles schwerer als meiner, denn er hatte ihre Vergangenheit gekannt, ihre aus Manipulationen und Betrug bestehende Vorgeschichte. Er hätte es besser wissen müssen, doch in seiner Eitelkeit hatte er geglaubt, er könne sie heilen: Er bildete sich ein, dass es ihm gelungen sei, das Böse aus ihr zu vertreiben, bis sie ein

völlig neuer Mensch war. Genau so hatte er sie gesehen – und so hatte er sie auch weiterhin sehen wollen, obwohl sich die Anzeichen dafür, dass Angela sich nicht wesentlich verändert hatte, von Tag zu Tag mehrten.

Seine Arroganz war ihn dieses Mal teuer zu stehen gekommen. In Gedanken sah ich ihn vor mir, lang ausgestreckt in einem Sarg in irgendeinem staubigen Raum des Bestattungsunternehmens, wo er auf seine Einäscherung wartete.

Wie hatte sie es bloß angestellt?

Meine Hände umklammerten die Patientenakte dermaßen fest, dass meine Fingerknöchel weiß hervortraten. Fieberhaft versuchte ich herauszufinden, wie sie es eingefädelt hatte.
Als ich Stefan noch für den Mörder hielt, war ich davon ausgegangen, dass er Olivier mit einer Überdosis irgendeines Medikaments vergiftet hatte. Für Stefan stellte die Auswahl des Gifts kein Problem dar, lediglich das Verabreichen hätte sich schwierig gestaltet.
Für Angela war es dagegen problemlos möglich gewesen, ihm das Gift zu verpassen, zumal ich sie auch noch ermutigt hatte, für ihn zu kochen oder sich zumindest zu bemühen, Olivier eine warme Mahlzeit vorzusetzen.

Plötzlich wusste ich es. Ich sah es haargenau vor mir, als wäre ich dabei gewesen, wie sie in der Küche die Vorbereitungen traf. Die Dosensuppen, die wir zusammen aus-

gesucht und von denen sie gleich mehrere bestellt hatte. Sie hatte natürlich in Ruhe experimentieren wollen, ehe sie ihm das tödliche Endprodukt servierte. Rühr einfach etwas Crème fraîche darunter, hatte ich ihr noch empfohlen. Das Gift unter die Crème fraîche, die Crème fraîche unter die Suppe – einfacher hätte ich es ihr nun wirklich nicht machen können.
Welches Gift hatte sie verwendet? Panik erfasste mich, während ich mich an den Namen des Medikaments zu erinnern versuchte, den sie auf ihrer Liste unterstrichen hatte. Wie hieß das Mittel noch mal? Irgendetwas, das in Form eines Trankes geliefert werden konnte ... Hatte der Name nicht mit einem C begonnen? Ich nahm den Arzneimittelkatalog aus dem Bücherregal neben Stefans Schreibtisch und begann zu blättern. Zitternd glitt mein Finger über die Namen im Register.
Chloralhydrat.
Ich erkannte die Bezeichnung sofort wieder. Der Name war rot hervorgehoben, um darauf hinzuweisen, dass von der Verschreibung dieses Präparates abgeraten wurde, weil es effektivere oder weniger gefährliche Alternativen gab. Auf Seite 65 fand ich eine ausführliche Beschreibung des Mittels. Die Darreichungsform »Lösung« enthielt pro Milliliter einhundert Milligramm des Wirkstoffs, der bereits ab einer Dosis von zehn Gramm tödlich war. Rasch stellte ich im Kopf eine Rechnung auf: Zehn Milliliter ergaben *ein* Gramm Chloralhydrat, was bedeutete, dass einhundert Milliliter reichten, um jemanden umzubringen. Das war nicht gerade wenig, aber wenn Angela die Menge auf die Suppe und die Crème fraîche verteilt hatte,

stellte es vermutlich kein unüberwindliches Problem dar. Ein paar Kräuter dazu, um den süßlichen Geschmack des Medikaments zu kaschieren, etwas Knoblauch – Olivier liebte derartige Verfeinerungen. Den Tipp hatte ich ihr zwar nicht gegeben, aber wahrscheinlich war sie von selbst darauf gekommen.
Es war so einfach. Sie hatte ein Rezept auf Oliviers eigenem Rezeptblock ausgestellt und es dann mit seiner sorgfältig einstudierten Unterschrift unterzeichnet. Dabei hatte sie zweifellos irgendeinen erfundenen Namen auf das Rezept gesetzt und war in eine weit entfernte Apotheke gefahren, um das Medikament abzuholen. Anschließend hatte sie ihm den Trank am Dienstagabend verabreicht, damit ich sie am Mittwochmorgen – angeblich unter Schock – vorfinden und ihr danach bei der Abwicklung von Oliviers Tod helfen konnte.

Sowohl ihre Regie als auch ihre künstlerische Darbietung waren perfekt. Und die Idee, die Nebenrolle der besten Freundin mit Jessica/Jet zu besetzen, war schlichtweg genial.

Stefan war noch immer nicht zurückgekehrt – ein Glück, denn so konnte ich meine Gedanken erst einmal ordnen, ehe ich ihm von meiner Entdeckung erzählte. Sobald er alles gehört hatte, würde er mir zweifellos helfen, die ganze Geschichte der Polizei zu erklären.
Ließ sich meine Feststellung denn beweisen? Wenn der Leichnam obduziert würde, konnte die Überdosis des Medikaments wahrscheinlich problemlos nachgewiesen

werden. Dann würde eindeutig feststehen, dass Olivier ermordet worden war. Anschließend müsste die Polizei nur noch herausfinden, in welcher Apotheke Angela das Präparat abgeholt hatte, denn im Haus wären bestimmt keine Spuren mehr zu finden – Angela hatte schließlich genügend Zeit gehabt, eine umfassende Reinigungsaktion durchzuführen. Aber vielleicht würde sich ein Mitarbeiter der Apotheke noch an sie erinnern. Und möglicherweise fanden sich ja ihre Fingerabdrücke auf dem Rezept …

Doch das war alles Aufgabe der Polizei, darum brauchte ich mich in diesem Moment nicht zu kümmern. Jetzt galt es, Stefan die ganze Angelegenheit in möglichst klaren Worten darzulegen und dafür zu sorgen, dass eine Obduktion stattfand. Das würde Stefan wahrscheinlich problemlos hinbekommen – als Arzt konnte er die Polizeibeamten sicher davon überzeugen, dass das von mir skizzierte Szenario durchaus realistisch war.
Meine Panik ließ nach, die Anspannung in meinem Magen ebbte ab, und ich wurde allmählich ruhiger. Vermutlich würde Stefan noch eine Weile wütend sein und sicherlich auch enttäuscht. Doch wenn wir uns gemeinsam hinter die Sache klemmten, wäre das eine hervorragende Gelegenheit, die Kluft zwischen uns wieder zu schließen. Das versuchte ich mir zumindest einzureden, während ich ungeduldig auf seine Rückkehr wartete.

84

Die Tür öffnete sich. »Entschuldige bitte, es hat etwas länger gedauert, als ich gedacht …«
Er unterbrach sich mitten im Satz, als er mich an seinem Schreibtisch sitzen sah, die aufgeschlagene Patientenakte vor mir.
»Was machst du da? Hast du etwa darin gelesen? Du weißt doch, dass das nicht gestattet ist!«
Ich stand auf, schob den Arzneimittelkatalog beiseite, nahm die Akte und hielt sie hoch. »Sie war es, Stefan, sie hat es getan!«
Er hob verständnislos die Schultern. »Wovon redest du?«, fragte er.
Ein Gefühl der Panik überkam mich. Ich musste ihn überzeugen, ihn auf meine Seite ziehen, damit wir gemeinsam gegen Angela vorgehen konnten.
»Diese Frau, die Patientin, die heute eigentlich einen Termin bei dir gehabt hätte. Sie hat Olivier ermordet«, setzte ich an. »Sie erwartet ein Kind von ihm und fürchtete, er würde es ihr wegnehmen, und deshalb hat sie …«
Das kalte Grauen blitzte in Stefans Blick auf. Ich spürte, wie die Patientenakte in meinen Händen zentnerschwer wurde und mich ein entsetzliches Gefühl der Ohnmacht erfasste. Um das Gefühl zu vertreiben, redete ich weiter, immer schneller und lauter.
»Hier, lies das mal, sie ist schrecklich. Sie quält Tiere, sie hat Brandstiftung begangen, ältere Männer verführt.«
Stefan tat, als wäre ich eine vollkommen Fremde – eine törichte, verwirrte Fremde. Ich spürte, wie ich errötete und mir der Schweiß ausbrach.
»Jetzt hör mir doch mal zu! Du musst mir helfen! Sie hat

ihm ein Gift verabreicht. Hier, warte, ich werde es dir zeigen …«

Ich griff nach dem Arzneimittelkatalog, doch er rutschte mir aus den zitternden Händen und fiel mit einem lauten Knall zu Boden. In Panik hob ich ihn auf und blätterte aufs Geratewohl darin herum.

»Wo steht es nur? Das Mittel heißt Chloralhydrat, ein Trank. Kennst du es? Vermutlich hat sie es unter eine Gazpacho gerührt, die wir gemeinsam im Internet bestellt hatten. Oder unter die Crème fraîche – das wäre auch möglich. Wusstest du, dass schon zehn Gramm davon tödlich sind?« Ich redete in rasendem Tempo weiter, während ich verzweifelt versuchte, die richtige Seite zu finden.

»Jet …«, setzte Stefan an.

Ich fiel ihm ins Wort, denn ich wollte ihm keine Gelegenheit geben, mir zu widersprechen. Er sollte zuerst hören, was ich zu sagen hatte.

»Zweifellos hat sie alle Spuren beseitigt, selbst die Suppendose wird nicht mehr zu finden sein – sie ist wahnsinnig gerissen. Aber das Rezept, das sie gefälscht hat, um den Trank abzuholen, müsste noch bei der Apotheke liegen. Rezepte werden doch noch eine ganze Weile aufbewahrt, oder etwa nicht? Die Polizei sollte nach ihren Fingerabdrücken auf dem Rezept suchen, dann …«

Ich verstummte. Mir wurde eiskalt. Denn auf einmal wusste ich mit einer schrecklichen, kristallklaren Sicherheit, dass die einzigen Fingerabdrücke auf dem Rezept – außer denen des Apothekers – von mir stammten.

Die Kette.

Die hatte sie mir als Köder vor die Nase gehalten, in der Annahme, dass sie mir gehörte. Anschließend hatte sie mir die Gelegenheit verschafft, im Obergeschoss danach zu suchen, wo ich für sie eine Decke holen sollte. Eine Decke, die sie achtlos über die Sessellehne legte, weil ihr überhaupt nicht kalt war.

Ich war so vorhersehbar gewesen, so manipulierbar. Sie hatte nur auf etwas zeigen müssen, und ich hatte genau das getan, was sie wollte. Ohne große Anstrengung hatte sie ihren Notfallplan um mich herum konstruiert. Falls jemand wegen Oliviers Tod misstrauisch würde, falls die Polizei sich mit der Geschichte befassen würde und eine Obduktion durchführen ließ, konnte sie mich als Verdächtige präsentieren. Die Beweise gegen mich würden erdrückend sein. Schon seit Wochen ging ich bei Angela unter Vorspiegelung falscher Tatsachen ein und aus – nachdem Olivier mich ihretwegen verlassen hatte. Als Krankenschwester auf der Intensivstation konnte ich problemlos herausfinden, wie man jemanden mit Hilfe eines Medikaments umbrachte. Darüber hinaus hatte ich reichlich Gelegenheit gehabt, an einen von Oliviers Rezeptblöcken zu gelangen, beispielsweise in der Woche, nachdem er sich von mir getrennt hatte und in Urlaub gefahren war. Oder später, während der Zeit, als ich Angela regelmäßig besucht hatte. Wenn sich dann noch meine Fingerabdrücke auf dem verhängnisvollen Rezept fanden, war mein Schicksal besiegelt.

Obwohl ich es nicht für möglich gehalten hatte, lief es mir mit einem Mal noch kälter über den Rücken. War ich wirklich nur Angelas Notfallplan? Oder bildete meine Verhaftung und das darauf folgende juristische Martyrium das nächste amüsante Intermezzo in dem Drama, bei dem sie Regie führte?

Stefan starrte mich noch immer an, aber sein Blick hatte sich verändert. Das Grauen, das ich zuvor darin zu sehen geglaubt hatte, war einer Art stiller Schicksalsergebenheit gewichen. Er machte einen Schritt auf mich zu und nahm mir die Patientenakte vorsichtig aus der Hand.

»Die kannst du jetzt mir geben.« Seine Stimme klang ruhig. »Das, was ich eben gesagt habe, war wirklich so gemeint: Du brauchst Hilfe. In Anbetracht unserer gemeinsamen Vergangenheit ...«, er stockte einen Moment, und ein schmerzhafter Ausdruck huschte über sein Gesicht, »... bin ich nicht der geeignete Therapeut. Ich werde jetzt jemanden anrufen, mit dem du reden kannst und der dann dafür sorgt, dass du die nötige Hilfe bekommst. Würdest du dich bitte noch mal kurz hinsetzen?«

Er deutete auf einen der Sessel in der Sitzgruppe, neben dem Beistelltisch mit dem Zebra und den Papiertaschentüchern.

Wie gelähmt blieb ich stehen – ich konnte keinen einzigen Schritt machen. Was sollte ich bloß tun? Er glaubte mir nicht, kein einziges Wort – so viel war klar. Und wenn er mir geglaubt hätte, dann hätte ich wahrscheinlich noch miserabler dagestanden. Denn sobald er einmal die Mühlen der Justiz in Gang gesetzt hätte, um Oliviers Tod untersuchen zu lassen, wäre ich zweifellos im Gefängnis oder in Sicherungsverwahrung gelandet.

Ich musste die Geschichte loslassen. Es war schade, dass Olivier nicht mehr lebte, aber daran ließ sich nun nichts mehr ändern. Ich musste ihn loslassen, das hätte ich schon vor Monaten tun müssen. Ich wollte ihn ja auch loslassen, und zwar für immer, denn er spielte keine Rolle mehr. Aber Stefan spielte eine Rolle, ihn wollte ich nicht verlieren. Ich musste retten, was zu retten war.

Hoffentlich würde er mir noch eine Chance geben.

Hoffentlich würde Angela mir die Chance geben.

Ich ging einen Schritt auf ihn zu und legte ihm eine Hand auf den Arm. »Stefan, bitte sieh mich nicht so an. Dass du mir nicht glaubst, ist okay. Olivier spielt keine Rolle mehr, egal, was mit ihm passiert ist. Er ist tot, und das ist das Einzige, was zählt. Er kann sich uns nicht mehr in den Weg stellen. Du bist mir wichtig, ich … ich …« Verzweifelt hob ich beide Hände.

»Jet, lass mich kurz jemanden rufen, dem du das alles erzählen kannst.«

Er tätschelte mir die Hand, als ob ich mich dadurch beruhigen ließe. Seine Hand klopfte im exakt gleichen Rhythmus, in dem ich am Morgen den Rücken von Oliviers Mutter getätschelt hatte. Pflichtgemäß. Distanziert.

Eine zentnerschwere Last machte sich in meinem Magen breit.

Ich konnte ihn nicht erreichen.

Ich konnte ihn nicht mehr erreichen.

Wie in einem Film verfolgte ich, wie er sich an seinen Schreibtisch setzte, den Telefonhörer nahm und eine Nummer wählte. Er nannte seinen Namen und fragte, ob jemand von der psychiatrischen Notaufnahme für eine Beurteilung in die Poliklinik kommen könne. Ich wusste genau, was das bedeutete, ich hatte es auf der Intensivstation schon so oft miterlebt – bei Menschen, die nach einem Selbstmordversuch keine Hilfe annehmen wollten, obwohl sie noch immer eine Gefahr für sich selbst darstellten.

Stefan ging davon aus, dass ich geistig verwirrt war und mir selbst oder jemandem in meinem Umfeld etwas antun könnte. Er wollte mich in die Psychiatrie einweisen lassen, notfalls gegen meinen Willen.

Wie um alles in der Welt sollte ich ihn davon überzeugen, dass ich nicht verrückt war? Wie konnte ich in seinen Augen wieder zu der Jet werden, die ich früher gewesen war?

Was hatte er noch mal an jenem Abend gesagt, als er meinte, ich solle eine Therapie machen? Was hatte er von mir gewollt? Ich sollte lernen, mich nicht zu abhängig zu machen, so etwas in der Art. Mich weniger auf andere konzentrieren. Stattdessen sollte ich stark sein, Verantwortung für mich selbst übernehmen, meinen eigenen Weg gehen.

»Stefan«, sagte ich, nachdem er den Hörer aufgelegt hatte. »Es tut mir furchtbar leid, dass ich dich des Mordes an Olivier bezichtigt habe. Ich erkenne nun, dass du so etwas niemals tun könntest. Ich werde Hilfe annehmen, und ich werde auch eine Therapie machen, wenn du das für nötig hältst. Ehrlich. Du musst mich nicht dazu zwingen.«

»Das ist schön«, erwiderte er mit einer Stimme, die so neutral und freundlich klang, dass es mir tief in die Seele schnitt. »Wenn du selbst einsiehst, dass du Hilfe brauchst, macht das alles viel einfacher. Besprich das am besten mit der Psychiaterin, die gleich kommt. Es ist eine etwas ältere Frau, ich kenne sie gut, sie ist sehr sympathisch und macht ihre Arbeit mit großer Sorgfalt.«

Er löste sich von mir, und ich spürte, wie er sich entfernte.

Erneut ging ich auf ihn zu und griff ein weiteres Mal nach seinem Arm. »Besteht für uns noch Hoffnung? Wenn ich die Hilfe in Anspruch genommen habe, besteht dann eine Chance, dass du mich noch willst?«, fragte ich.

Es klang flehentlich, fast schon verzweifelt. Stefan schwieg, als wüsste er nicht, was er erwidern sollte.

Um der Situation etwas von ihrer Schwere zu nehmen und um an das anzuknüpfen, was uns verbunden hatte, neigte ich den Kopf zur Seite, stützte das Kinn auf die Hand und legte den Zeigefinger auf die Wange.

Dann kniff ich die Augen leicht zusammen und sagte: »Wage jetzt ja nicht ›Wie denken Sie denn selbst darüber?‹ zu antworten.«

Es funktionierte.

Ein ganz klein wenig.

Einen kurzen Moment lang war die Distanz zwischen uns verschwunden, und Stefan stiegen Tränen in die Augen. Doch es dauerte nur wenige Sekunden, dann straffte sich sein Gesicht, bis es dieselbe oberflächliche Freundlichkeit ausstrahlte, die auch schon aus seiner Stimme geklungen hatte.

»Lass uns jetzt nicht darüber reden, Jet«, sagte er.

Danksagung

Ich möchte mich herzlich bei all jenen Menschen bedanken, die mich während des Schreibens ermutigt oder mir mit kritischen Kommentaren weitergeholfen haben.

Petra zeigte mir die Schwachstellen der ersten Fassung auf, Ireen und Heleen vertieften sich mit stimulierender Begeisterung in die nächste Fassung, Can nahm die Hauptpersonen kritisch unter die Lupe, Ronny analysierte die Temposchwankungen im Manuskript, und mein Vater befreite als echter Rotterdamer Lehrer die Endfassung von den letzten Fehlern. Nicht zu vergessen Dennis, der sich bereit erklärte, einen kritischen Blick auf sämtliche medizinischen Aspekte des Romans zu werfen.

Bei meinem niederländischen Verlag De Arbeiderspers möchte ich vor allem Ester van Lierop für die äußerst angenehme Zusammenarbeit danken und natürlich meinem Lektor Peter Claessens, der mir dabei half, die zu Unrecht in der Hitze des Gefechts unter den Tisch gefallenen Passagen wieder sicher an ihren Platz zu befördern.

Judith Merchant

Nibelungen-mord

KRIMINALROMAN

In einer der sagenumwobenen Höhlen des Siebengebirges, wo Siegfried einst den Drachen tötete, wird eine Frauenleiche gefunden. Noch am selben Tag wird in Königswinter die Ehefrau des Notars vermisst. Hat die Geliebte des Notars, die exzentrische Künstlerin Romina, ihre Widersacherin kaltblütig aus dem Weg geräumt? Als sich Kriminalhauptkommissar Jan Seidel die Bilder der Künstlerin anschaut, sieht er das Mordmotiv förmlich vor sich: Verzerrte Frauenfratzen kämpfen um einen strahlenden Helden. Aber nicht nur Jan Seidel, sondern auch seine eigenwillige Großmutter Edith erkennt, dass die Lösung des Falles weitaus komplizierter ist …

Knaur Taschenbuch Verlag